Michael Horeni
Asphaltfieber

Michael Horeni

# Asphaltfieber

Baumhaus

MIX
Papier aus verantwortungsvollen Quellen
FSC
www.fsc.org
FSC® C083411

Dieser Titel ist auch als E-Book erschienen.

Originalausgabe



Lektorat: Greta Steenbock
Umschlaggestaltung: FAVORITBUERO, München
Satz: Dörlemann Satz, Lemförde
Gesetzt aus der Palatino
Druck und Einband: CPI books GmbH, Leck

Printed in Germany
ISBN 978-3-8339-0388-5

5 4 3 2 1

Sie finden uns im Internet unter www.baumhaus-verlag.de
Bitte beachten Sie auch www.luebbe.de

# 1. Willkommen in Neukölln

»Und, trinkst du schon wieder?«, fragte Sammy seine Mutter.

»Was redest du für dummes Zeug? Ich hatte einen harten Tag. Ich entspanne mich.«

Die Leute in seinem Viertel sagten oft, dass Sammy dummes Zeug redet, wenn er sich über Dinge aufregte, die nicht in Ordnung waren. Er wusste, dass das nicht stimmte. Er erzählte keinen Quatsch. Sammy verstand nur nicht, warum die Leute ihm das immer einreden wollten. Das, was ihn wütend machte, war doch ganz offensichtlich nicht in Ordnung. Jeder, der Augen im Kopf hatte und nur ein bisschen bei Verstand war, konnte das sehen. Er fragte sich, ob das alles vielleicht zu offensichtlich war, sodass kein Erwachsener glaubte, noch darüber reden zu müssen. Vielleicht konnten die Erwachsenen in seinem Viertel all das aber auch schon nicht mehr sehen. Sammy wusste es nicht. Er wusste nur, dass seine Mutter in diesen Fragen genauso war wie die meisten hier. Und das kotzte ihn an.

Jennys Hände hielten sich an einem halb gefüllten Glas fest, das man für ein Wasserglas halten konnte, wenn ihm nicht wieder dieser beißende Geruch aus dem Mund seiner Mutter entgegengeschlagen wäre, den jene ätzende Flüssigkeit verbreitete, die sie nun in einem Zug hinunterkippte. Sammy hasste es, von diesem Geruch begrüßt zu werden, wenn er aus der Schule kam.

»Es ist erst vier Uhr, Mama. Das wird noch ein harter Tag.«

»Werde nicht frech zu deiner Mutter.«

Sammy schwieg.

Er lehnte im Türrahmen und versuchte, ihren Blick aufzufangen. Es war nicht so, dass er glaubte, in ihren Augen eine Betriebsanleitung zu finden, in der stand, was ein Vierzehnjähriger tun muss, wenn seine Mutter an einem sonnigen Septembernachmittag im Bademantel auf dem Sofa neben einem Mann sitzt, den er noch nie gesehen hatte, in den Fernseher glotzt und eine Flasche Schnaps für 5,49 Euro vom Späti um die Ecke leert.

Das Wohnzimmer war abgedunkelt, nur der Fernseher spendete flackerndes Licht. Um die Sonne und die Blicke der Nachbarn nicht hereinzulassen, ließ seine Mutter an solchen Tagen meist die Rollläden runter. Vielleicht hatte sie aber heute auch nur keine Lust gehabt, sie morgens hochzuziehen. Sammy wusste es nicht.

Wenn er in diesen Momenten in die wässrig blauen Augen seiner Mutter schaute, sagte ihm ein untrügliches Gespür, dass dieser sonnige Scheißtag noch eine Menge Arbeit für ihn bereithalten würde. Sammy kannte diese Tage nur zu gut.

»Wo sind Pascal und Janis? Noch nicht von der Schule zurück?«, fragte er.

»Keine Ahnung, hab sie nicht gesehen.«

Seine Mutter sah kurz zu ihm hoch. Die vom Wodka erschlafften Lider gaben nur einen schmalen blauen Streifen frei. Sammy kannte diesen Blick. Er hasste ihn, fürchtete ihn aber nicht mehr so sehr wie vor ein paar Jahren, als der Alkohol allmählich anfing, von seiner Mutter Besitz zu ergreifen.

Ihre Augen waren nur noch zwei blasse Aquamarine, die sich hinter halb geschlossenen Lidern verbargen. Das leuchtende Blau, das er so geliebt hatte und, mit dem sie ihn früher angestrahlt hatten, war nur noch eine ferne Erinnerung.

Sammy hätte diese Zeiten vielleicht schon völlig vergessen, wenn ihn nicht ein Foto auf seinem Nachttisch immer wieder schmerzlich daran erinnern würde. Die Aufnahme war ein bisschen verwackelt, sein kleiner Bruder Janis hatte das Bild gemacht. Aber man konnte trotzdem genau sehen, wie seine Mutter ihn mit einem unbeschwerten Lachen im Arm gehalten hatte. Sammy reckte stolz den ersten Pokal in den Himmel, den er mit seinem Klub Neukölln 88 damals gewonnen hatte. Sieben Jahre war das her. Eine Menge Fußball-Pokale hatte er seitdem mit nach Hause gebracht, aber seine Mutter bekam davon nicht mehr viel mit.

Der kleine Junge mit den strubbelblonden Haaren, der aus den gleichen strahlend blauen Augen schaute wie einst seine Mutter, überragte sie mittlerweile um einen Kopf. Für sein Alter war Sammy nicht außergewöhnlich groß. Ein bisschen größer vielleicht als die meisten in seiner Mannschaft, aber wiederum auch nicht so riesig, dass er entscheidende Vorteile beim Kopfballspiel gehabt hätte. Er war außerdem ziemlich schlaksig, selbst für einen Vierzehnjährigen, bei denen Arme und Beine ohnehin gerne wild in die Länge schießen. Seine Muskeln verrieten jedenfalls überhaupt kein Interesse, mit dem Wachstum seines Körpers auch nur annähernd Schritt zu halten. Zu alledem machten auch noch seine Haare, was sie wollten. Sosehr Sammy morgens mit Bürste und Gel versuchte, ihnen die Widerspenstigkeit auszutreiben, spätestens nach ein paar Stunden führten sie wieder ihr strubbeliges Eigenleben. Seine Mutter veranlasste eine alte, eigentlich längst vergessene Sorgfaltspflicht gelegentlich noch dazu, ihm dann wie einem Kind durch die Haare zu fahren – so wie sie es früher gemacht hatte, als er noch zu ihr aufblickte und alles in Ordnung war.

Der Blick seiner Mutter verhieß für heute nichts Gutes. »Wenn du kotzen musst, geh ins Bad«, fluchte er. Er wollte nicht wieder den Wohnzimmerboden aufwischen müssen. Dennoch klang es viel härter, als es eigentlich sollte. »Und wer ist der Typ auf dem Sofa?«, fuhr er fort. Diesmal aber genau so hart und abfällig, wie er es wollte.

Der Typ war ziemlich fett und saß breitbeinig auf den braun karierten, durchgewetzten Polstern. Die wenigen Haare fielen ihm strähnig in die Stirn. Der Kerl glotzte ihn aus stumpfen Augen an und sagte kein Wort. Er legte nur die Hand auf den Oberschenkel von Sammys Mutter – und grinste. Sammy hätte ihn am liebsten umgebracht. Doch eigentlich war es ihm vollkommen egal, wer der Typ war, wenn er nur bald wieder verschwinden würde. So wie die anderen.

Die Antwort seiner Mutter wartete Sammy nicht ab. Er ging in die Küche und blickte auf das Chaos, das ihn dort empfing. In der Spüle türmten sich Teller und Töpfe vom gestrigen Abendessen, das er beim Spiel des

FC Bayern für Janis und Pascal gemacht hatte. Er schob die Ärmel seines Sweatshirts hoch und machte sich an die Arbeit.

Es war ein toller Fußballabend mit seinen Brüdern gewesen, wenn man mal davon absah, dass er mit dem FC Bayern nicht viel anfangen konnte. Okay, die Mannschaft spielte den besten Fußball der Welt. Das schon. Aber Sammy mochte keine Gewinner, zumindest nicht solche, die schon vor dem Spiel ganz genau wussten, dass sie gewinnen würden. Noch schrecklicher als diese Sorte von Gewinnern fand er nur, dass man vielen Gegnern der Bayern schon vor dem Anpfiff ansah, dass sie genau wussten, dass sie keine Chance hatten. Und dass sich daran niemals etwas ändern würde. Sammy erkannte Verlierer an ihren Augen, dafür genügte ihm ein Blick. Da machte ihm keiner was vor. Wer in diesem Viertel lebte, erkannte Verlierer sofort.

Sammy hatte mittlerweile eine Ahnung davon, wie man sich kleine Vorteile verschaffen konnte. Auf der Straße kannte er sich aus. Das traurige Anschauungsmaterial, das ihn hier ständig umgab, wollte er später auf keinen Fall bereichern. Aber den Geschmack des Gewinnens, sich wirklich wie ein Sieger zu fühlen, kannte Sammy auch nicht von seinen Geschäften in Neukölln, selbst wenn dabei etwas für ihn abfiel. Und schon gar nicht von zu Hause oder aus der Schule. Dieses gute Gefühl schenkte ihm nur der Fußball.

Seine kleinen Brüder jedenfalls liebten die Bayern. Vor allem deswegen, weil sie Gewinner waren. Sie konnten sich eigentlich jeden Samstag, wenn sie die Sportschau sahen, darauf verlassen, mit ihnen zu den Gewinnern zu gehören. Und wenn die Bayern dann auch noch dienstags oder mittwochs in der Champions League siegten, dann gehörten sie sogar zweimal in der Woche zu den Gewinnern.

Janis war zehn und Pascal elf. Um genau zu sein, waren sie sechzehn Monate auseinander, also mehr als ein Jahr, worauf Pascal größten Wert legte. Außer ihrer Leidenschaft für den FC Bayern, Fußball im Allgemeinen und die Playstation hatten sie nicht viel gemeinsam. Auch vom Aussehen erkannte man sie nicht als Brüder, und richtige Brüder waren Janis, Pascal und Sammy auch tatsächlich nicht. Sie waren Halbbrüder, jeder hatte einen anderen Vater. Pascal und Janis kamen ganz offensichtlich nach ihren männlichen Erzeugern, von der Mutter hatten sie nicht viel geerbt.

Pascal trug einen pechschwarzen Kamm, der sich von der Stirn bis in den Nacken zog. Die Seiten waren raspelkurz rasiert. Janis hatte eigentlich gar keine Frisur, und es kümmerte ihn auch nicht weiter. Er freute sich, wenn Sammy ihm alle paar Wochen die hellbraunen Haare ein bisschen schnitt, und was dabei herauskam, sah meistens gar nicht mal so schlecht aus. Viel wichtiger als modischer Schnickschnack war ihm, dass er einen athletischen und kräftigen Körper besaß. Janis fragte sich nicht, woher seine Muskeln kamen, sie waren einfach da – und verdammt hilfreich. Wenn sich die beiden Jungs in die Haare kriegten, dann machten seine Kräfte den Altersunterschied zu Pascal mehr als wett. Früher hatte sich Pascal bei den täglichen Raufereien am liebsten triumphierend auf Janis' Brustkorb gesetzt, aber mittlerweile geschah das auch umgekehrt. Nur wenn Fußball lief, gab es nie Streit.

Die ersten zehn Minuten des Bayernspiels hatten die Jungs gestern jedoch verpasst, weil sie die Fernbedienung nicht finden konnten. Sie lag irgendwo unter einem Haufen Klamotten neben dem Sofa. Irgendwann zog Janis sie jubelnd hervor, und als sie den Fernseher gerade eingeschaltet hatten, fiel auch schon das erste Tor.

»Die Bayern zocken wieder alle ab, Bruder. Geniales Tor. Wir schlagen alle!«, rief Janis nach dem ersten Treffer. Die Fernbedienung hielt er dabei noch in der Hand. Es hatte tatsächlich wieder nur elf Minuten gedauert, bis die Bayern in der Champions League in Führung gegangen waren.

»Athen nehmen wir auseinander, alles Gurken. Und wer soll uns überhaupt schlagen? Niemand!«, pflichtete Pascal siegessicher bei.

Sammy hatte sich insgeheim einen Sieg des hoffnungslos unterlegenen Außenseiters gewünscht. Aber da seine Brüder die Bayern so sehr vergötterten, vertrieb er den Gedanken an einen Sieg des Underdogs schnell wieder. Er ging in die Küche und machte Spaghetti.

Sammy hatte die Nudeln in einen Topf geworfen, der schnell überkochte, weil er viel zu klein war, und dann die Herdplatte mit salzigen Schlieren überzog. Aber einen anderen gab es nicht. Sammy hatte auch ein bisschen viel Salz ins Wasser gegeben, aber auch das machte nichts. Nudeln schmeckten einfach immer super, selbst wenn ein paar Spaghetti am Boden des Topfes festklebten. Und am Ketchup sparte Sammy ohnehin nicht. Ketchup war die beste Spaghettisoße, die sich die drei Brüder vorstellen konnten. Und Janis und Pascal liebten ohnehin alles, was Sammy ihnen vorsetzte. In der Halbzeitpause vertilgten die drei Brüder genüsslich ihre Spaghetti, und Janis holte sich aus der Küche sogar noch eine Extraportion Ketchup.

Sammy beschloss, seine Hoffnung für die Verlierer aus Athen vollständig aufzugeben und sich an diesem Abend lieber über die Momente zu freuen, wenn sich seine Brüder in den Armen lagen. Und das würde, so gut wie die Bayern waren, so sicher passieren wie die wirklich coolen Dribblings von Costa und Coman, Robben und Ribéry.

Nach den Spaghetti und der Halbzeitpause lagen sich seine Brüder noch viermal in den Armen. Die Bayern gewannen 5:0. Mit gefüllten Bäuchen und beseelt von den super Toren, fielen Janis und Pascal nach dem Schlusspfiff in ihre Betten. Bis in ihre Träume begleitete sie das Gefühl des Sieges. Sammy wusste genau, wie sich seine Brüder fühlten, denn die geheimen Träume teilte er mit ihnen.

Die Ketchupreste und die festgebackenen Nudeln im Topf erinnerten ihn nun wieder an den Bayernsieg des Vorabends. Sie waren eine klebrige Verbindung mit Frühstücksresten und ausgedrückten Kippen eingegangen. Kalter Rauch hing in der Luft. Im Abfluss löste sich eine zerknüllte Zigarettenschachtel in schmierig aufgeweichten Nudeln und klebriger Asche auf. Den Markennamen auf der Packung konnte Sammy nicht mehr entziffern, aber er wusste, dass seine Mutter sonst billigere Sachen rauchte.

»Immerhin zieht der Typ ihr nicht auch noch die Kippen ab«, dachte Sammy.

Als Sammy den Topf schrubbte, verlangte sein Magen plötzlich nach Aufmerksamkeit. Das laute Knurren und wilde Glucksen erinnerte ihn daran, dass er den ganzen Tag noch nichts Richtiges gegessen hatte. Er war vertraut mit diesem Gefühl der Leere, das sich von der Magengrube bis in seinen Kopf ausbreitete und ihn nach der Schule öfter überfiel.

Der Kühlschrank bei ihnen zu Hause war meistens leer. Nur in ihren lichten Momenten hatte Jenny mit Äpfeln, Frühstücksflocken und Nudeln vorgesorgt. Aber heute war nichts da. Und weil das verdammt häufig passierte, hatte Sammy wenigstens gelernt, wie er dieses nagende Gefühl in seinem Magen besänftigen konnte. Denn vollständig vertreiben ließ es sich nicht. Er musste an etwas Schönes denken, so intensiv wie möglich. Dann ging es besser. Und so dachte Sammy an Fußball, an die Spiele im Käfig. Denn es gab nichts Schöneres. Schon gar nicht an solchen Tagen.

Diesmal funktionierte der Trick aber nicht. Denn der Typ, der eben noch auf dem Sofa gesessen hatte, war gerade so selbstverständlich in die Küche hereinspaziert, als ob es seine eigene wäre. Er scherte sich nicht um Sammy und holte stumm die nächste Flasche aus dem Kühlschrank.

Er musste raus hier, zum Käfig. Ganz schnell. Im fensterlosen Flur, den eine Glühbirne an der Decke schwach beleuchtete, schnappte er sich seinen Ball und rannte die Treppe runter. Sammy machte einen kurzen Umweg zum Damaskus-Grill, um sich seinen Lieblings-Schawarma für 2,45 Euro zu holen, wie immer mit der extrascharfen roten Soße, die ihm Selin, der Chef des Ladens, mittlerweile, ohne nachzufragen, dick auf den Fladen schmierte. Schawarma gab es nirgendwo günstiger in der Gegend, und schon gar nicht besser. Und das wollte etwas heißen in diesem Kiez mit seinen Dutzenden arabischen und türkischen Fastfood-Läden.

»Dönerzwiebelalles?«, fragte Selim.

»Ja. So wie immer, Chef. Aber bitte ein bisschen mehr Fleisch, wenn's geht. Ich hab voll Hunger.«

Selim nickte. Er kannte den Unterschied, ob Jungs hier nur etwas umsonst rausschlagen wollten oder ob es wirklich ihr leerer Magen war, der zu ihm sprach.

»Klar, Junge, bist doch ein guter Kunde.«

Sammy biss kräftig in den Fladen, mit geschlossenen Augen. Er genoss den Augenblick, als sich sein Magen beruhigte. Der erste Bissen war immer der beste. Sammy hielt sich nicht lange mit dem Essen auf. Er nahm den Schawarma auf die Hand, klemmte den Ball unter den freien Arm und lief weiter zum Käfig.

Der Platz lag in der Schierker Straße, nur ein paar Minuten von seiner Wohnung und dem Damaskus-Grill entfernt. Als Sammy die Altenbraker Straße mit ihren grauen Siedlungshäusern kreuzte und sich mit dem Handrücken die letzten Reste der Soße aus den Mundwinkeln wischte, hörte er schon den scheppernden, metallenen Klang, der ihm ein Lächeln ins Gesicht zauberte. Der Klang des Käfigs.

Es war ein ganz spezielles Geräusch, das er schon aus hundert Metern Entfernung aus dem Straßenverkehr heraushörte. Wenn er das Scheppern hörte, konnte er vor seinem inneren Auge förmlich sehen, wie der Ball gegen das dunkelgrüne Metallgitter klatschte, dann auf den

Asphalt fiel und sofort wieder nach dem nächsten Schuss gegen das Gestänge knallte. Sammy konnte den Spielverlauf hören. Und der Klang des Käfigs sagte ihm noch etwas anderes: Er war nicht allein.

Sammy lief nun noch ein bisschen schneller, und als er um die letzte Straßenecke bog, rannte er, so schnell er konnte. Erdal, Ibrahim und Sead begrüßten ihn lautstark. Die »Schierker *Street Kings*« waren mit ihm nun komplett. Der Tag war gerettet. Da konnte passieren, was wollte.

Die *Street Kings* aus der Schierker Straße waren das beste Käfig-Team in Neukölln, daran gab es nicht den geringsten Zweifel. In diesem Jahr hatten sie jedes Spiel in ihrem Käfig gewonnen, sogar gegen Jungs, die zwei Jahre älter waren. In der ganzen Umgebung gab es keine Mannschaft in ihrem Alter, die es mit den *Street Kings* aufnehmen konnte. Und es gab auch nicht den geringsten Zweifel, wie gut es sich für die vier Jungs anfühlte, hier die Besten zu sein.

Sead im Tor war Bombe. Und Erdal, Ibrahim und Sammy wirbelten und tricksten auf dem Feld, wie man das bei keiner anderen Mannschaft sah. Die »Schierker *Street Kings*« spielten schon über fünf Jahre zusammen. Und selbst wenn man ihnen die Augen verbunden hätte, hätten sie ganz genau gewusst, was der andere gerade mit dem Ball macht und wohin er ihn spielt, so gut kannten sie sich. »Hey, Alter, high five. Gut, dass du kommst. Machen wir gleich Spielchen?«, fragte Ibrahim zur Begrüßung. »Aber warum guckst du so?«

»Meine Mutter ...«, sagte Sammy.

»Schon kapiert, Alter. Geht gar nicht klar, oder?«

»Nee, Mann. Ist aber auch egal jetzt. Spielen wir zwei gegen zwei – und nur mit geschnickten Toren.«

Sammy hatte keine Lust, zu erklären, was los war. Die Jungs wussten ohnehin, wie es ihm ging. Stress hatten alle zu Hause, jeder auf seine eigene Weise.

Die Jungs nickten und klatschten Sammy ab.

»Wechsel bei fünf, letzter Torschütze entscheidet«, sagte Erdal.

»Klar, Mann. Ich fange mit Sammy an«, sagte Sead und legte den Arm um Sammys Schulter.

»Sead ist Handicap. Und Handicap darf entscheiden«, sagte Ibrahim lachend, den alle nur Ibra nannten – so wie Zlatan Ibrahimovic. Der war sogar noch cooler als Cristiano Ronaldo, Sammys Idol, und auch seine Tore waren noch ein bisschen geiler, fand Ibra. Sammy verstand nicht, wie man einen Spieler besser finden konnte als Ronaldo. Das war einfach nicht logisch, denn Ronaldo war der Beste auf der Welt. Aber wie auch immer: Ibra war wahnsinnig stolz darauf, dass die *Street Kings* ihm diesen ehrenvollen Spitznamen verliehen hatten.

»Ibra, du spielst auch gleich mit dem Handicap zusammen. Also mach dich nicht unbeliebt – und jetzt stampft dich das Handicap in den Boden. Los geht's«, entgegnete Sead feixend.

Sie spielten zwei gegen zwei, zumindest so lange, bis irgendwann die anderen Kicker aus dem Viertel dazukamen. Wer beim zwei gegen zwei das Pech hatte, mit Sead im Feld zu spielen, der hatte dummerweise eigentlich schon verloren. Das wussten alle. Sead war zwar ein Supertorwart mit unglaublichen Reflexen, als Feldspieler war er aber längst nicht so stark wie Erdal und Ibra – und erst recht nicht wie Sammy. Wer jedoch bei einem Spiel vier gegen vier Sead im Tor hatte, konnte eigentlich nicht verlieren. Und auch das wussten alle.

Am besten war natürlich ein Spiel vier gegen vier. Jede Mannschaft spielte dann mit einem festen Torwart. Für zwei gegen zwei war der Käfig eigentlich zu groß, da fielen die Tore zu leicht, und so hatten es sich die *Street Kings* zur Regel gemacht, dass Tore nur dann zählten, wenn man den Ball über die Torlinie lupfte. Schießen war verboten. Um aber mit dem Ball bis zur Torlinie zu kommen, musste man vorher alle seine Gegner ausgespielt haben, und so dribbelten sie im Käfig, was das Zeug hielt.

Es gewann das Team, das zuerst fünf Tore erzielte, und der letzte Torschütze durfte dann einen neuen Mitspieler aus der anderen Mannschaft wählen, bis jeder einmal mit jedem gespielt hatte – und jeder einmal Sead durchgeschleppt hatte. Dann stand der Sieger fest. Sammy packte an diesem Tag all seine Wut ins Spiel, so wie es die anderen auch immer wieder taten. Seine Angriffslust suchte sich im Käfig immer neue Wege im Dribbling gegen Erdal und Ibra. Er fand Wege auf dem harten Asphalt, die es auf einem normalen Fußballplatz nicht gibt. Die Gitter im Käfig waren nun seine besten Freunde, mit ihnen spielte er blind Doppelpass, auf die Gitterstäbe konnte er sich immer verlassen. Sammy musste gar nicht hinsehen, um zu wissen, dass der Ball wieder zu seinem Fuß zurückkehren würde, wenn er ihn gegen das Metall knallte. Von außen schien der Käfig mit seinen meterhohen Gittern ein Gefängnis, aber darin fühlte Sammy eine Freiheit, wie er sie jenseits der Gitter nicht kannte.

Sammy schlug Haken wie ein Hase auf der Flucht, seinen Jägern immer einen blitzschnellen Gedanken voraus. Plötzlich aber drehte er sich mit dem Ball um die eigene Achse und schien sich in einen Eiskunstläufer zu verwandeln, so elegant, ja schwerelos glitt er über den grauen Asphalt. Auf wundersame Weise behielt er dabei immer den Ball am Fuß, er schien wie verwachsen mit dem Ball, ganz eins – bis ihm Erdal den Ellbogen in die Magengrube rammte. Er wollte offenbar Bekanntschaft mit Sammys Schawarma machen.

Sammy blieb die Luft weg. Aber er ließ sich nichts anmerken und spielte einfach weiter. So wie auch Erdal, Ibra und Sead niemals einen Ton von sich gaben, wenn es zur Sache ging. Im Käfig herrschten eigene Gesetze, und wenn es mal wehtat, wie in diesem Moment, galt die eherne Regel, die sie jeden Tag auch auf der Straße lernten: Augen zu und durch.

Sie brauchten keinen Schiedsrichter im Käfig, denn die Regeln, die sie sich selbst gegeben hatten, auch unter Schmerzen anzuerkennen, war Ehrensache. Und wenn dann im Eifer des Gefechts doch mal ein Foul geschah, das nach ihren Regeln tatsächlich ein Foul war, dann gaben sie den Ball freiwillig her. Auch das war Ehrensache.

Es stand 4:4, als Sammy nach Erdals Ellbogencheck um Luft rang – und ein paar Augenblicke später zum ersten Mal jenen Trick auspackte, der den »Schierker *Street Kings*« den zweiten Teil ihres Namens gab: den *»Street-King«*. Diesen Wahnsinnstrick eines holländischen Straßenkickers hatten die Jungs vor ein paar Jahren auf YouTube entdeckt und sich immer wieder reingezogen. Aber keiner von ihnen beherrschte diesen Trick. Er war so kompliziert, dass dabei immer etwas schiefging. Im Käfig hatte Sammy den »Street-King« ohnehin noch nie ausprobiert, zumindest nicht, wenn seine Freunde dabei waren. Seine Tricks übte Sammy immer alleine, und erst wenn er sie konnte, zeigte er sie im Match.

Nun aber zog er den Ball mit der rechten Sohle überraschend nach hinten und schnellte mit dem anderen Bein nach vorne. Dann spielte er den Ball leicht nach vorne und baute einen verwirrenden Übersteiger ein. Sammy balancierte nun auf dem rechten Fuß und sprang aus dem Stand auf den Ball – und trat gleichzeitig mit dem anderen Fuß nach hinten aus wie ein wilder Esel. Obwohl Erdal und Ibra den Trick ganz genau kannten, wussten sie nicht, wie ihnen geschah, als Sammy den Ball blitzschnell mit dem rechten Fuß über den Spann zur Seite schnickte und ihn sich so bei der Landung auf den linken legte. Erdal konnte gar nicht so schnell gucken, wie das ging – und schon war Sammy an ihm vorbei. Er hatte nun nur noch Ibra vor sich, der alleine die Torlinie verteidigte. Sammy lief im vollen Tempo auf Ibra zu, stoppte kurz vor ihm aber abrupt ab – und spielte den Ball mit der rechten Hacke kurz nach hinten, nahm ihn dann sofort mit der linken Innenseite wieder auf und drehte sich dann um die eigene Achse: der alte »Zidane-Trick«, der große Klassiker.

Ibra versuchte Sammy noch mit einer Grätsche zu stoppen, doch Sammy war zu schnell und schnickte den Ball locker über sein ausgestrecktes Bein hinweg ins Tor – 5:4. Erdal und Ibra lagen geschlagen am Boden.

»Geiler Move – hab dir auch super den Rücken freigehalten«, rief Sead von hinten und grinste. »Jetzt sind wir echt die *Street Kings*. Und mit mir im Team gewinnt einfach jeder.«

»Echt krass. Den Street-King hat sonst keiner drauf«, sagte auch Ibra anerkennend. »Wie lange hast du den trainiert?«

Sammy grinste nur und sagte: »Bis ich ihn konnte.«

»Den Trick werden wir übrigens noch brauchen, Sammy. Wir haben bald ein Spiel.«

»Wir sind doch eh die Besten. Wir gewinnen hier auch ohne Street-King alles. Wir *sind* doch die *Street Kings*«, sagte Erdal und klopfte sich auf die Brust, als hätte *er* soeben mit dem Street-King und dem Zidane-Trick alle schwindelig gespielt.

»Kommt mal her. Jetzt zeig ich euch was«, sagte Ibra und kramte sein Handy aus der Tasche.

»Käfig-Könige«, fuhr er bedeutungsvoll fort und rief die entsprechende Seite auf.

»Hier, schaut's euch an. Kannst doch lesen, Alter, oder?«, sagte Ibra und drückte Sammy das Handy in die Hand.

»Gib her, Alter«, sagte Sammy und las vor: »Wer sind die Käfig-Könige von Berlin? Wer holt den Käfig-Cup?«

»Käfig-Könige. Das sind doch wir, Alter. Ist doch klar. Musst du doch nicht vorlesen«, sagte Erdal so gelangweilt, als hätte Sammy ihm gerade erklärt, dass der Fußball-Weltmeister Deutschland heißt.

»Erdal, gut jetzt«, sagte Sammy in einem Tonfall, als spräche er zu einem Hund. Dann knallte er den Ball auf Erdal, der unter dem Gelächter der Jungs gerade noch ausweichen konnte.

»Richtig geile Sache«, fuhr Sammy mit einem Blick auf das Handy fort. »Käfig-Cup in Berlin – für alle bis fünfzehn Jahre. Das Turnier ist im Olympiastadion. Und wer ins Finale kommt, spielt dann um die Deutsche Käfigmeisterschaft. Das ist echt Hammer.«

»Wie geil ist das denn?! Käfig-Könige!«, platzte es aus Sead heraus.

»Sag ich doch. Die Anmeldung geht bis nächste Woche. Hab ich aber schon gemacht«, sagte Ibra.

»Echt, Mann – wir sind dabei?«, fragte Sead, der immer noch ein bisschen ungläubig schaute, genau wie alle anderen.

»Nennt mich ab jetzt einfach King. Und geht auf die Knie. Die *Street Kings* sind dabei. Aber es gibt noch ein Problem«, sagte Ibra. »Hast du es gelesen?«

Er blickte zu Sammy, der sich auf dem Handy die Ausschreibung noch einmal genau anschaute.

»Ja.« Sammy hob den Blick. »Hier steht: Die Spiele sind fünf gegen fünf, nicht vier gegen vier.«

»Shit«, stieß Sead hervor.

»So sieht's aus, Alter. Wir brauchen noch jemanden für unser Team. Und genau das ist jetzt unser Problem. Wir haben noch vier Wochen«, sagte Ibra.

»Machen wir doch Casting: *Street Kings* suchen fünften Superstar«, schlug Erdal vor.

»Echt witzig.« Ibra rollte mit den Augen. Dann stolzierte er mit wackelndem Hintern über den Asphalt, als ob er gerade mit High Heels auf dem Catwalk unterwegs wäre. Und als er vor Sead stand, sagte er mit piepsiger Stimme: »Ich habe heute leider kein Foto für dich.«

Die Jungs lachten sich schlapp.

»Ist vielleicht gar keine so blöde Idee. Wir brauchen doch wirklich den Besten – nur dann können wir den Pokal gewinnen«, sagte Sead.

»Guter Plan – für einen Torwart«, sagte Erdal grinsend.

»Wer nen besseren Vorschlag hat, kann's ja sagen, ihr Hirn-Genies«, gab Ibra zurück.

»Und voll demokratisch – zumindest für nen Araber«, sagte Erdal und grinste so breit, dass seine obere, schiefe Zahnreihe zum Vorschein kam.

Ihre Sprüche hauten sich die *Street Kings* genauso um die Ohren wie die Bälle im Käfig, und auch dabei galt: Man musste schnell und clever sein, um zu gewinnen.

»Aber was ist mit Ayse und Selin? Die sind doch echt die Besten hier. Da brauchen wir doch gar nicht lange zu suchen«, sagte Sammy.

Er wunderte sich, warum darauf noch niemand gekommen war. Ayse und Selin waren fünfzehn Jahre alte Zwillinge – und Superkickerinnen. Sie waren echt gut, technisch stark und mit Übersicht. Ayse spielte hart. Nicht so hart wie die härtesten Jungs, aber hart. Und sie konnte einstecken, genauso wie ihre Schwester. Selin und Ayse jammerten nie, wenn es zur Sache ging. Und coole Tricks hatten sie auch drauf. Selin war im Zweikampf etwas weniger robust als ihre Schwester. Aber wenn es darauf ankam, konnte auch sie austeilen.

Wenn sie jetzt noch einen fünften Spieler für den Käfig-Cup brauchten, dann waren die Zwillinge einfach super. Und mit Ayse und Selin wären sie zu sechst, dann hätten sie sogar einen Auswechselspieler. Was wollte man mehr? Es war also ganz logisch, dass die Mädchen im Käfig-Cup mitspielen mussten, fand Sammy. Aber mit Logik hatten es offenbar nicht nur die Erwachsenen nicht so.

»Mädchen bei den *Street Kings*? Hast du sie noch alle, Sammy? Wir spielen doch nicht mit zwei Tussen. Nicht in einem richtigen Spiel – und schon gar nicht im Käfig-Cup. Da spiele ich lieber zu viert«, sagte Sead.

»Geht echt nicht, Alter«, pflichtete Erdal bei. »Die beiden spielen gut, klar. Aber die halten doch nix aus.«

»Da lachen sich doch die anderen kaputt, wenn wir mit zwei Girls auflaufen. Wir sind die *Street Kings* – und nicht die Street-Girls. Oder spielen dann alle ohne Schwanz?«, sagte Ibra.

Die Jungs grölten und schlugen sich auf die Schultern. Und damit war die Sache entschieden.

»Okay, Männer«, sagte Sammy. »Wir holen den Käfig-Cup. Wir finden schon noch jemanden.«

»So sieht's aus«, sagte Ibra.

»*Street Kings* bleiben *Street Kings*!«, rief Erdal.

Als sie den Käfig verließen, klatschten sich Ibra und Erdal zufrieden ab. Sammy grübelte auf dem Heimweg immer noch darüber, warum Ayse und Selin nicht mitspielen sollten. Nur weil sie Mädchen waren? Das war doch bescheuert.

Sammy nahm den Ball, jonglierte ihn auf dem Fuß und ging dabei einfach weiter. In seinem Kopf spielte er schon das Finale des Käfig-Cups. Er stellte sich vor, wie sie im Olympiastadion vor Tausenden Zuschauern spielten und er in der letzten Minute das Siegtor schoss. Er nahm den Ball volley aus der Luft und hämmerte ihn genau in den Torwinkel.

Als er die Eingangstür zum Treppenhaus aufschloss, empfing ihn ein unangenehmer Geruch. Modrig und nach billigem Essen. Wenn Hartz IV einen Geruch hat, dachte Sammy, dann ist es diese Mischung. Der Gestank ließ sich schon lange nicht mehr aus dem Treppenhaus vertreiben.

Vor ein paar Jahren hatte der Hausbesitzer zusätzliche Schlösser an den Fenstern anbringen lassen, sodass jetzt niemand mehr lüften konnte. Denn zuvor hatte es immer wieder ins Treppenhaus reingeregnet, weil sich niemand im Haus veranlasst sah, bei schlechtem Wetter die Fenster zu schließen. Das Regenwasser sickerte in den Holzboden ein, weil auch niemand die Pfützen wegwischte, und so moderte die Treppe über Jahre vor sich hin. Nun mussten sie eben mit dem Moder leben.

Schlimmer als der übliche Gestank im Treppenhaus waren nur noch die Ausdünstungen billigen Alkohols, die ihn zu Hause gleich wieder erwarten würden. Sammys Gedanken verdüsterten sich schlagartig. Als er die Wohnung betrat, sagte er zu sich: »Was für ein Scheißtag.« Willkommen in Neukölln.

# 2. Der Typ auf dem Sofa

Sammy war so müde, dass es wehtat. Er konnte sich kaum bewegen, als sein Radiowecker um 6.35 Uhr ansprang. Fünfzehn Minuten früher als sonst, wenn er zur ersten Stunde rausmusste. Er hatte noch die Mathehausaufgaben zu erledigen, die er in den Tagen zuvor nicht geschafft hatte. Am ersten Abend hatte er viel lieber mit seinen Brüdern vor dem Fernseher gesessen. Immer wenn Sammy für Janis und Pascal kochte und sie dann gemeinsam Fußball schauten, hatte Sammy das Gefühl, in einer richtigen Familie zu leben. Da konnten die Hausaufgaben warten. Und am nächsten Tag hatte er sich so über diesen Typen auf dem Sofa aufgeregt, dass er Mathe glatt vergessen hatte. Und so hatte er den Wecker für diesen Morgen früher als sonst gestellt.

Sammy kalkulierte morgens mit jeder Minute. Er wusste natürlich, dass es besser gewesen wäre, wenn er den Wecker noch fünf Minuten früher gestellt hätte, auf Punkt halb sieben. Aber er mochte es nicht, von den Nachrichten geweckt zu werden. Lieber war ihm Rihannas Stimme. Um 6.35 Uhr standen die Chancen dafür nicht schlecht. Auch Lady Gaga und Lorde waren zum Aufstehen okay, weit besser jedenfalls, als den Tag um Punkt halb sieben mit einem Bombenattentat von Islamisten oder einem blutigen Familiendrama in Berlin zu beginnen.

Es war Sido, der Sammy an diesem Morgen weckte. Sammy drückte den Song mit geschlossenen Augen weg. Eigentlich mochte er Sido, aber nicht diesen Song. Sammy kannte »Bilder im Kopf« auswendig, jede Zeile. Obwohl er das Radio mit einem routinierten Schlag in der Dunkelheit sofort zum Schweigen gebracht hatte, sang Sido in seinem Kopf einfach weiter. Warum konnte er diesem verfluchten Lied nicht entkommen?

Es war diese eine ganz bestimmte Stelle, die Sammy nicht losließ: »Und mein Vater … Über den will ich nicht reden. Ich erwarte nichts mehr.«

Sammy wehrte sich gegen die Worte, aber sie drangen trotzdem in seinen Kopf ein. Da hätte ich mich auch von einem Schulmassaker in Amerika wecken lassen können, dachte er. Und ich hätte noch fünf Minuten gespart. Mit einem Satz schwang sich Sammy aus dem Bett. Er packte seinen Mathehefter aus und versuchte den Bayern-Aufkleber zu ignorieren, den Janis ihm vor ein paar Wochen draufgepappt hatte.

Sammy hatte natürlich versucht, diesen dämlichen Bayern-Aufkleber umgehend in den Müll zu befördern. Aber das Ding klebte so hartnäckig, dass es seinem Ordner nicht gut bekommen wäre, wenn er ihn mit Gewalt abgerissen hätte. Und ein neuer Hefter kam nicht infrage. Das Bayern-Wappen mit einem anderen Aufkleber abdecken wollte Sammy allerdings auch nicht, weil Janis sonst womöglich gemerkt hätte, dass er ihn ärgern konnte. Also blieb der Aufkleber da, wo er war.

Mathe machte Sammy sogar Spaß. Natürlich nur so weit, wie einem in der Schule überhaupt etwas Spaß machen konnte. Eigentlich ging nicht einmal das. Alle seine Freunde waren genervt von der Schule, und das war das Mindeste, was man dazu sagen konnte. Einen anderen Zustand gab es für die Jungs der 8B der Paul-Ehrlich-Schule jedenfalls nicht, sie unterschieden nur den Grad ihres Genervtseins. An einem normalen Schultag gab es drei Varianten: »total genervt«, »krass genervt« oder »voll krass genervt«. Die Jungs hätten Sammy also ziemlich schief angeschaut, wenn er ihnen gesagt hätte, dass er Mathe eigentlich ganz cool fand, und so behielt er es für sich.

Sammy weckte seine Brüder und kümmerte sich ums Frühstück. Der Kühlschrank war leer. Seine Mutter schlief. »Ende des Monats. Immer die gleiche Scheiße«, sagte er zu sich. Jetzt musste er nach der Schule auch noch Geld besorgen. Immerhin stand noch eine angebrochene Tüte Milch im Kühlschrank. Viel war nicht mehr drin, aber wenigstens war das Haltbarkeitsdatum erst ein paar Tage abgelaufen. Ab Mitte des Monats kaufte seine Mutter nur noch Sachen im Supermarkt, deren Frischegrenze bald erreicht oder gerade rum war. Milch, Butter und Wurst aus diesem Sortiment zu nehmen fand Sammy okay, denn die Sachen waren noch vollkommen in Ordnung und kosteten nur die Hälfte.

»Dann reicht doch auch unser Geld«, sagte Sammy dann zu seiner Mutter, auch wenn er wusste, dass es meistens nicht so war.

Wenn nicht gerade der Alkohol ihr Gehirn vernebelte und sie den ganzen Tag auf dem Sofa vor sich hin döste, bestand seine Mutter jedoch darauf, in den ersten Wochen des Monats stets reguläre Ware mit nach Hause zu bringen. Dann erklärte sie Sammy, dass sie ihren Kindern gutes und gesundes Essen schuldig sei. Früher, als sie noch halbtags als Krankenpflegerin ihr Geld verdiente, hatte sie immer verächtlich auf die Leute herabgeschaut, die sich an den Regalen mit dem abgelaufenen Zeug eindecken mussten.

»Wir sind doch keine Asis, wir doch nicht«, hatte sie damals betont. Aber das sagte seine Mutter schon seit zwei Jahren nicht mehr.

Die Schoko-Cornflakes im Küchenschrank reichten gerade noch für seine Brüder. Sammy machte Janis und Pascal zwei Plastikschälchen zurecht und stellte sie auf den Tisch. Sein morgendliches Hungergefühl überging er.

In der ersten Stunde hatten sie Kunst. Selin hatte ihre Sachen nicht dabei. Keine Stifte, keinen Block, nichts. Karim, Jussuf, Kevin, Janina und Denise auch nicht, so wie immer eigentlich.

Frau Riesch packte, ebenfalls wie immer, ihre Stifte und die Blöcke aus, die sie vorsorglich selbst mitgebracht hatte. Man hätte auch ziemlich bescheuert sein müssen, wenn man als Lehrer in der Paul-Ehrlich-Schule glaubte, die Leute würden hier ihre Sachen zum Unterricht mitbringen, dachte Sammy. »Erkan, teile dir die Stifte mit Denise«, ordnete sie an.

Erkan fläzte sich breit grinsend in seinem Stuhl, die Arme weit über die Lehne ausstreckend. Mit den Augen fixierte er Frau Riesch, so wie er alle seine Opfer fixierte. Erkan war im Angriffsmodus.

»Mit ner deutschen Schlampe teile ich mir mal gar nichts. Das können Sie vergessen.«

Die Klasse brüllte vor Lachen. »Krass, Alter«, grölte Jussuf und schlug sich auf die Schenkel.

»So sieht's aus«, sagte Karim, der im Trikot von Galatasaray Istanbul neben Erkan saß und ihm anerkennend auf die Schulter klopfte.

Das Chaos entstand wie immer aus dem Nichts. Aber Denise konterte, noch bevor Frau Riesch sich von ihrem Schrecken erholt hatte, der sie auch nach zwei Jahren an der Paul-Ehrlich-Schule immer noch durchfuhr, wenn die Klasse mal wieder machte, was sie wollte.

»Ne deutsche Schlampe kriegst du doch nie. Türkischer Eselficker.«

Die Klasse brüllte noch lauter.

»Denise!«, rief Frau Riesch nun empört.

»Voll rassistisch, Mann. Du beleidigst doch sonst nur Araber. Jetzt geht's auch gegen Türken, oder was?«, sagte Erkan und lachte.

»Klar, Mann. Nur Araber wäre doch volle Diskriminierung, du muslimisches Halbhirn. Für mich sind alle gleich.«

»Denise, es reicht!«, rief Frau Riesch. Ihre Stimme überschlug sich.

»Schon gut, schon gut«, sagte Denise besänftigend. »Türkischer Eselficker ist nicht okay. Weiß ich. Und Muslime beleidigen geht gar nicht. Da drehen hier immer alle durch. Ist ja alles sooo heilig. Aber Erkan weiß doch nicht mal, wie man Moschee schreibt.«

»Moschee?«, wiederholte Erkan so langsam und fragend, als habe er das Wort noch nie gehört. »Schreibt man ungefähr so wie Muschi. In Moschee war ich noch nie, aber in deutscher Muschi.«

Die Klasse grölte. Erkan hatte sein Ziel erreicht.

Erkan und Denise klatschten sich zufrieden ab. Dann teilten sie die Stifte.

Während der Pause erledigte Sammy den letzten Rest seiner Mathehausaufgaben im Flur. Bei Herrn Eifler wollte er nicht auffallen. Vor ihrem Mathelehrer hatte die 8B Respekt. Schon nach den ersten Stunden hatten sie ihm heimlich den Namen Mathe-Nazi verpasst, weil er so streng war und sich nicht verarschen ließ. Und weil er brüllte, wenn ihm etwas nicht passte. Und dass Eifler etwas nicht passte, kam ziemlich oft vor.

Im Unterricht nannten sie den Mathe-Nazi natürlich nicht Mathe-Nazi, sondern Herr Eifler, weil es sonst echt Stress gegeben hätte. »Wer hat die Hausaufgaben nicht gemacht?«, fragte Eifler sofort, als er die Klasse betrat. Es gingen nur fünf Hände nach oben, weit weniger als bei anderen Lehrern. Und dennoch war es ganz logisch für Sammy, was nun passierte. »Kapiert ihr es eigentlich nie? So schafft ihr euren Realschulabschluss niemals!«, brüllte Eifler. »Und einen Job findet ihr dann auch nicht. Hartz IV, das war's dann. Super, cool, ganz toll, macht ihr richtig gut.« Wenn Eifler ihnen mit Hartz IV und ihren beschissenen Chancen kam, verfluchten sie den Mathe-Nazi noch mehr. Aber das war immer noch besser als bei vielen anderen Lehrern, denen alles egal war, die gar nichts mehr sagten und nur darauf warteten, dass die Stunde rumging. Die Achtung vor solchen Lehrern hatten sie längst verloren, aber auch vor Rechtschreibung, Grammatik und Disziplin.

Als Sammy nachmittags von der Schule kam, ging er

sofort in sein Zimmer, um zehn Euro aus seiner Hertha-Spardose zu holen. Dreiundvierzig Euro waren noch drin, das hatte er genau im Kopf. Er hatte sich angewöhnt, einen kleinen Geldvorrat anzulegen, wenn er mal wieder ein gutes Geschäft gemacht hatte. Er mochte das Gefühl, dass er die Familie im Notfall mit seinem Geld für ein paar Tage über Wasser halten konnte. Gleichzeitig hasste er das Gefühl, dass es immer wieder nötig war.

Die Spardose war ein kleiner blau-weißer Fußball. Wenn man eine Münze hineinwarf, erklang zur Belohnung mit einem scheppernden, metallischen Sound das Hertha-Lied, das er in der Ostkurve des Olympiastadions mit den anderen Fans vor dem Anpfiff in der Bundesliga sang: »Nur nach Hause gehen wir nicht …« Noch lieber sang er das Lied nach dem Schlusspfiff, wenn die Hertha das Spiel gewonnen hatte und sich alle in der Kurve in den Armen lagen. Dann wäre Sammy am liebsten für immer im Stadion geblieben. Aber oft konnte er sich das nicht leisten.

Zehn Euro waren genug für drei Kilo Kartoffeln, Karotten und Lauch. Daraus würde er am Abend einen großen Topf Kartoffelsuppe machen, der locker für zwei, drei Tage reichte. Doch als Sammy sein Zimmer betrat, sah er sofort, dass seine Spardose nicht mehr an der Stelle stand, wo sie hingehörte. Er platzierte den Spardosenball auf seinem schmalen Schreibtisch immer genau unter dem Riesenposter von Ronaldo. Auf dem Bild führte Ronaldo den Ball ganz eng am linken Fuß. Seinen Blick hatte er konzentriert nach vorne gerichtet, zum gegnerischen Tor. Sein gegeltes Haar glänzte tiefschwarz, das Trikot leuchtete weiß wie Flieder, und das Emblem von Real Madrid schwebte wie eine königliche Krone über seinem Kopf. Ronaldo war einfach der Coolste. Keiner kam an ihn heran. Selbst Lionel Messi konnte Sammy gestohlen bleiben. Und Ibrahimovic natürlich auch.

Diesmal aber hatte er keinen Blick für sein Idol. Sammy scannte das Zimmer nach seiner Spardose ab. Er musste nicht lange suchen. Die Dose lag achtlos auf seinem Bett. Die verschließbare Klappe an der Unterseite des Balls hing herunter. Das stumpfe Küchenmesser, mit dem der Plastikverschluss aufgebrochen worden war, befand sich noch daneben. Sein Geld war weg.

In Sammy kochte die Wut.

Wer hatte das getan?

Janis und Pascal hätten niemals gewagt, ihn zu beklauen. Da war sich Sammy absolut sicher. Die beiden ärgerten ihn zwar gerne, aber es gab Dinge, mit denen man keinen Spaß machte. Das wussten sie, auch wenn sie kleine und nervige Brüder waren.

Und seine Mutter?

Sammy traute ihr einiges zu, wenn sie getrunken hatte. Da hatte er schon eine Menge erlebt. Aber sie wäre niemals auf die Idee gekommen, in sein Zimmer einzudringen, um seine Spardose zu plündern. Darauf hätte Sammy all seine Ersparnisse verwettet. Auch wenn sie wusste, dass er am Monatsende immer noch ein bisschen Geld hatte. Woher es kam, wollte sie gar nicht so genau wissen.

Sammy stürzte ins Wohnzimmer. Neben seiner Mutter saß wieder dieser Typ und glotzte genauso regungslos in den Fernseher wie am Tag zuvor. Es war, als hätte er seine Sitzposition um keinen Zentimeter verändert.

»Wo ist mein Geld, du Wichser? Gib mir mein Geld zurück!«, brüllte Sammy.

Der Kerl starrte ihn an.

Sein Schweigen erfüllte den ganzen Raum. Es schien eine Ewigkeit zu vergehen.

»Benno, hast du dem Jungen Geld weggenommen?«, hörte Sammy seine Mutter nach endlosen Sekunden fragen.

Ihre Stimme klang überraschend klar und fest. Sie schien plötzlich auf eine merkwürdige Art nüchtern und vernünftig.

»Mama, schmeiß ihn raus! Sofort!«

Sammy zitterte. Der Kerl legte schon wie am Tag zuvor seine Hand mit einem unverschämten Grinsen auf Jennys Oberschenkel. Sie zuckte, fast unmerklich. Aber Sammy entging diese Regung nicht. Er starrte auf Bennos fleckige weiße Sporthose, die sich im Schritt bedrohlich wölbte. Es war so peinlich, dass Sammy kaum hinschauen konnte, aber es gelang ihm auch nicht, seinen Blick davon abzuwenden. Für einen kurzen Moment hatte er die Hoffnung, sie würde die Hand dennoch zurückweisen, die sein Geld gestohlen hatte. Er blickte seine Mutter flehend an. Aber sie ließ dieses Arschloch stumm gewähren.

All ihre Kraft war gleich wieder verflogen. Bennos Hand lag triumphierend auf ihrem Oberschenkel. Dieser Typ besaß eine Macht, die ihm nicht zur Verfügung stand.

Sammy wich zurück, die Augen nun wieder auf die Schenkel seiner Mutter gerichtet. Sie machte keine Anstalten, sich von diesem Mann zu befreien. Das war alles so unfair, so unfassbar ungerecht. Sammys Magen krampfte sich zusammen, Hitze stieg in ihm auf. Er taumelte, erst im Türrahmen fand er ein wenig Halt.

In den letzten Jahren waren immer wieder Männer bei ihnen zu Hause aufgekreuzt. Es dauerte aber selten lange, bis sie wieder verschwunden waren. Die meisten waren einfach wortlos gegangen, und diejenigen, die länger bleiben wollten, hatte seine Mutter dann doch irgendwann vor die Tür gesetzt. Die wollten ja doch nichts anderes, als auf ihre Kosten saufen, Zigaretten schnorren und mit ihr ins Bett gehen. Diese Kerle hatten sich einiges unter den Nagel gerissen, aber beklaut hatte ihn noch keiner. Sammys Verzweiflung mischte sich mit ungeheurer Wut. Er machte einen Schritt auf den Kerl zu und packte ihn an dem viel zu engen T-Shirt.

»Mein Geld, du versoffene Sau, gib mir mein Geld zurück!«, brüllte Sammy. Sein Kopf glühte.

Er zerrte den Kerl mit einer Kraft aus dem Sofa, die man einem solch schmalen Vierzehnjährigen niemals zugetraut hätte. Auch Benno war im ersten Moment völlig überrumpelt. Aber seine Überraschung wich rasch. Die Hand, die eben noch seine Mutter begrapscht hatte, ballte sich zur Faust.

Sammy reagierte blitzschnell. Er rammte dem Kerl sein Knie in die Eier.

»Mach das nie wieder!«, brüllte Sammy.

Benno stöhnte auf. Er berappelte sich jedoch schneller, als es Sammy lieb war – und wollte sich mit seinen hundert Kilo auf ihn stürzen. Sammy hätte keine Chance gehabt. Doch plötzlich stand seine Mutter mit erhobenen Händen vor ihm.

»Lass meinen Sammy in Ruhe! Es reicht, raus hier!«, brüllte sie.

Sammy atmete auf, auch wenn sein Körper noch zitterte. »Und was ist mit meinem Geld?«, fragte er hinter dem Rücken seiner Mutter.

Benno schaute verächtlich, dann drehte er sich um und verschwand. Als die Eingangstür ins Schloss fiel, fühlte Sammy eine unendliche Erleichterung. Er hoffte, dass dieser Typ nie mehr bei ihnen aufkreuzen würde.

Seine Mutter ließ sich erschöpft aufs Sofa fallen.

»Es ist nicht so einfach, mit drei Kindern einen Mann zu finden. Ich bin so müde. Ich schaffe das nicht mehr alleine«, sagte sie schwach.

»Aber warum hängen hier immer nur die letzten Idioten ab, Mama?«

»Ich habe einfach kein Glück mit Männern, Sammy.«

»Ich weiß, Mama. Ich weiß.«

Sammy war nicht sonderlich überrascht, dass seine Mutter keine Erklärung für ihre unglaubliche Pechsträhne mit diesen Typen liefern konnte, die schon so lange dauerte, dass es kein Pech mehr sein konnte. Im Fußball wäre kein Trainer mit dieser Erklärung für jahrelange Niederlagen durchgekommen. Und wenn seine Mutter wüsste, was schieflief, hätte sie ja auch etwas ändern können, und dann hätte sie in den letzten Jahren vielleicht auch mal einen Mann kennengelernt, der etwas taugte. Das war doch alles ganz logisch, fand Sammy. Und dieser Mann, der leider nie bei ihnen auf dem Sofa saß, hätte seine Mutter glücklich gemacht – und ihn und seine Brüder auch. Und dann wäre alles gut gewesen.

Sammy nahm seine Mutter in den Arm, so wie er seine kleinen Brüder im Arm hielt, wenn die Bayern mal ein Spiel verloren hatten. Er sah Tränen in ihren Augen, aber er wusste nicht, ob sie weinte oder ob es doch nur der Alkohol war, der ihren Blick verwässerte.

»Warum ist Papa damals gegangen?«

»Ich weiß es nicht.«

»Warum hat er sich nie wieder gemeldet?«

»Ich weiß es nicht.«

»Das ist nicht fair.«

»Nein, Sammy. Das ist nicht fair. Aber das Leben ist nicht fair, hier nicht.«

Und damit hatte sie verdammt recht, wie Sammy fand. Dass Väter ihre Familie sitzen ließen, kam im Viertel ständig vor. Er kannte praktisch niemanden, bei dem der Vater noch zu Hause lebte. Und wenn, dann war das auch nicht besonders gut. Aber immer noch besser, als wenn ständig irgendwelche Loser zu Hause auftauchten. Das Schlimmste aber waren Väter, die einfach wortlos für immer verschwanden. Sammy fragte sich, warum man dafür nicht ins Gefängnis kam, wenn man doch schon gehörigen Ärger mit der Polizei bekam, wenn man Leuten nur das Handy abzog und für ein paar Euro verkaufte. Das war doch nicht logisch. An ein neues Handy konnte jeder irgendwie rankommen, aber doch nicht an einen neuen Vater.

Seine Mutter schien jedenfalls ein besonderes Talent dafür zu besitzen, genau jene Männer in ihr Leben zu lassen, die eines Tages der Erdboden verschluckte. Diese Kerle ließen dann ihre Kinder oder leere Flaschen zurück als Erinnerung. Und manchmal auch beides.

Der Verlust seines Vaters war damals völlig unerwartet in Sammys Leben hereingebrochen, wie ein unberechtigter Elfmeter, ein Schlag aus dem Nichts, von dem man sich nicht so rasch erholt.

Es geschah an einem Freitag. Der Kindergarten schloss wie immer um 16 Uhr. Doch auch eine Dreiviertelstunde nach der Abholzeit war sein Vater noch immer nicht aufgetaucht. Ans Telefon ging zu Hause auch niemand, und so brachte ihn seine Kindergärtnerin selbst nach Hause. Elif wohnte um die Ecke über einem einfachen griechischen Lokal, in dem Sammy gerne einmal gegessen hätte, weil Elif immer dort aß. Sammy mochte ihre langen, kastanienbraunen Haare, die in weichen Locken herunterfielen. Niemand in seiner Familie besaß solch wundervolle Haare. Noch mehr liebte er aber den honigsüßen Geruch ihrer Haut, den er mit den Geschichten einsog, wenn er sich eng an sie schmiegte, während sie ihm Bücher vorlas.

Sammy und Elif warteten an diesem Tag gemeinsam vor der Haustür, bis seine Mutter von der Arbeit heimkam. Seine Mutter weinte, als sie Sammy und die Kindergärtnerin auf den Stufen sitzen sah. Sie ahnte, dass Marcel sie verlassen hatte. Und so war es auch. Marcel hatte alle seine Sachen aus der Wohnung mitgenommen. Er kam nie wieder zurück.

Sammy wollte sich nicht mehr an seinen Vater erinnern. Aber es war unmöglich, sich gegen diesen Schmerz zu schützen. In seinem Kopf tauchten immer wieder die Bilder auf, wie ihn sein Vater mit einem Kuss am Eingang des Kindergartens verabschiedete, wie er in seine offenen Arme stürmte, als er ihn an dem kleinen roten Törchen abholte, an dem er jetzt immer noch jeden Tag vorbeimusste. Selbst wenn Sammy beschloss, das rote Törchen nicht zu beachten, tauchte sein Vater dort vor ihm auf. Sammy versuchte mit aller Kraft, nichts zu empfinden und seine Erinnerung auszulöschen, aber je stärker er das wollte, desto weniger gelang es ihm.

Sammy war dennoch froh, dass seine Mutter auf der Schrankwand das Foto stehen gelassen hatte, auf dem ein großer, braunhaariger Mann einen kleinen Jungen und eine Frau mit strahlend blauen Augen in seinen Armen hielt. Auf dem Bilderrahmen waren ihre Namen in geschwungener Schrift eingraviert: Sammy, Marcel, Jenny. So wusste Sammy wenigstens, dass es diesen Vater tatsächlich gab, wenn er ihn in seinen Träumen besuchte, und dass er ihn an einem symmetrischen Gesicht mit hohen Wangenknochen und einer markanten Nase erkannte. Und an seinen starken Armen.

Seine Mutter versicherte Sammy stets, dass Marcel ein guter Vater gewesen war. Sammy wusste, dass sie es gut meinte. Aber der Trost, den sie ihm schenken wollte, machte ihn nur wütend. Er hasste schon diesen bescheuerten Namen: Marcel. Und wie konnte ein Vater jemals ein guter Vater sein, wenn er sich über Nacht in Luft auflöste? Wäre sein Vater Soldat gewesen und hätte in Afghanistan eine Kugel abbekommen, als er einen Kameraden aus einem Hinterhalt raushaute, wäre das natürlich auch schlimm gewesen. Aber damit hätte er besser leben können. Dann wäre sein Vater zwar auch tot, aber kein Arschloch.

Von Pascals und Janis' Vätern hatte seine Mutter kein Foto aufgehoben. Die kamen, anders als sein Vater, auch ab und zu vorbei, und wenn sie konnten, zahlten sie auch Unterhalt.

»Ich muss los«, sagte Sammy unvermittelt.

»Wo gehst du jetzt schon wieder hin?«

»Ich muss noch was checken, Mama. Sag Pascal und Janis, dass sie schon mit den Hausaufgaben anfangen sollen, dann mache ich ihnen abends was zu essen.«

Seine Mutter nickte.

Sammy zog ein silbergraues iPhone aus der Hosentasche. Seine Mutter erkannte auf den ersten Blick, dass es sich um ein neues Handy handelte, aber sie fragte nicht, woher er es hatte. Er tippte schnell eine Nachricht ein.

```
19.30 uhr
hermann friedhof???
```

```
alles klar ☺
```

schrieb Zahid zurück.

Sammy verschwand im düsteren Treppenhaus. Die Sonne hatte schon lange keine Chance mehr, das stumpfe Fensterglas zwischen den Stockwerken zu durchdringen. Aus seiner Jackentasche kramte er ein weiteres Handy hervor, das er auf dem Weg zu Zahid noch einmal fachmännisch begutachtete.

Sie hatten sich wie immer auf dem Friedhof in der Hermannstraße verabredet. Zahid zahlte gut für Handys. Vierzig Euro waren drin. Das Smartphone hatte keinen Kratzer. Es war zwar nicht das aktuellste Modell, im Laden kostete es dennoch dreihundert Euro.

In der Hermannstraße kamen ihm vor dem Damaskus-Grill zwei tief verschleierte Frauen entgegen, hinter deren schwarzen Tüchern ihn dunkle Augen freundlich anblickten. Sammy grüßte die beiden Frauen mit einem Nicken und einem Lächeln. Es waren die Mütter von Ibra und Erdal, mit denen er auch seit drei Jahren zusammen bei Neukölln 88 im Verein spielte. Erdals Familie wohnte direkt am Käfig, deshalb gingen die Jungs regelmäßig dorthin. Aber oft kamen sie erst, wenn es draußen dunkel war und sie den Ball nicht mehr sehen konnten.

Von Erdals Mutter bekam Sammy immer wieder Sachen vorgesetzt, die es bei ihm zu Hause nie gab. Von Bulgur-Pilaw hatte er noch nie gehört, aber es schmeckte köstlich. Auch nach dem zweiten Teller hatte er noch nicht genug davon, und Erdals Mutter gab ihm immer, so viel er wollte. Mittlerweile erkannte Sammy den Duft von Kichererbsen, Lammfleisch und Limetten schon, wenn er bei Erdal zur Tür reinkam. Erdals Mutter wusste längst, dass es Sammys Lieblingsgericht war. Aber Sammy konnte bei ihr so viel essen, wie er wollte, er wurde trotzdem nie richtig satt. Sein Hunger war von einer anderen Art.

Auf dem Weg zum Friedhof kam er an einem heruntergekommenen Second-Hand-Laden vorbei. Seine Mutter hatte sich dort früher manchmal was gegönnt. Daneben war der alte Elektroladen von Günther, der bei schönem Wetter seine Waschmaschinen, Herde und Kühlschränke nach draußen stellte. Niemand wusste so genau, warum er das tat. Das waren ja nun wirklich keine Sachen, die man so locker mal mitnehmen konnte. Dabei machte der grauhaarige Günther, der den Laden schon seit über zwanzig Jahren führte, ansonsten eigentlich nur Dinge, die Sammy logisch erschienen. So tauchte er, als ihr Kühlschrank mal eines Samstagabends den Geist aufgegeben hatte, sogar noch um kurz vor Mitternacht bei ihnen auf, um ihn zu reparieren. Günther wusste genau, dass die Lebensmittel nicht verkommen durften, denn sonst wäre an den nächsten Tagen nicht mehr genug auf den Tisch gekommen.

Wenige Meter vor dem Friedhof, neben der neuen Shisa-Bar, in der am Wochenende die Jungs aus der B-Jugend von Neukölln 88 abhingen, brüllte eine neongelbe Schrifttafel: »Pupser«. Es war ein Geschäft für Kinderklamotten, in dem seine Mutter früher für Pascal, Janis und ihn eingekauft hatte. Schon wegen des Namens wollte er den Laden nie betreten. An den Ständern hingen fein säuberlich ziemlich schreckliche T-Shirts, Hosen und Kleider für zwei, drei oder vier Euro. Mittlerweile aber trugen Janis und Pascal nur noch die alten Sachen von Sammy auf.

Auf der anderen Straßenseite lehnte Zahid am Holztresen des Kiosks, der hinter dem steinernen Portal des Friedhofs der St. Thomas-Gemeinde lag. »Friedhof der Ungläubigen«, nannte Zahid diesen Ort.

Zahid war schon Anfang zwanzig. Er hielt ein heißes Glas Chai in der Hand. Er umfasste es vorsichtig mit vier Fingern, aber das tat er nicht wegen der Hitze. Es ging nicht anders. Zahids Ringfinger war oberhalb des Gelenks abgetrennt. Sammy konnte sich nicht erinnern, Zahid jemals getroffen zu haben, ohne dass sie zusammen Tee getrunken hätten, und immer starrte er dabei auf diesen verkürzten, schlecht vernarbten Finger. Wenn Sammy an Zahid dachte, dachte er an Tee – und an diesen verstümmelten Finger. Und seit ein paar Monaten auch an Handys und Geld.

Mit der unversehrten Hand schob Zahid ihm ebenfalls einen dampfenden, tiefbraunen Gewürztee zu. Unter seinem Hemd zeichnete sich ein langes, feststehendes Messer ab, das Zahid an seinem Gürtel befestigt hatte.

»Hi, Kifak, alles klar?«

»Check«, gab Sammy zurück. Die Jungs umarmten sich, der Schaft des Messers drückte gegen seinen Bauch.

Zahid sagte immer »Kifak« zur Begrüßung. So begrüßten sich hier alle Araber. Der Satz war ein englisch-arabisch-deutscher Mischmasch. Eigentlich hätte »Kifak« gereicht, denn das bedeutete ja schon: »Wie geht's dir?«

Sammy fand es cool, wenn er als Deutscher so begrüßt wurde. Es war, als gehörte er damit zum Clan.

»Was hast du heute dabei, Bruder? Zeig mal«, sagte Zahid.

Sammy holte das Smartphone hervor, das er nach dem letzten Auswärtsspiel mit Neukölln 88 aus der Schiedsrichterkabine in seinen Besitz gebracht hatte.

»Achtzig Euro«, sagte Sammy.

Er wusste, dass er nicht so viel dafür bekommen würde, aber mit achtzig Euro hätten sie den Monat gut rumgebracht. Fünfzig brauchte er mindestens.

»Probleme zu Hause?«, fragte Zahid. »Du weißt doch, dass du keine achtzig von mir kriegst.«

Sammy nickte.

Es hatte keinen Sinn, Zahid etwas vorzumachen oder um mehr Geld zu zocken. Zahid kannte nicht nur die Preise, Zahid machte hier die Preise.

»Die Familie, du weißt schon«, sagte Sammy.

»Ehrensache, Bruder. Könntest Araber sein.« Zahid lächelte und umarmte Sammy noch mal. »Vierzig ist das Ding wert. Ich geb dir sechzig, wegen der Familie. Ich habe aber bald was für dich, da gibt's mehr«, fuhr Zahid fort. »Viel mehr.«

»Ist schon okay so«, sagte Sammy und steckte das Geld ein. Er trank seinen Tee in einem Zug und verabschiedete sich.

Auf dem Rückweg bog er beim Discounter ein, verglich die Preise und packte kiloweise Nudeln und Tomaten von der reduzierten Ware in den Einkaufswagen. Dazu Würstchen, Kartoffelbrei, Brot, Marmelade und Schokocreme. Das würde für die nächsten Tage reichen.

Zu Hause verstaute Sammy die Lebensmittel im Kühlschrank und packte seine Sporttasche. Er holte seine knallorangen Nike-Schuhe aus dem Schrank, die er nach jedem Training sorgfältig putzte und immer, wenn sie nass waren, mit Papier ausstopfte, damit sie ihre Form nicht verloren. Es waren genau dieselben Schuhe, mit denen auch Ribéry zauberte. Der spielte zwar bei den Bayern, aber er war trotzdem ein Super-Kicker.

»Gegen wen spielt ihr morgen eigentlich?«, fragte Pascal, als Sammy seine Sachen packte.

»Blau-Weiß Dahlem, wieder auswärts.«

»Der Scheiß-Bonzenklub?«

»Genau der«, sagte Sammy. »Und wir müssen endlich wieder gewinnen. Sonst steigen wir noch ab.«

# 3. Dani

Der gedeckte Tisch sah aus wie in der Fernsehwerbung. Im blank geputzten Silber spiegelte sich das kostbare Kaffeeservice, das schon Danis Urgroßeltern für dieses Haus angeschafft hatten. Das Porzellan hatte ebenso wie das Anwesen einen Weltkrieg und drei Generationen tobender Kleinkinder unbeschadet überstanden. Unterhalb der weit ausladenden Terrasse funkelte der See in der Sonne, die an diesem Nachmittag hoch über den Kiefern am westlichen Ufer stand. Der mit weißem Tuch bespannte Holzschirm spendete ausreichend Schatten für den Nachmittagskaffee.

Dani fiel der Luxus, der ihn umgab, nicht mehr auf. Er sah ihn jeden Tag.

»Und, Daniel, wie war's in der Schule?«, fragte seine Mutter. Alle seine Freunde nannten ihn seit Jahren nur Dani, seine Eltern allerdings beharrten auf seinem vollständigen, unverkürzten Namen.

»Gut«, antwortete Dani. So wie immer, wenn seine Mutter fragte, wie es in der Schule war.

Und das fragte sie Dani jeden Tag. Mittlerweile aber schien sich seine Mutter mit dieser Antwort abzufinden, nachdem sie früher immer die Augen verdreht hatte, wenn er nichts weiter gesagt hatte außer »gut«. Aber was sollte man auf so eine blöde Frage auch anderes antworten? Er konnte natürlich »schlecht« sagen, aber dann hätte er unendlich viel erklären müssen. Und darauf hatte er nun wirklich keine Lust. Und so schlecht, dass er auf diese blöde Frage tatsächlich mit »schlecht« antworten musste, lief es in der Schule ja auch nicht. Nicht mal an den Tagen, an denen es nicht wirklich gut lief, war es richtig schlecht. Also sagte Dani »gut«.

Seine Schwester Luise war dagegen nach der gleichen Frage kaum zu stoppen. Wenn sie nach der Schule gemeinsam am Tisch saßen, lief dieses Frage-und-Antwort-Spiel immer auf dieselbe Weise. Luise erzählte die tollsten Geschichten, während Dani schweigend auf den Schlachtensee schaute und sich fragte, auf welchem Planeten seine Schwester eigentlich zur Schule ging. Dabei gingen sie doch beide um die Ecke auf die Königin-Charlotte-Oberschule.

Das Gute war, dass Danis Mutter jeden Tag auch leckeren Schokokuchen aus der Konditorei in der Kantstraße, direkt neben ihrer Rechtsanwaltskanzlei, mit nach Hause brachte. Oder sie versorgte ihn und seine Schwester wie an diesem Tag auf der Terrasse mit Eisbechern und Milchshakes, was Dani sogar noch ein bisschen lieber mochte.

»Wisst ihr, was heute wieder passiert ist bei Herrn Schwarz?«, fragte Luise fröhlich in die Runde, während Dani gelangweilt seinen Milchshake schlürfte.

»Nix, wie immer. Der Physik-Schwarz ist doch völlig verpeilt, schon seit Jahren«, entgegnete Dani schließlich. Seine Schwester nervte ihn.

»Er hat heute die Noten für die Klassenarbeit vorgelesen«, fuhr Luise unbeirrt fort.

»Sen-sa-tio-nell. Er kann Noten vorlesen. Das ist für einen Lehrer ja eine unglaubliche Leistung. Genauso wie für Mädchen das Lackieren von Fingernägeln«, sagte Dani. Mit einem kurzen Blick kontrollierte Luise ihre Fingernägel, die sie mit der ihr eigenen Sorgfalt knallrot lackiert hatte. Sie war mächtig stolz darauf. Das machten jetzt fast alle Mädchen in ihrer Klasse, und schließlich war sie schon fast dreizehn.

»Herr Schwarz hat Noten vorgelesen. Aber es gab keine Klassenarbeiten dazu«, fuhr Luise zufrieden fort. »Herr Schwarz hat die Klassenarbeiten schon wieder verloren. Alle. Und das zum zweiten Mal.«

Ihre Mutter schüttelte verständnislos den Kopf. Dani musste einsehen, dass seine Schwester wieder einen Treffer gelandet hatte. Er kannte seine Mutter nur zu gut. »Das glaube ich jetzt nicht. Da müssen wir doch was machen. Ich gehe sofort zum Rektor. Was ist das nur für ein Lehrer?«

Im Kopf schien sie schon die Klageschrift durchzugehen, die sie am liebsten gleich am Kaffeetisch aufgesetzt hätte, um diesen Lehrer für immer von der Schule zu jagen. Aber dann fragte sie Luise: »Was hast du für eine Note bekommen?«

»Eins! Wie bei der letzten Arbeit auch«, sagte sie mit der Selbstverständlichkeit einer Schülerin, die nichts anderes gewohnt ist, als gute Noten mit nach Hause zu bringen. Luise gehörte zu den Besten in der Klasse, genauso wie Dani. Nur darin waren sich die Geschwister ähnlich.

Früher hatte auch Dani sofort losgequatscht, wenn er aus der Schule kam – und hörte den ganzen Tag nicht mehr damit auf. Dani konnte sogar richtig witzig sein, und Luise musste sich jedes Wort am Tisch erkämpfen. Seit ein paar Monaten aber zog sich Dani immer wieder in undurchdringliches Schweigen zurück.

Von einem Tag auf den anderen hatte er sich zu Hause plötzlich fremd gefühlt, obwohl sich eigentlich gar nichts verändert hatte in seiner Familie. Seinen leiblichen Vater kannte Dani nicht. Er hatte ihn noch nie im Leben gesehen. Und ehrlich gesagt, hatte er ihn all die Jahre auch nicht vermisst. Es gab ja Klaus und seine Mutter. Das waren seine Eltern.

Doch kurz vor seinem vierzehnten Geburtstag eröffneten sie Dani, dass Klaus ihn jetzt adoptieren wolle. »Wir möchten das jetzt endgültig regeln«, sagte Klaus. »Ihr könnt das doch nicht einfach ohne mich entscheiden. Das geht gar nicht«, platzte es aus Dani heraus. Er war doch kein Kind mehr, mit dem man alles machen konnte. Außerdem gab es niemanden, den er kannte, der adoptiert war. Und er lebte doch in einer Familie, was sollte das also?

Seine Eltern hatten angenommen, dass Dani sich über ihren Plan freuen würde. Doch seitdem war irgendwie alles anders. Dani ließen die Gedanken an seinen leiblichen Vater nicht mehr los. Und dabei kam noch eine andere Frage in ihm hoch, die sich von seinem unbekannten Vater einfach nicht mehr trennen ließ. Dani fragte sich nun auch, wer er wirklich war.

Die Gelegenheiten, die gesamte Aufmerksamkeit auf sich zu ziehen, wenn Dani schwieg, hatte Luise seitdem mit wachsender Begeisterung für sich genutzt. Auch an diesem Tag gab sie gleich wieder die nächste Geschichte zum Besten.

»Wir haben heute Frau Dahlenstett gebeten, dass sie uns nicht wieder so massig viele Hausaufgaben reinhaut, weil wir am Montag doch Englisch schreiben. Ihr glaubt nicht, was passiert ist«, sagte sie geheimnisvoll. Diese Geschichte klang sogar für Dani ganz gut, denn Frau Dahlenstett war tatsächlich die verdrehteste aller verdrehten Lehrer an ihrer Schule. Es gab niemanden, der nicht eine verrückte Geschichte über Frau Dahlenstett erzählen konnte.

»Und, was war los?«, fragte Dani neugierig. Luise strahlte, weil ihr großer Bruder überhaupt mal wieder reagierte.

»Sie hat uns sofort einen unangekündigten Test schreiben lassen«, sagte Luise. »War aber nicht schwer.«

»Nur weil ihr wegen der Hausaufgaben gefragt habt? Das geht doch so nicht. Habt ihr nicht dagegen protestiert?«, fragte ihre Mutter aufgebracht.

»Maamaa!«, sagte Luise in angestrengtem Ton, wie ihn Lehrer anschlagen, wenn sie für Ruhe sorgen wollen.

»Ist schon gut, Mama. Es ist die Dahlenstett«, pflichtete Dani seiner Schwester bei. Ihre Mutter regte sich immer ein bisschen zu schnell über die Dinge auf, die in der Schule passierten. Da waren Luise und Dani ausnahmsweise mal einer Meinung.

»Blöd, dass du keine Anwältin in der Schule dabeihattest. Die hätte dich direkt in der Klasse verteidigt«, sagte Dani und grinste. Luise überging den Spruch. Sie wollte sich nicht von ihrer Geschichte abbringen lassen.

»Natürlich haben wir protestiert, was denkst du denn?«, fuhr sie eilig fort. »Frau Dahlenstett hat aber nur die Augen verdreht und gesagt: ›Kinder, die Schule ist ein Königreich. Und ich bin die Königin.‹«

Dani prustete los. Der letzte Schluck seines Shakes spritzte im hohen Bogen über den Tisch. Seine Mutter schaute säuerlich, sagte aber kein Wort. Luise lachte hell. Dani ging in die Küche und holte einen Lappen, um die Sauerei zu beseitigen. Er versuchte, die Reste des Schokoshakes aus garantiert lactosefreier Biomilch aufzuwischen, die seine Mutter von einem zertifizierten Ökobauernhof in Brandenburg geliefert bekam. Aber das half nicht mehr viel. Das schneeweiße Tischtuch war übersät mit kakaobraunen Sprenkeln.

»Tut mir leid.«

Dani wusste, dass seiner Mutter ein kultivierter Nachmittagskaffee mindestens so wichtig war wie ökologisch einwandfreie Lebensmittel. Sie überging jedoch das Malheur, weil ihr nicht entgangen war, dass Dani im Moment ziemlich viele Dinge durch den Kopf gingen. Und dabei manches schieflief.

Dani wusste nicht, woran das lag. Er wusste eigentlich überhaupt nichts mehr. Und er fragte sich jetzt auch, ob seine Schwester, die schon wieder etwas Neues erzählte, sich all diese Geschichten vielleicht nur ausdachte, die nun, seit er schwieg, jeden Tag nur so aus ihr heraussprudelten. Oder ob Luise wirklich ein Leben lebte, das er nicht kannte. Je öfter er zuletzt darüber nachgedacht hatte, desto klarer schien ihm, dass sie tatsächlich in einer anderen Welt lebte. Einer Welt, die er noch nie betreten hatte und die ihm wohl auch für immer unzugänglich bleiben würde.

Die Unterschiede zwischen Dani und Luise waren groß. Das war einerseits ganz offensichtlich. Denn dass Luise ein Mädchen war und weder Fußball noch Hockey mochte, war ein ganz wichtiger und nicht zu bestreitender Unterschied. Aber darauf kam es jetzt nicht mehr an. Entscheidend war etwas anderes: Luise war weiß. Und er schwarz – wie sein Vater.

Und *das* war nun wirklich ein gewaltiger Unterschied.

Und dieser Unterschied, den Dani früher unbedeutend fand, wurde immer größer und wichtiger, seit er nun ständig über seine Herkunft grübelte. Plötzlich stand da ein Hindernis zwischen ihnen, wie eine Mauer auf dem Fußballplatz, die Schütze und Torhüter voneinander trennt. Aber diese unsichtbare Mauer konnte nur Dani sehen.

Für ihn war Klaus jetzt nur noch Luises Vater. Und *das* war ein noch gewaltigerer Unterschied.

Eigentlich war Klaus schon sein Vater. Er war ja immer für ihn da gewesen. Das konnte Dani gar nicht anders sagen, auch wenn er Klaus seit dem idiotischen Adoptionsplan nicht mehr Papa nannte, wie Luise das noch immer so sorglos tat, wie auch alles andere in ihrem Leben. Aber dass Klaus nicht sein Vater war, zumindest nicht sein »richtiger«, das sah ja nun wirklich jeder.

Denn auch Klaus war definitiv nicht schwarz. Er war nicht ganz so papierweiß wie Luise, die diese durchsichtige Blässe von ihrer Mutter geerbt hatte. Und das machte auch ihre gemeinsame Mutter in Danis Augen ein bisschen mehr zu Luises Mutter.

Die beiden sahen sich sowieso extrem ähnlich. Seine Mutter und Luise trugen ihre kastanienbraunen Haare schulterlang, sie hatten auch dasselbe strahlende Lachen. Seine Mutter war allerdings noch einen Kopf größer als Luise, größer auch als die meisten Frauen. Sie war eine

Schönheit, sehr schlank und mit verschwenderisch langen Beinen ausgestattet, die sie in ihrer Studienzeit als Gelegenheitsmodel für ein paar Jahre zu Geld gemacht hatte. Luise würde später bestimmt genauso gut aussehen. Obwohl sie erst zwölf war, schauten seine Freunde, wenn sie zu ihm nach Hause kamen und sich unbeobachtet fühlten, seiner kleinen Schwester hinterher. Und seiner Mutter auch.

Wenn schon nicht die Hautfarbe, so hatte Dani immerhin die langen Beine seiner Mutter abbekommen. Wenn er mit seinen unvermeidlichen Kopfhörern durch die Gegend schlurfte, sah es so aus, als liefe Dani auf zwei viel zu langen Zahnstochern durch die Welt. Aber wenn er sich damit auf dem Sportplatz in Bewegung setzte, gab es niemanden, der mit diesen langen Beinen auch nur annähernd Schritt halten konnte. Keiner flog so elegant und leichtfüßig dahin wie Dani, wenn er seine unwiderstehlichen Sprints anzog.

Dass er als einziger Schwarzer in einer ansonsten blütenweißen Familie lebte, war trotz der Unsicherheit, die ihn nun seit einiger Zeit überfiel, früher auch verdammt lustig gewesen. Zumindest kam ihm das in der Erinnerung so vor. Aber mittlerweile wusste Dani gar nicht mehr so genau, ob es sich um seine eigenen Erinnerungen handelte. Oder ob sich diese Geschichten erst nachträglich in sein Gedächtnis eingenistet hatten, weil sie in der Familie immer wieder zum Besten gegeben wurden, meistens an Weihnachten und Geburtstagen, wenn alle Verwandten bei ihnen zu Hause anrückten.

Eine Geschichte durfte zu diesen Anlässen nie fehlen, sie gehörte genauso zu Weihnachten wie der Gänsebraten, dessen Duft sich an Heiligabend schon mittags im ganzen Haus verbreitete und Dani und Luise schon Stunden vor der Bescherung in größte Aufregung versetzte.

Die Geschichte, auf die alle an diesen Abenden warteten, erzählte immer seine Mutter. Als Dani klein war, hatten andere Mütter auf dem Spielplatz oder beim Einkaufen immer wieder von ihr wissen wollen, woher sie denn diesen kleinen, süßen, schwarzen Jungen mit den dunklen Knopfaugen hatte, der doch unmöglich ihr Sohn sein konnte. Als sie die Frage irgendwann nicht mehr hören konnte, sagte seine Mutter mit ihrem schönsten Lächeln: »Den habe ich vom Schwarzmarkt – gibt sogar noch mehr davon.«

Dann lachten alle am Tisch, prosteten sich zu und ließen sich Gans und Rotkraut schmecken. Und Dani fühlte sich wie ein kleiner Star. Noch beim letzten Weihnachtsfest war er es gewesen, der seine Mutter bat, diese alte Geschichte zu erzählen, auch wenn sie selbst von diesem Thema schon genug zu haben schien. Aber Dani fand seine Mutter in diesem Moment einfach cool. Und auch deswegen konnte er von dieser Geschichte nie genug bekommen.

Es gab mittlerweile aber auch Geschichten, die nicht mehr lustig waren. Und je älter Dani wurde, desto mehr gab es davon. Die harten Sachen behielt er lieber für sich. Er konnte gar nicht mehr sagen, wann genau es begonnen hatte, dass er nicht mehr so selbstverständlich Dani sein konnte, wie seine Schwester noch immer Luise sein durfte – und für immer sein würde. Vermutlich war das schon immer so gewesen. Aber erst vor ein paar Monaten hatte er es gemerkt.

Dani war vier oder fünf Jahre alt, als er seine Mutter fragte: »Ist mein Papa ein Neger?«

»Wie kommst du darauf, mein Schatz?«, fragte seine Mutter damals.

»Die anderen Kinder haben das gesagt – und gelacht.«

»Neger ist ein hässliches Wort für Menschen mit dunkler Haut. Sie wollen dich nur ärgern, aber lass dich nicht ärgern. Deine Haut ist wunderschön, nicht so käsig wie meine«, sagte sie und nahm ihren Sohn in den Arm.

Dani hatte bis zu diesem Tag nie darüber nachgedacht, dass er eine andere Hautfarbe hatte. Er schenkte seiner Hautfarbe einfach keine Beachtung, sie war halt einfach so. Genauso wie Alexandra seine Mutter, Klaus sein Vater und Luise seine Schwester waren. Omas und Opas, Tanten und Onkel gab es ja auch genug, und damit war für Dani alles in Ordnung.

Seine Mutter hob ihren Jungen an jenem Tag auf ihren Schoß, kuschelte sich ganz nah an ihn und sagte zärtlich: »Es stimmt, dass dein leiblicher Vater die gleiche dunkle Hautfarbe hat wie du, die hast du von ihm geerbt. Aber Klaus ist dein richtiger Papa. Er ist immer für dich da, genauso wie für Luise. Du musst dir keine Sorgen machen.« Dann nahm ihn auch Klaus ganz fest in den Arm und drückte ihm einen dicken Kuss auf die Stirn. »Ich bin dein Papa – und werde es immer bleiben«, sagte er.

Das genügte Dani damals. Er rannte raus in den Garten und war froh, dass er wieder spielen konnte – und einen Papa hatte, vielleicht sogar zwei. Am Abend fragte er seine Eltern: »Kann man die Farbe eigentlich abwaschen?«

Dani fiel das alles wieder ein, als ihm die braunen Spritzer auf dem strahlend weißen Leinentuch ins Auge fielen. Auch er hätte niemals hier sein sollen. Sein Blick verdüsterte sich.

Seine Mutter merkte sofort, dass etwas nicht stimmte. Sie schien seine Gedanken lesen zu können, sagte aber nichts, weil sie diesem Thema nicht noch größeren Platz in der Familie einräumen wollte. Was geschehen war, war geschehen. Daran ließ sich nichts mehr ändern.

Gleichwohl musterte sie Dani aufmerksam. Die dunkelbraunen, tief liegenden Augen, die kräftige Nase und Danis dichte, fast schwarze Haare ließen in ihrer Erinnerung wieder jenen Mann hervortreten, der vor fünfzehn Jahren mit einem Donnerschlag in ihr Leben getreten war.

Alexandra hatte in London am King's College mit fünfundvierzig ihren Abschluss in Jura gemacht. Fünf Jahre zuvor hatte sie ihr Studium an der Humboldt Universität in Berlin begonnen und war dann erst für zwei Semester nach Rom an die Sapienza Universität gegangen, bevor sie in London die letzten Jahre absolvierte. Schon ihr Vater hatte am King's College sein Examen abgelegt und danach eine Kanzlei am Kurfürstendamm gegründet. Er baute sie zu einer der erfolgreichsten Sozietäten des Landes auf, die seine Tochter später übernehmen sollte. Alles war lange und sorgfältig geplant.

Am Abend der Diplomverleihung in London war ihr dieser Mann aufgefallen. Aber was heißt aufgefallen? Alexandra war magisch angezogen. Sie hatte den Mann vorher noch nie gesehen, vermutlich war es der Freund einer ihrer Kommilitonen, aber das war auch nicht wichtig. Der Mann sah einfach nur umwerfend gut aus. Sportlich, mit muskulösen Oberarmen, auf die Alexandra schon immer stand, und mit samtweicher, tiefbrauner Haut.

»Toller Typ«, raunte Alexandra ihrer Kommilitonin Mary zu. »Kennst du den?«

»Nur aus meinen schärfsten Träumen«, entgegnete Mary und verdrehte genussvoll die Augen.

Alexandra stellte ihren Drink auf den Tresen und steuerte zielstrebig auf diesen Mann zu, dessen lässige Art sie so unglaublich anzog.

»Alexandra«, sagte sie nur, als sie sich direkt vor ihm aufbaute und in seine dunklen Augen schaute.

»João, freut mich. Lass uns tanzen.«

Alexandra sah in ein lachendes, wunderschönes Gesicht. Das war genau der Mann, der perfekt zu diesem Abend passte, an dem sie sich nach reichlich Champagner noch ein bisschen mehr für ihr Examen belohnen wollte. Ein paar Stunden später gingen sie in ihr Appartement. Als am nächsten Morgen die Sonne über London aufging, hatte João die Wohnung schon wieder verlassen, und auch das entsprach genau Alexandras Wünschen. Als er ging, wusste sie von diesem Mann nur, dass er Brasilianer war, João hieß und dass sie eine wunderbare Nacht miteinander verbracht hatten. Mehr glaubte Alexandra auch niemals von diesem Abenteuer wissen zu müssen.

Sieben Wochen später, als sie mit ihrem Diplom in Berlin in ihrer neuen Wohnung saß, die sie von ihrem Vater zum Prädikatsexamen geschenkt bekommen hatte, stellte Alexandra fest, dass sie schwanger war. In den nächsten Monaten versuchte sie verzweifelt herauszufinden, wer dieser João war, der der Vater ihres Kindes werden würde. Sie setzte Himmel und Hölle in Bewegung, aber niemand an der Uni hatte jemals etwas von diesem Mann gehört, und es konnte ihr auch keiner sagen, wie er auf die Party gekommen war. Über ein Vierteljahr fahndete Alexandra vergeblich nach João, dann beschloss sie, ihr Kind eben ohne Vater auf die Welt zu bringen und sich damit abzufinden, dass sie nichts, aber auch rein gar nichts über ihn wusste – und den Vater ihres Kindes wohl auch niemals wiedersehen würde.

Kurz darauf lernte Alexandra in einem Café in Charlottenburg Klaus kennen. Er war charmant und witzig, und sie verliebten sich ineinander. Schon bald sagte Klaus, dass er sie heiraten wolle. Und er versprach Alexandra, dass er auch für ihr Kind da sein werde, ganz so, als wäre es sein eigenes. Als Alexandra ihm sagte, dass es ein dunkelhäutiges Baby werden würde, erwiderte Klaus, das ändere doch überhaupt nichts. Er werde für das Kind wie ein Vater sorgen, auch wenn jeder schon auf den ersten Blick sähe, dass es nicht von ihm sei. Und das tat Klaus dann auch.

Nachdem Dani es aufgegeben hatte, das Leinentuch sauberzukriegen, schnappte er sich einen Silberlöffel vom Tisch und bediente sich am Eisbecher seiner Schwester.

»Finger weg«, fauchte Luise.

»Lecker.«

Dani grinste und leckte sich mit der Zunge über die vanilleeisverschmierten Lippen. »Aber jetzt muss ich los, Hockeytraining.«

Dani ging rüber zur Garage und holte sein Mountainbike. Er musste gleich hinter dem Haus kräftig in die Pedalen treten, um den kurzen, scharfen Anstieg zu dem kleinen Hang bei der S-Bahnstation zu nehmen, wo man den schönsten Blick auf den See hatte und sich die prächtigen Häuser der Nachbarschaft im gebührenden Abstand wie an einer Perlenkette aneinanderreihten. Auf der Wiese zwischen den über hundert Jahre alten Jugendstilvillen mit ihren ausladenden Gärten bis hinunter zum Seeufer trafen sich die Jungs aus der Hockeymannschaft oft nach ihren Wochenendspielen.

Dahlem gehörte zum alten Bezirk Zehlendorf, ein eigenes Viertel, wo auch Danis Schule und der Hockeyklub lagen. Die meisten seiner Kumpels kamen aus dieser ebenfalls sehr noblen Ecke. Oder wohnten wie er direkt am See, was natürlich noch besser war.

Als Dani die Anhöhe mit dem Rad nahm, war er mit seinen Gedanken schon beim Abschlusstraining. Bei Blau-Weiß Dahlem spielte er seit acht Jahren. Im letzten Jahr hatten sie die Norddeutsche Meisterschaft geholt, und in dieser Saison standen sie schon im Viertelfinale des deutschen Pokals. Das Hinspiel bei Alster Hamburg hatten sie 3 : 1 gewonnen, und für das morgige Rückspiel waren sie klarer Favorit.

Hockey machte Dani zwar Spaß, und die Siege, die er mit seinem Team feierte, waren auch einfach richtig gut. Zum Abschluss der vergangenen Saison hatte jeder Spieler sogar einen kleinen goldenen Pokal mit einer Gravur überreicht bekommen, auf dem stand: »Norddeutscher Meister 2014 – Blau-Weiß Dahlem«. Dem Pokal hatte Dani auf seinem Schreibtisch einen Ehrenplatz zugewiesen, direkt vor dem großen Fenster, sodass er den Pokal immer sehen konnte, wenn er auf den Schlachtensee schaute.

An seinen Wänden allerdings hing kein einziges Bild von einem Hockeyspieler, sondern nur Poster von Cristiano Ronaldo, Mario Götze, Toni Kroos, Jérôme Boateng und Manuel Neuer. Von seinen Lieblingskickern wusste Dani alles, für Hockeyspieler aber interessierte er sich nicht. Jedes fußballerische Detail seiner Stars hatte er im Kopf. Man hätte Dani nachts wecken können, und auch dann hätte er sofort die Anzahl der Tore in der aktuellen Saison, ihre Vorlagen, ihre Laufleistung in der Meisterschaft, Champions League und den Nationalmannschaften fehlerfrei heruntergespult. Und wenn er seine Lieblingsspieler im Fernsehen oder auf YouTube sah, wie sie ihren Fußball zelebrierten, jeder auf seine ganz eigene und unnachahmliche Weise, dann wünschte sich Dani nichts sehnlicher, als selbst Fußballprofi zu werden. Denn was er wirklich liebte, war Fußball. Mehr als alles andere. Aber seine Eltern hatten ihm Fußball verboten. Und das war das Einzige, was er an seinen Eltern schon immer richtig scheiße gefunden hatte.

Als Dani mit sechs Jahren auf einer ebenso angesehenen wie kostspieligen Privatschule angenommen wurde, hatte er schon einen zweisprachigen Kindergarten hinter sich, zwei Jahre Klavierunterricht und eine Hockeysaison bei Blau-Weiß Dahlem. Gegen das Klavierspiel hatte er sich anfänglich gewehrt, aber mittlerweile konnte er sich ein Leben ohne Musik nicht mehr vorstellen. Er hatte zwar nur einmal in der Woche Unterricht, aber er spielte nun schon fast zehn Jahre.

Am liebsten spielte Dani allein in seinem Zimmer. Als er mit den Jahren immer besser wurde, hatten ihm seine Eltern vorgeschlagen, das Klavier ins Wohnzimmer zu stellen, aber Dani bestand darauf, dass es bei ihm blieb. Wenn er sich mies fühlte, rückte er den rot gepolsterten Klavierstuhl in seinem Zimmer zurecht und begann zu spielen. Er wusste, dass seine schlechte Laune dann gleich wieder verschwinden würde.

Die Welt um sich herum vergaß Dani ansonsten nur, wenn er Fußball spielte. Auch das war schon immer so. Als er gerade in die Schule gekommen war, funktionierte er den neuen Schreibtisch gegenüber dem Klavier sofort in ein gegnerisches Tor um, auf das er mit Begeisterung einen Schuss nach dem anderen abfeuerte. Er träumte sich in seinem Zimmer am liebsten ins WM-Finale, die letzte Spielminute lief – und er erzielte den entscheidenden Treffer und machte Deutschland mit seinem gezielten Schuss unter die Tischplatte zum Weltmeister. So wie es Mario Götze in Brasilien tatsächlich geglückt war.

Nach der Schule rannte Dani früher immer in den Garten. Dort war sein anderes Stadion. Die mächtigen Kiefern wurden für ihn zu Torpfosten, zwischen die er die Bälle knallte. Im Sommer spielte er auch bei dreißig Grad schweißgebadet und mit hochrotem Kopf in der glühenden Sonne, und nur wenn seine Mutter ihn mit Limonade oder einem Eisbecher in den Schatten lockte, machte er eine Pause. Auch im Winter hielt es Dani ohne Fußball nicht lange aus, und dann trieb er den Ball im Garten durch den kniehohen Schnee und erklärte die klirrende Kälte und die Schneemassen zu seinen Gegnern, von denen er sich aber nicht stoppen ließ, und versenkte den Ball so lange zwischen den weißgepuderten Kiefern, bis er seine Füße in der Kälte nicht mehr spürte.

In einen Fußballverein jedoch durfte Dani nie, auch

wenn er das schon als Fünfjähriger unbedingt wollte. Aber Klaus, den er damals noch Papa nannte, entgegnete damals: »Wie wäre es denn mit Tennis oder Hockey?«

»Ich will aber Fußball spielen«, protestierte Dani.

»Fußball ist Proletensport. Das kannst du dir wirklich aus dem Kopf schlagen. Das kommt nicht infrage«, beschied ihm seine Mutter daraufhin. Sie sagte das mit einer solchen Entschlossenheit, die sie in allen Dingen an den Tag legte, die ihr wichtig waren, dass es Dani bis heute kaum wagte, ihr zu widersprechen. Und ein guter Umgang für ihren Sohn gehörte zweifellos dazu. Und dafür sorgte sie auch.

Dani wusste damals noch nicht, was Proletensport war, aber es war wohl etwas, was den Zorn seiner Mutter erregte, und das war definitiv nicht gut.

»Dani, du kannst nach der Schule auf den Bolzplatz gehen oder im Garten kicken. Und wir können am Samstag zur Hertha ins Olympiastadion gehen«, schlug Klaus vor. »Und am Montag gehen wir dann zu Blau-Weiß Dahlem. Da kannst du ja mal schauen, wie dir Hockey gefällt.«

Dani nickte. Und er freute sich ja wirklich auf die Hertha und das Olympiastadion. Und vielleicht war Hockey ja auch ganz gut, so wie Klavier.

Dani besaß Talent für Hockey, das merkte der Trainer von Blau-Weiß schnell. Dani besaß eigentlich für jede Sportart, bei der ein Ball im Spiel war, großes Talent. Mittlerweile hatte er sich zu einem der besten Spieler seiner Mannschaft entwickelt, seit zwei Jahren stand er sogar in der norddeutschen Hockey-Auswahl. Als er an diesem Tag das Klubgelände erreichte, stellte er sein Fahrrad in den Unterstand hinter der weißen Kies-Zufahrt, die sich wie eine Schneedecke bis zum Eingang des Klubhauses erstreckte und die wohlhabenden Mitglieder in weißer Makellosigkeit willkommen hieß.

»Da bist du ja endlich«, knurrte sein Trainer.

Stefan Kaben war ein ehemaliger Hockey-Nationalspieler, der vor zwanzig Jahren die Goldmedaille bei den Olympischen Spielen gewonnen hatte und nun die Jugendmannschaft von Blau-Weiß Dahlem trainierte. Am liebsten aber erzählte Kaben von seinen einstigen Erfolgen.

»Früher kamen wir nicht auf den letzten Drücker zum Training. Wir waren immer schon eine Stunde vorher da. Ohne Disziplin und Ehrgeiz wird man nicht Olympiasieger«, sagte Kaben missbilligend.

»Wir haben doch noch zwanzig Minuten Zeit – und die halbe Mannschaft fehlt auch noch«, entgegnete Dani gereizt.

Das Training von Kaben war langweilig, die Übungen wiederholten sich ständig. Von neuen, modernen Trainingsformen wollte der Olympiasieger nichts wissen, denn die hatte er früher ja auch nicht gebraucht, um Gold zu holen, wie er sagte. Obwohl Dani schon vorher genau wusste, wie das Training ablaufen würde, trainierte er gut. Er ging mit einem guten Gefühl für das Viertelfinal-Rückspiel am nächsten Tag vom Platz, nachdem er im abschließenden Trainingsspiel beide Tore zum 2:0-Sieg erzielt hatte. »Morgen hauen wir die Hamburger Fischköppe weg«, sagte Kaben in der Kabine. »Die haben wir früher auch immer geschlagen.«

Nach dem Training fuhr Dani zum Käfig in der Clayallee. Nach seinem Hockeytraining traf er sich dort regelmäßig mit ein paar Jungs aus der Nachbarschaft.

Der Platz lag unter riesigen Platanen und war mit der neuesten Kunstrasenversion ausgelegt, mit einzelnen Halmen, die natürlichem Rasen verblüffend ähnelten. Wenn man den Kunstrasen betrat, versank man darin sogar ein wenig. Es fühlte sich fast an wie eine richtige Wiese. Dani mochte auf dem Platz vor allem die schwarzen Netze, die so schwer waren wie Schiffstaue, aber sich so schön blähten, wenn er die Bälle mit Wucht im Tor versenkte. Und mit der hüfthohen Bande würde er gleich wieder so gut Doppelpass spielen wie mit keinem seiner Mitspieler.

Alle waren schon da, als er um die letzte Ecke raste. Dani sprang vom Rad, knallte es auf die Wiese und rannte auf den Platz. Endlich Fußball, endlich, dachte er. Die Jungs begrüßten sich stürmisch, sie hatten nur noch auf Dani gewartet.

»Super, dass du da bist«, rief Ben, »jetzt können wir endlich vier gegen vier spielen!« Ben war Danis bester Freund, sie kannten sich schon ewig. Ben spielte bei Blau-Weiß auch Hockey, außerdem gingen sie in die gleiche Schule und wohnten um die Ecke. Ben war schon fünfzehn. Und so spielten sie bei Blau-Weiß nur alle zwei Jahre zusammen in einem Team. Immer dann, wenn Dani als jüngerer Jahrgang in die neue Altersklasse aufrückte. In dieser Saison waren sie allerdings getrennt. Dani spielte noch in der U14, Ben schon in der U16.

Im Käfig an der Clayallee war Ben immer dabei. Wie alle hoffte er, dass Dani ihn in sein Team aufnehmen würde. Denn Dani war so viel besser als alle anderen, dass man eigentlich schon gewonnen hatte, wenn man in seiner Mannschaft spielte. Aber wer in seinem Team spielte, entschied Dani ganz alleine. Das war völlig selbstverständlich für die Jungs. Denn auch im Käfig an der Clayallee hatte wie auf jedem Fußballplatz der Welt immer der Beste das Sagen.

»Geht klar, Ben. Wir spielen zusammen mit Nils und Florian in einem Team«, entschied Dani. Direkt nach dem Anstoß zeigte er seinen neuesten Trick, den »Seitkopfstand«. Dani schnickte den Ball gefühlvoll aus dem Stand in die Höhe und legte Oberkörper und Kopf so schräg, dass der Ball samtweich genau in die kleine Wölbung unterhalb der Schläfe fiel und dort liegen blieb. Dani balancierte den Ball so sicher, dass er sich auf seinem Kopf keinen Millimeter bewegte. Dann riss er Kopf und Oberkörper gleichzeitig ruckartig wieder nach oben, in eine aufrechte, kerzengerade Position – und der Ball folgte der Körperbewegung wie ferngesteuert. Der Ball blieb nun auf seiner Stirn liegen. Er ließ ihn herabtropfen und hielt ihn abwechselnd mit den Füßen hoch, zweimal links, zweimal rechts. Dann jagte er den Ball volley von der Mittellinie direkt aufs Tor. Der Ball knallte von der Unterkante der Latte ins Netz. 1:0 nach zehn Sekunden. Kein Gegner hatte den Ball auch nur berührt. Und Johannes, der Torwart, der dem Ball nur ungläubig hinterherschauen konnte, stand mit offenem Mund wie angewurzelt auf der Linie.

Dani tauchte nun völlig ein in die Welt des Käfigs. Er schnappte sich sofort wieder den Ball und spielte und dribbelte, wie er gerade Lust hatte. Er vergaß alles um sich herum. Kein Trainer sagte ihm, was er zu tun oder zu lassen hatte, und es gab keine Eltern, die ihm diese Freude nehmen konnten. Dani tat endlich, was er am liebsten tat.

Mit Ben und seinen Kumpels spielten sie nach normalen Regeln, so wie es Ben und Nils auch in ihrem Fußballverein Eintracht Zehlendorf gewohnt waren. Ein Foul war ein Foul, und auf die Idee, dass es kein Foul sein könnte, wenn man den anderen hart an der Bande checkte, kamen sie erst gar nicht. Sie spielten so fair, dass sie keinen Schiedsrichter brauchten. Dani führte seine Mannschaft an diesem Abend fast alleine zum Sieg. Sie gewannen 7:2.

Als nach dem Spiel alle erschöpft nach Hause gingen, spielten Dani und Ben alleine weiter. Erst nach dem dritten Duell eins gegen eins, die Dani gegen seinen besten Freund glatt gewann, hatte auch Ben genug.

»Mach's gut, bis morgen«, verabschiedete er sich.

»Okay, ich bleib noch«, erwiderte Dani.

Er spielte nun mit den Gittern Doppelpass, übte alleine neue Tricks und nagelte die Bälle aufs leere Tor. Er war es gewohnt, alleine zu spielen. Im Käfig war er fast immer der Letzte. Und erst, als es stockfinster war und er das Tor von der Mittellinie kaum mehr erkennen konnte, fiel ihm ein, dass er am nächsten Morgen schon um acht Uhr rausmusste, weil er ja mit seinem Hockey-Team um den Einzug ins Halbfinale des deutschen Pokals spielte. Wie hatte er das bloß vergessen können?

# 4. Duell in Dahlem

Vor dem mächtigen, von weißen Säulen gesäumten Klubhaus fühlte sich Sammy plötzlich klein und schwach. Dieses Gefühl begleitete ihn immer wieder, wenn er mit Neukölln 88 seinen vertrauten Kiez verließ. Aber er ließ sich nichts anmerken, das hatte er trainiert.

»Wie viele Leute sind wir?«

»Zu wenig, Dicker. Sind die Einzigen. Keine Ahnung, wo die anderen sind«, sagte Sead.

»Geht gar nicht, Alter. Geht gar nicht«, fluchte Sammy.

Sead und Sammy klatschten sich vor dem Klubgelände von Blau-Weiß Dahlem trotzig ab. Die beiden waren selbst schon zehn Minuten zu spät zum Treffpunkt gekommen, aber sonst war überhaupt noch niemand aus ihrem Team da. Ein Torwart und ein Mittelfeldspieler – das war nun definitiv zu wenig. Auch der Trainer fehlte.

»Haste die Trikots dabei, Alter?«

»Klar, Mann. Denkt doch sonst keiner dran, kennst doch die Kanaken«, sagte Sead und grinste.

Seads Eltern hatten im ehemaligen Jugoslawien gelebt, ehe der Krieg sie nach Berlin vertrieben hatte. Seine Mutter stammte aus Bosnien, sein Vater war Serbe. Sie glaubten lange, demselben friedlichen Land zu entstammen. Als sie aber gemeinsam in Sarajevo für den Frieden auf die Straße gingen, bei dieser Demonstration die ersten Kugeln ihre besten Freunde durchlöcherten und das Blut danach immer weiterfloss, ließen sie Jugoslawien in einer sternenlosen Nacht hinter sich. Sead wurde ein paar Jahre später in Berlin geboren, und wenn man ihn fragte, aus welchem Land er stammte, dann sagte Sead: »Berlin.«

Alle aus der Mannschaft von Neukölln 88 hatten Wurzeln im Ausland. Sammy war der Einzige aus der Mannschaft, der deutsche Eltern hatte. Aber auch das bedeutete nichts. Denn sie kamen doch alle aus Berlin, viel mehr als die Stadt und ihr Viertel kannten sie nicht, und so erklärten sie alle Berlin zu ihrem Heimatland.

»Korrekt, Alter. Spielst du Torwart und Abwehr. Ich Mittelfeld und Sturm. Zwei gegen Elf, geht schon«, sagte Sammy.

»Erdal und Ibra sind auch am Start, kommen nächste U-Bahn«, sagte Sead. »Mussten noch die Sheriffs von der BVG abhängen.«

»Echt, Mann?«

»Klar, Mann. Yorckstraße war Kontrolle. Kleistpark sind sie abgehauen, voll Speed. Die fetten BVG-Typen kamen nicht mit. Ibra hat eben geschrieben«, sagte Sead und lachte. »Die haben sich schon gut warmgemacht.«

Sead und Sammy klatschten sich erneut ab und lachten.

»Sind dann schon vier. Auf den Käfig ist eben Verlass«, sagte Sammy.

»So sieht's aus, Dicker.«

Das Quartett war auch das Herz des Teams von Neukölln 88. Seit ein paar Wochen drohte die Mannschaft auseinanderzufallen. Und das lag vor allem an ihrem Trainer:

Jens, dem Vollpfosten. Sammy hatte ihn als Erster so genannt, und dann auch alle anderen.

»Wo ist eigentlich der Vollpfosten?«, fragte Sead.

»Keine Ahnung, braucht doch eh kein Mensch.«

In diesem Moment bog Jens um die Ecke, und hinter ihm trudelten zum Glück noch vier weitere Spieler ein. Zwei Minuten später waren auch Erdal und Ibra da. Nun waren sie immerhin acht. Mit acht Spielern hatten sie zwar keine Chance gegen Blau-Weiß Dahlem, aber immerhin waren sie genug, damit der Schiedsrichter die Partie wenigstens anpfeifen konnte – und sie nicht direkt abstiegen. Denn zweimal in dieser Saison war Neukölln 88 mit nur sechs Spielern erschienen, und jede Partie wurde zur Strafe mit 5:0 für den Gegner gewertet, ohne dass sie auch nur den Platz betreten durften. Denn zu siebt musste eine Mannschaft mindestens sein. Sonst war sie den Regeln nach keine. Und wenn dreimal kein Team zusammenkam, flog man umgehend aus der Liga – und musste im nächsten Jahr in der untersten Klasse wieder ganz von vorne anfangen.

»Auf in die Kabine, worauf wartet ihr noch?«, sagte Jens, ohne sich mit einer Begrüßung oder gar einer Erklärung für seine Verspätung aufzuhalten. »Ich habe eine Supertaktik für das Spiel. Wenn ihr sie kapiert, schlagen wir Dahlem hundertprozentig. Mal sehen, ob ihr heute was draufhabt.«

»Wir sind nur acht Leute, Trainer. Schon gecheckt?«, fragte Sammy. »Und alles nur, weil Sie keine Ahnung vom Fußball haben. Sie machen alles kaputt.«

»Das ist echt euer Problem. Fragt euch doch mal, warum ihr so ein mieses Team seid, wo jeder den anderen hängen lässt. Meine Taktik ist jedenfalls perfekt. Egal, wer kommt.«

Auf dem Weg in die Umkleide kam das versprengte Häuflein von Neukölln 88 am Hockeyplatz von Blau-Weiß Dahlem vorbei, auf dem gerade die letzten Minuten in der Begegnung von Danis Team angebrochen waren. Am Spielfeldrand standen zahlreiche Eltern, sorgfältig und teuer gekleidet, wie Sammy und die anderen Neuköllner Jungs sofort bemerkten. Weder solche noch überhaupt irgendwelche Eltern schauten bei ihren Spielen zu. Auch an diesem Tag war niemand außer den beiden kleinen Brüdern von Ibra und Erdal mitgekommen, und das auch nur, damit sie beaufsichtigt waren.

Auf dem Hockeyplatz lag Danis Mannschaft völlig überraschend mit 1:3 zurück. Es lief gar nichts zusammen an diesem Tag. Der Vorsprung aus dem Hinspiel war dahin, und ein weiteres Gegentor würde jetzt das Aus im Pokal bedeuten. Es waren nur noch zwei Minuten zu spielen, und Hamburg Alster wurde immer besser, als Dani in höchster Not einen Hamburger Angriff stoppte.

»Unglaublich, wer heute alles Hockey spielt. Sogar Neger«, zischte eine der gut gekleideten Zuschauerinnen aus den Hamburger Reihen, nachdem Dani die Kugel erobert hatte. Sammy, Erdal und Ibra kannten solche Sprüche vom Fußballplatz nur zu gut. Der Trainer von Blau-Weiß Dahlem stand direkt neben der Frau mit der Perlenkette und musste genau gehört haben, was sie sagte. Aber dieser Trainer nickte ihr nur wissend zu und zuckte mit den Schultern, als ob er damit sagen wollte, dass er da nichts machen könne. In einem solchen Moment, da waren sich die Neuköllner Jungs vollkommen sicher, wäre der Vollpfosten völlig ausgetickt. Jens war zwar unfähig als Trainer, aber solche Sprüche ließ er niemals durchgehen.

»Mach sie fertig! Bruder, mach sie richtig fertig!«, brüllte Sammy über den Hockeyplatz, als auch sonst keiner auf die Beleidigung reagierte. Er brüllte so laut, wie wohl noch niemand in der hundertzwanzigjährigen Geschichte dieses ehrwürdigen Vereins über den Hockeyplatz gebrüllt hatte. Die Zuschauer blickten pikiert auf die Jungs von Neukölln 88, aber Sammy und sein Team ignorierten die Verachtung, die ihnen entgegenschlug, denn darin hatten sie nun wirklich Übung.

Auch Dani war die Aufregung an der Seitenlinie nicht entgangen. Und den Spruch dieses Jungen, den er noch nie hier gesehen hatte, hatte er natürlich auch mitbekommen. Dani führte die Kugel aber völlig unbeirrt ganz eng am Schläger. Er bemerkte die Verwirrung, die sich wegen der Schreierei im Spiel des Gegners offenbarte, und erkannte instinktiv die Chance, die darin lag. Er zog einen seiner unwiderstehlichen Sprints an, und dank der kurzen Unachtsamkeit hatte er genau den Platz, den er für sein Solo brauchte. Als er dann in Höchstgeschwindigkeit auf den letzten Hamburger Verteidiger am Schusskreis zustürmte, wusste Dani ganz genau, wie er ihn mit einer Täuschung ins Leere laufen lassen würde – um dann die Kugel über den herausstürzenden Torhüter ins lange Eck zu schlenzen. Und genau so machte er es. Es war ein Tor wie aus dem Nichts. 2:3. Dieses Ergebnis, auch wenn es eine Niederlage war, würde reichen. Auch die letzten zwei Minuten brachte Blau-Weiß nach Danis Treffer noch über die Zeit – sie hatten das Halbfinale doch noch erreicht. Nach dem Schlusspfiff lagen sie sich in den Armen.

»Wer waren eigentlich die Jungs da draußen?«, fragte Dani seinen Trainer, nachdem sich der erste Jubel gelegt hatte.

»Keine Ahnung, irgendwelche Asis aus Neukölln. Die kicken jetzt gegen unsere C-Jugend«, sagte Kaben in so herablassendem Ton, als wäre jedes weitere Wort über diese Jungs schon zu viel. Die aber offenkundig einen Anteil an ihrem Hockey-Erfolg hatten, auch wenn Dani immer noch nicht genau wusste, weshalb.

Eine halbe Stunde später kam Dani frisch geduscht aus der Kabine. Auf dem Weg zum Klubhaus, wo es wie üblich ein Mittagessen für die Spieler gab, ging er am Fußballplatz auf dem hinteren Teil des Klubgeländes vorbei, um nach dem Jungen Ausschau zu halten, der über den Platz gebrüllt hatte.

Die Neuköllner machten sich gerade auf dem etwas abgelegenen Platz am Waldrand warm. Mehr als acht Spieler hatten sie aber nicht zusammenbekommen.

»Wer von euch hat vorhin so gebrüllt?«, rief Dani über den Platz. Er stand hinter dem Tor der Neuköllner, die gerade ihre Dehnübungen absolvierten.

»Warum willst du das wissen?«, fragte Sammy und lief mit dem Ball auf dem Fuß jonglierend zur Außenlinie.

»Ich hab's einfach nicht kapiert. Und außerdem: Wenn du nicht gebrüllt hättest, hätte ich das Tor nicht gemacht.«

»Die Alte mit der Klunkerkette hat dich gedisst, Mann. Neger und so. Dein Trainer hat's gehört, aber nix gemacht. Scheiß-Trainer. Geht gar nicht«, sagte Sammy. »Cooles Tor übrigens.«

Dani konnte sich genau vorstellen, wie über ihn am Spielfeldrand gelästert wurde. Beleidigungen waren auch für Dani nichts Neues, aber gewöhnen würde er sich daran nie. Schlimmer war nur noch der Verrat seines Trainers.

»Danke«, sagte Dani und nickte.

»Kein Ding.«

Sammy drehte mit dem Ball am Fuß wieder in Richtung Spielfeld ab.

»Hey, sag mal: Ihr seid ja nur zu acht. Braucht ihr Hilfe?«, rief Dani ihm hinterher.

»Von einem Hockeyspieler aus einem Bonzenklub? Ist nicht dein Ernst, oder?«, sagte Sammy und jagte den Ball auf Seads Tor.

»Acht Asis und ein Nigger, passt doch«, gab Dani zurück. Sead lachte schallend. Er konnte sich im Tor gar nicht mehr einkriegen. Noch bevor Sammy etwas erwidern konnte, hatte Sead damit schon die Antwort gegeben. Auch die anderen Jungs von Neukölln 88 lachten, und damit war die Sache entschieden.

»Okay, geh in Kabine drei. Trikots sind in der schwarzen Tasche. Schlüssel steckt«, sagte Sammy.

»Aber klau nix!«, rief Sead ihm hinterher. »Und beeil dich, in fünf Minuten geht's los.«

Dani war selbst am meisten erstaunt, dass er nun vor der Kabine von Neukölln 88 stand, sich ein Fußballtrikot überziehen sollte und erstmals für einen Klub antreten würde, zu dem er noch nicht mal gehörte. Und dass er dann auch noch ausgerechnet gegen die Mannschaft seines eigenen Vereins spielen würde, erschien ihm ziemlich irre. So etwas Verrücktes hatte er noch nie getan, aber irgendwie gefiel ihm genau das.

In der Umkleide sah sich Dani einem Typen gegenüber, der in einem verschlissenen Trainingsanzug mit dem Vereinslogo von Neukölln 88 und der Werbeaufschrift »Getränkemarkt Ülgur« steckte und sich vor ihm aufplusterte. »Du bist hier falsch. Dahlem zieht sich in Kabine zwei um«, raunzte er. Das musste der Trainer sein. Es war genau der Ton, den Dani ziemlich gut kannte, und zwar von jener Sorte Trainer, die ihm schon länger auf die Nerven gingen.

»Ich helfe heute aus bei Neukölln«, sagte Dani freundlich. Erwachsenen immer höflich zu begegnen war für ihn ganz selbstverständlich. »Die Jungs haben mich reingeschickt. Sind Sie der Trainer?«

»Ja, ja, der bin ich. Ist doch wohl klar«, sagte Jens. »Aber ob du spielst, das entscheide ich. Und sonst niemand.«

»Soll ich wieder gehen?«, fragte Dani. »Dann sind es aber wieder nur acht Spieler.«

»Kannst du überhaupt was? Ich muss dich ja in meine perfekte Taktik einbauen«, grummelte der Vollpfosten.

»Mittelfeld, egal wo.«

Der Vollpfosten warf Sammy ein Trikot zu.

»Das mit der Spielgenehmigung kläre ich dann mit dem Schiedsrichter, das geht schon klar. Da habe ich meine Methoden. Du spielst doch in keiner anderen Fußballmannschaft, oder?«

Dani schüttelte den Kopf und zog sich schweigend um.

»Dann kriege ich das hin, Sondergenehmigung«, sagte Jens geheimnisvoll und warf sich in die Brust. »Ich kriege hier alles hin, muss ich ja. Sonst läuft doch gar nichts in diesem Verein.«

Dass er gar nicht Mitglied bei Neukölln 88 war und daher auch keinen Spielerpass besaß, daran hatte Dani in diesem Moment überhaupt nicht gedacht. Aber vielleicht war diese Witzfigur eines Trainers, der sich nun daranmachte, ihm seine seltsame Taktik näherzubringen, doch zu irgendetwas gut.

Ein paar Minuten nach der wirren taktischen Anweisung erschien Dani im Trikot von Neukölln 88 mit der Nummer sieben auf dem Platz.

»Mal sehen, was ein Hockeyspieler so draufhat. Hat dir der Trainer-Gott schon unsere Taktik erklärt?«, fragte Sammy grinsend zur Begrüßung des neuen Mitspielers.

»Ehrlich gesagt: Ich habe kein Wort verstanden, echt schräg«, entgegnete Dani.

»Keiner von uns versteht, was der erzählt. Der Vollpfosten macht hier nur den Trainer, weil er 200 Euro im Monat dafür bekommt. Und auch noch den Boss spielen kann«, sagte Sammy. »Du spielst doch Mittelfeld im Hockey, oder? Dann wäre es logisch, wenn du auch bei uns im Mittelfeld spielst.« Dani nickte. Sammy hatte ein flüchtiger Blick genügt, um Danis Position auf dem Hockeyplatz sofort zu erkennen und auch dessen geniale Übersicht.

»Und eins noch, Hockeyspieler. Was der Vollpfosten da draußen sagt, ist vollkommen egal. Der hat überhaupt keine Ahnung. Auf dem Platz entscheide ich.«

Als Dani an der Mittellinie mit den Neuköllnern Aufstellung nahm, sprach sich das wie ein Lauffeuer im Klub herum. Auch Fritz, der Kapitän von Blau-Weiß, konnte nicht glauben, wen er nun als Gegner vor sich hatte.

»Du darfst doch gar nicht für die Asis spielen. Du bist

doch gar nicht Mitglied. Und überhaupt: Was willst du denn bei denen?«, fragte er bei der Platzwahl und verzog dabei so verächtlich das Gesicht, als ob Dani sich einer Rockergang angeschlossen hätte, um Drogen zu verkaufen. Nun gut, mit seiner Spielerlaubnis gab es vielleicht wirklich ein Problem, aber bevor Dani zu einer Erwiderung ansetzen konnte, ergriff der Schiedsrichter das Wort.

»Alles hat hier seine Ordnung, mein Freund. Ich habe alle Spielerpässe überprüft, alles ganz korrekt. Und der Spieler mit der Nummer sieben, von dem du sprichst«, sagte er und schaute auf Dani, »der spielt mit der neuen Sondergenehmigung 2.7 nach Paragraph 3 der Allgemeinen Berliner Spielordnung.«

Dani schaute ebenso verblüfft wie der Kapitän von Blau-Weiß. Von der neuen Sondergenehmigung 2.7 hatten beide noch nie gehört. Offenbar wusste der Vollpfosten, auch wenn er keine Ahnung vom Fußball hatte, doch sehr genau, wie man manche Dinge abseits des Platzes regelt.

Mit dem Anpfiff, und das war völlig klar, würde Neukölln mit nur neun Spielern sofort in die Defensive geraten. Es gab überhaupt nur eine einzige Möglichkeit, dieses Spiel zu überstehen, ohne sich eine Klatsche einzufangen: Sie mussten sich alle hinten reinstellen. Aber diese Taktik, die Sammy schon beim Warmmachen ausgegeben hatte, hatte rein gar nichts mit den Anweisungen des Vollpfostens zu tun, der auch in Unterzahl über die Flügel angreifen lassen wollte, weil er allen Ernstes glaubte, Dahlem damit überraschen zu können.

»Wir machen hinten dicht, alle Mann«, erklärte Sammy nochmals kategorisch auf dem Spielfeld. Und mit

Blick auf Dani fügte er ebenso entschlossen hinzu: »Du bist heute unsere einzige Spitze. Denn so schnell wie du ist hier keiner. Und jetzt zeigen wir denen, was Asis draufhaben.«

Nach wenigen Minuten grätschte Sammy den Kapitän von Blau-Weiß Dahlem von hinten um. Auf eine solche Gelegenheit hatte er nach dem blöden Spruch von Fritz beim Anstoß nur gewartet. Sammy erwischte bei der Attacke zwar den Ball, aber ein Foul war es trotzdem.

»Du weißt schon, warum. Respekt, mein Freund. Mehr Respekt!«, sagte Sammy, während er sich über den Dahlemer Kapitän beugte, der sich am Boden krümmte. Fritz wusste genau, dass dies die Revanche für seine Beleidigung gewesen war. Die Zuschauer und die anderen Spieler von Blau-Weiß sahen in dem Foul aber nur die wüste Attacke eines Asis aus Neukölln. Die Eltern fluchten und schimpften am Spielfeldrand, und ganz schnell breitete sich die Aufregung auf dem gesamten Platz aus.

»Was soll das? Asoziales Pack – bleibt da, wo ihr hingehört«, gab Fritz zurück, während sich auch die Zuschauer über Sammys Foul ereiferten.

»Rote Karte für Hartz IV!«, rief ein elegant gekleideter Herr in heller Hose über den Platz. Die anderen Eltern lachten schallend.

Der Hohn der Erwachsenen traf Sammy härter als jeder Faustschlag eines Gegners auf dem Feld. Es war dieses Siegerlachen, das er so sehr hasste. Mit jeder Faser seines Körpers spürte Sammy die Arroganz, die ihm entgegenschlug. Er wusste, dass ihn der Spruch und das Gelächter erledigen sollten. Mit aller Kraft zwang er sich, ruhig zu bleiben. Aber das Blut schoss in mächtigen Schüben in seinen Kopf. Immer heftiger wurde sein Drang, dem Typen eine zu verpassen, der ihn nun schon zum zweiten Mal beleidigt hatte.

Aber wenn er jetzt zuschlug, war er genau der Asi, zu dem ihn diese Arschlöcher machen wollten. Sammys Faust ballte sich trotzdem. Er holte aus. Doch in diesem Moment traf ihn ein schwerer Schlag auf die Brust. Dani hatte sich beherzt zwischen die beiden Kapitäne geworfen – und Sammy dabei so heftig weggestoßen, dass er taumelte.

»Bleib ruhig, Bruder, bleib ruhig«, sagte er. »Der ist es nicht wert, dass du ihm die Nase einschlägst.«

Sammy fand langsam wieder Halt. Sein Körper entspannte und die Faust löste sich.

»Er hätte es verdient. Er hätte es so verdient«, knurrte Sammy.

Nun eilte auch der Schiedsrichter hinzu und drängte sich zwischen die Spieler von Neukölln und Dahlem, die sich um ihre Kapitäne geschart hatten, um ein erneutes Aufflammen des Streits zu verhindern. Die Schiedsrichter in diesen Ligen wussten sehr genau, wie oft so etwas bei Jugendspielen vorkam, und gerade Neukölln 88 stand mit seinen vielen Platzverweisen ziemlich unrühmlich da.

»Jetzt ist es gut, Jungs. Es reicht. Und du kommst jetzt sofort zu mir«, sagte der Schiedsrichter.

Auch ohne die Ermahnung hatte sich Sammy wieder im Griff. Aber nicht nur das: Dass Dani ihn davor bewahrt hatte, einen großen Fehler zu machen, den sie bei Neukölln 88 immer wieder machten, wenn die Emotionen mit ihnen durchgingen, löste in Sammy ein Gefühl von Dankbarkeit aus. Das hatte er noch nicht oft auf dem Fußballplatz erlebt. Und zuletzt auch nicht mehr im richtigen Leben.

Der Schiedsrichter zeigte Sammy Gelb. »Für das Foul«, sagte er. »Noch ein Foul, und du fliegst. Pass also auf.«

»Ich fliege nicht vom Platz, nicht hier. Darauf können Sie sich verlassen.«

Der Unparteiische rief nun den Dahlemer Verteidiger zu sich und verwarnte ihn ebenfalls. »Deine gelbe Karte ist für die Provokation. Und wenn ich jetzt noch ein Wort von dir höre, dann fliegst du auch.«

»Und der Asi? Der bekommt auch nur Gelb, genau wie ich? Das ist doch echt nicht Ihr Ernst. Hartz-IV-Bonus, oder was?«, maulte Fritz. Der Schiedsrichter, der die gelbe Karte gerade wieder in seiner Brusttasche verstaut hatte, griff nun mit der rechten Hand nach hinten in Richtung seiner Hosentasche, wo die rote Karte steckte. Eine Handbewegung, die den Spielern von Neukölln 88 nur zu vertraut war. Sammy konnte kaum glauben, dass der Schiri das wirklich machen würde.

Aber erst befahl er mit einem durchdringenden Pfiff den Dahlemer Kapitän, der sich schon wieder grinsend abgewandt hatte und zu seinen Mitspielern zurückgetrabt war, nochmals zu sich. Doch Fritz reagierte nicht. Auch den Schiedsrichter schien er nicht sonderlich ernst zu nehmen. Als sich Fritz schließlich doch umdrehte, zeigte ihm der Schiedsrichter Rot. »Das ist für die zweite Beleidigung«, sagte er. »Und jetzt kannst du duschen gehen. Promi-Bonus gibt's bei mir übrigens auch nicht.«

Sammy strahlte. Dieser Platzverweis machte ihn zum

Gewinner. Und dieser Sieg war mindestens so viel wert, wie ein Fußballspiel zu gewinnen.

Nach der roten Karte rannte ein Dahlemer Zuschauer auf den Rasen, um sich den Schiedsrichter vorzuknöpfen, der es auf der Anlage von Blau-Weiß tatsächlich gewagt hatte, einen ihrer Spieler runterzustellen – und dazu noch den Kapitän. »Was fällt Ihnen ein? Wie können Sie meinen Sohn vom Platz schicken? Wissen Sie nicht, mit wem Sie es zu tun haben? Ich bin Heinrich von Werfel, der Präsident des Klubs! Diese miesen Typen hier treten unsere Jungs kaputt – und Sie stellen dann einen von uns vom Platz! Das ist doch wohl das Letzte! Ich werde mich beim Schiedsrichter-Obmann über Sie beschweren, darauf können Sie sich verlassen.«

»Verlassen Sie umgehend den Platz, Herr von Würfel«, entgegnete der Schiedsrichter, »sonst muss ich die Partie abbrechen.«

»Von Werfel! Ich heiße von Werfel! Und hier werden Sie nie wieder pfeifen, das verspreche ich Ihnen!«, schimpfte der Vereinspräsident, während er sich wieder hinter die Außenlinie zurückzog. Heinrich von Werfel schüttelte empört den Kopf über die vermeintliche Ungerechtigkeit, die seinem Sohn, aber auch ihm, dem Präsidenten, und damit dem großen Traditionsklub Blau-Weiß Dahlem 1865 in diesem Augenblick widerfuhr.

Dani kannte den Präsidenten seit Jahren. Im vergangenen Sommer hatte er ihm im Klubhaus noch den gravierten Pokal zum Gewinn der Norddeutschen Meisterschaft überreicht, die er mit der Hockey-Mannschaft gewonnen hatte. Dabei hatte ihn von Werfel als größtes Hockeytalent im Klub hervorgehoben, worüber sich Dani wirklich gefreut hatte. Er war ja tatsächlich auch der einzige Dahlemer, der seit zwei Jahren in der norddeutschen Auswahl stand, und darauf konnte er nun wirklich ein bisschen stolz sein. »Großartige Leistung«, hatte Heinrich von Werfel gesagt. Und dann hinzugefügt: »Dani, du bist damit auch ein leuchtendes Beispiel für gelungene Integration in diesem großartigen, internationalen und weltoffenen Klub.«

Dani verschlug es damals die Sprache. Hatte der Präsident noch alle Tassen im Schrank? Wieso musste *er* integriert werden? Er lebte doch schon immer in Dahlem. Dani wurde noch immer wütend, wenn er daran dachte.

»Die Rote Karte gegen Fritz war absolut in Ordnung, Herr von Werfel. Er hat sie verdient. Ich habe alles gehört. Fritz hat Sammy zweimal beleidigt. Aber das liegt wohl in der Familie.« Heinrich von Werfel, sein Sohn Fritz und dazu noch dieser Kaben – da waren wirklich die drei größten Idioten des Klubs auf einem Fleck, dachte Dani. So wie die war sonst keiner drauf bei Blau-Weiß.

Es schien, als habe der Präsident Danis letzte Bemerkung geflissentlich überhört. Heinrich von Werfel schwieg zunächst, nur sein Kopf bewegte sich weiter missbilligend von einer auf die andere Seite. Aber dann sagte er mit schneidender Stimme: »Blau-Weiß Dahlem ist vielleicht wirklich nicht der richtige Klub für dich. Spiele in Zukunft besser Fußball in Neukölln, da passt du besser hin.«

Dani spürte, wie das Adrenalin in seine Adern schoss. Sein Blut pochte. Er konnte jeden einzelnen Herzschlag hören. Die Adern am Hals traten hervor. In seinem Kopf zog Nebel auf. Er baute sich vor dem Präsidenten auf. Die Wut musste raus.

»Dani, weiter geht's. Wir brauchen dich«, hörte er plötzlich eine Stimme neben sich sagen. Eine Hand zog ihn energisch weg. »Wir sind nur neun Spieler – und die anderen sind jetzt nur noch zehn. Wäre gut, wenn du nicht auch noch vom Platz fliegst. Wir zeigen es ihnen, Bruder – aber auf dem Platz«, sagte Sammy.

»Reg dich ab, Dani. Bringt doch nix, wenn du gewinnen willst. Wenn du durchdrehst, bekommst du es mit mir zu tun«, schallte es plötzlich vom Spielfeldrand. Hinter der Dahlemer Trainerbank stand Ben, der nun alle Blicke auf sich zog. Als er zum Treffpunkt ins Klubhaus zu seinem Auswärtsspiel gekommen war, hatte er natürlich sofort erfahren, dass Dani hinten auf der Anlage gegen seinen eigenen Verein spielt. Diese unerhörte Neuigkeit hatte sich im Klub rasend schnell verbreitet. Da musste Ben natürlich sofort hin. Und seine Worte taten ihre Wirkung. Dani beruhigte sich tatsächlich.

Die Sache mit dem Präsidenten und dessen Sohn hatte zwar nur ein paar Minuten gedauert, aber für Dani war nun nichts mehr in diesem Spiel, wie es vorher war. Er kämpfte und ackerte jetzt im Mittelfeld, wie er es beim Hockey noch nie getan hatte. Dieses Spiel durfte er unter keinen Umständen verlieren. Das war ihm wichtiger als jedes Finale um die Norddeutsche Meisterschaft.

Dahlem hatte jedoch immer noch die eindeutig bessere Mannschaft. Das Team war stark, in der Meisterschaft lagen sie seit dem ersten Spieltag auf Aufstiegskurs. Denn der Verein hatte in den letzten Jahren ordentlich Geld ausgegeben und herausragende Talente von den besten Klubs in Berlin abgeworben, um im Fußball genauso erfolgreich zu werden, wie es Blau-Weiß im Hockey schon seit Generationen war. Zudem war Dahlem immer noch in Überzahl.

Sead wuchs jedoch über sich hinaus. Schon den ersten Schuss aus kurzer Entfernung, den alle bereits im Netz gesehen hatten, lenkte er spektakulär über die Latte. Mit dem linken Arm war er zwar nicht mehr an den Ball rangekommen, aber im Sprung griff er blitzschnell mit der rechten Hand über seinen fliegenden Körper, wie man das von Bundesliga-Torhütern kennt, die den Ball dann doch noch von der Linie wischen. »Hey, Panther. Wie bist du denn an den noch rangekommen? Hätte nicht mal Manuel Neuer gehalten!«, rief Erdal.

»Manuel Neuer? Noch nie gehört«, entgegnete Sead grinsend. »Heute geht hier nix rein.«

Seads großartige Rettungstat machte der gesamten Mannschaft Mut. Und sie wussten, dass sie den auch dringend brauchen würden. Als Sead dann kurz vor der Halbzeitpause die dritte Großchance von Dahlem zunichte machte, indem er dem alleine auf ihn zulaufenden Stürmer den Ball vom Fuß schnappte, ahnten die Neuköllner erstmals, dass sie an diesem Tag wirklich eine Chance hatten. Bis zur Pause verteidigten sie das 0:0.

Dani sank in der Kabine in sich zusammen. Er war völlig fertig. Er hatte ja schon ein komplettes Hockeyspiel in den Knochen, und vor der Pause war er ständig im Mittelfeld unterwegs gewesen, um die Löcher zu stopfen, die sich immer wieder aufgetan hatten, weil sie ein Mann weniger waren. Seine Beine schmerzten, die Muskeln brannten. Jeder Schritt in der zweiten Halbzeit würde unendlich viel Überwindung kosten.

Sammy ließ sich neben ihn auf die Bank fallen. »Du

schaffst das schon«, sagte er zu Dani, der immer noch nach Luft schnappte. Er musste gar nicht sagen, wie viel Kraft ihn dieses Spiel schon gekostet hatte. Jeder sah ihm das an. Nur der Vollpfosten nicht.

»Dani, was ist los mit dir? Ich habe gar keinen Angriff von dir gesehen. Da muss mehr von dir kommen im Mittelfeld. Du musst nach vorne auch mal für Entlastung sorgen. Oder hast du meine Taktik nicht verstanden?«, meckerte Jens.

»Trainer, noch ein Wort, und ich sorge hier mal für Entlastung«, empörte sich Sammy. »Das ist der beste Kicker, der in den letzten Jahren zu uns gekommen ist. Und damit das klar ist: *Den* lassen wir uns nicht vertreiben.«

»Ja, Superspiel von dir!«, rief Erdal von der anderen Seite der Kabine zu Dani rüber.

»Mach weiter so die linke Seite dicht, läuft top. Da sind sie am stärksten«, sagte Sead und klatschte Dani mit seinen gepolsterten Torwarthandschuhen ab, während der Trainer wieder versuchte, das Wort an sich zu reißen.

»Also, Männer: Wir stellen nicht um, weiter so.« Aber es gab niemanden mehr im Team von Neukölln 88, der ihm noch zuhörte.

In der zweiten Halbzeit übertrafen die Neuköllner sich selbst. Sammy organisierte umsichtig die Verteidigung gegen die Dahlemer Übermacht. Dani attackierte den Gegner so früh, dass er immer wieder ihren geordneten Spielaufbau verhinderte. Erdal wiederum sorgte für Entlastung, wenn er mit seiner Übersicht die nötige Ruhe ins Neuköllner Spiel brachte. Und wenn Sammy, Dani und Erdal – die Stützen des Teams – dem ständig steigenden Dahlemer Druck mal nicht mehr standhalten konnten, war ja noch Sead da, der mit prächtigen Reaktionen einen Rückstand verhinderte.

Es waren nur noch drei Minuten zu spielen, als Dani auf dem Platz zusammenbrach. Er griff sich an den Oberschenkel: Krampf. Sammy leistete sofort Hilfe. Mit seinem ganzen Gewicht stemmte er sich gegen Danis Bein, um die Verkrampfung zu lösen. Mühsam rappelte sich Dani wieder auf. »Geht's?«, fragte Sammy besorgt. Aber dass er trotz der Schmerzen weiterspielen würde, war gar keine Frage für Dani.

Beim nächsten Dahlemer Angriff kam er jedoch nicht mehr rechtzeitig hinterher. Dani versuchte zwar mit letzter Kraft, noch einen Sprint anzuziehen, aber in seinen Muskeln steckte überhaupt keine Energie mehr. Nur noch sein Wille trieb ihn an. Aber das war zu wenig. Der Muskel verkrampfte sich erneut. Dani stürzte zu Boden, und mit schmerzverzerrtem Gesicht sah er nur noch, wie der Dahlemer Stürmer alleine auf das Tor zulief. Sein Schuss aus zwanzig Metern war perfekt. Sead flog dem Ball hinterher. Sein Körper streckte sich immer weiter, er wurde auf wundersame Weise länger und länger. Sead schien gar nicht mehr aufzuhören zu fliegen – und tatsächlich erreichte er den scheinbar unhaltbaren Ball doch noch. Aber der Schuss war zu hart. Seads Fingerspitzen bogen sich nach hinten – und der Ball knallte ins Netz. 1:0 für Blau-Weiß. Die Dahlemer Spieler fielen sich in die Arme, und am Spielfeldrand jubelten die Zuschauer, als hätte die Mannschaft gerade die Deutsche Meisterschaft gewonnen.

Die Neuköllner sanken zu Boden, als hätte der Schuss nicht nur ins Tor getroffen, sondern jeden Einzelnen von ihnen ins Herz. Aller Kampf war vergeblich gewesen. Entkräftet lagen sie auf dem Rasen. Sie hatten schon wieder verloren.

Dani jedoch rappelte sich schnell wieder auf, auch wenn seine Muskeln brannten und zuckten. Er humpelte über den Rasen wie ein Boxer, dem nach einem brutalen Niederschlag die Knie weich geworden sind, und brüllte: »Es ist noch nicht vorbei! Weiter! Weiter! Weiter! Steht auf! Wir schaffen das noch! Es ist nie vorbei, nie! Nur wenn wir aufgeben, haben wir verloren. Aber wir geben nicht auf! Weiter! Weiter! Weiter!«

Solche Worte hatten die Spieler von Neukölln auf dem Platz noch nie gehört. Schon gar nicht von ihrem Trainer, aber auch untereinander war niemand von ihnen bisher mit einer solchen Überzeugung aufgetreten, wie es Dani tat. Sie spürten, dass er wirklich daran glaubte, das Spiel noch drehen zu können. Es war, als bahnte sich eine neue, unbekannte Kraft blitzartig den Weg in ihre ausgelaugten Körper und leeren Köpfe. Tausendmal stärker als jeder Energydrink.

Dani holte den Ball aus dem Tor und lief, so schnell er noch konnte, zum Anstoßpunkt. Es waren ja noch ein oder zwei Minuten zu spielen. Alle Spieler von Neukölln waren jetzt erfüllt von dem unbedingten Willen, diesem Spiel noch eine Wende zu geben – und selbst in Unterzahl ein Tor gegen den großen Favoriten zu schießen.

Nach dem Anstoß hielten sie den Ball zunächst bewusst in den eigenen Reihen. Sammy wartete im Mittelfeld, bis genügend eigene Spieler in den Dahlemer Strafraum vorgedrungen waren, dann flankte er den Ball hoch und weit in den Sechzehner. Erdal stieg hoch, er erwischte den Ball perfekt. Der Ball passte genau ins Eck, das musste der Ausgleich sein. Die Neuköllner rissen schon die Arme hoch, aber mit einem unglaublichen Reflex wehrte der Dahlemer Torhüter den Ball zur Ecke ab.

»Weiter! Weiter!«, brüllte Dani. Es lief die Nachspielzeit. Alle Neuköllner versammelten sich zur letzten Ecke im Dahlemer Strafraum. Sogar Sead kam aus dem Tor gerannt, um die letzten Chancen zu nutzen. Er postierte sich auf Höhe des Elfmeterpunkts. Sammy schlug den Eckball, hoch und hart. Diesmal stieg Dani am höchsten, aber er verpasste den Ball um Haaresbreite. Im Hintergrund hatte sich jedoch Sead mit ein paar Schritten von seinem Gegenspieler gelöst. Er flog dem Ball entgegen wie es nur ein Torwart kann, die Augen starr auf den Ball gerichtet. Dieses verdammte Ding erwische ich, sagte er sich. Und Sead traf den Ball tatsächlich genau so, wie er es wollte. Sein wuchtiger Kopfball mit der rechten Schläfe flog gegen die Laufrichtung des Dahlemer Torwarts in die lange Ecke. Der Keeper hatte keine Chance. Sead hatte seine Augen die ganze Zeit weiter auf den Ball gerichtet, die Szene lief vor ihm ab wie in Zeitlupe. Er sah nun, wie der Ball ganz, ganz langsam an allen Gegnern vorbei in Richtung Tor flog – und gegen den Pfosten klatschte.

Als Sead nach seinem Flugkopfball auf dem Bauch über den Rasen rutschte, hatte er den Ball noch immer im Visier. Und aus den Augenwinkeln sah er, wie Erdal von hinten angerauscht kam und sich mit beiden Armen die zwei Gegenspieler vom Leib hielt, die vor ihm den Ball wegschlagen wollten. Aber im Käfig hatte er gelernt, wie man Leute auf Distanz hält. Er blockte sie mit beiden Ellbogen – und jagte den Ball aus fünf, sechs Metern Entfernung mit einer solchen Gewalt aufs Tor, dass Sead und alle anderen den Ball erst wieder sahen, als sich das Netz blähte – Tor!

Die Neuköllner waren außer sich. Sie wussten gar nicht, auf wen sie sich in ihrer Begeisterung zuerst stürzen sollten. Auf Erdal, den Torschützen, der den Ball zum 1 : 1 ins Tor genagelt hatte? Oder auf Sead, den Vorbereiter, der mit diesem unfassbaren Flugkopfball den Ausgleich erst ermöglicht hatte? Und weil sie sich so schnell nicht entscheiden konnten, entstanden auf dem Platz zwei jubelnde Haufen. Einer türmte sich auf Sead, der andere auf Erdal. Im Gebrüll und Jubel ging der Schlusspfiff unter. Der Schiedsrichter pfiff das Spiel nach dem Ausgleich gar nicht wieder an.

»Wir haben es geschafft! Wir haben es wirklich geschafft!«, brüllte Sammy und schüttelte ungläubig den Kopf. Dann beugte er sich über Dani, der vollkommen erschöpft auf dem Rasen lag.

»Ohne dich hätten wir es nicht geschafft«, sagte Sammy und umfasste Danis Gesicht mit beiden Händen. Es sah fast so aus, als ob er ihn küssen wollte. Dani erhob sich mit wackeligen Beinen. Er strahlte.

»Nein, Sammy. Wir haben es geschafft! Wir!«

»Korrekt, Mann. Wir haben es geschafft.«

Das unglaubliche 1 : 1 gegen Dahlem bedeutete trotzdem nur einen einzigen Punkt in der Meisterschaft. In der Tabelle brachte das nicht viel für Neukölln. Sie standen weiterhin auf dem letzten Platz. Aber dieses 1 : 1 beim Tabellenführer, der zuvor alle Spiele gewonnen hatte, fühlte sich trotzdem an wie ein Sieg. Und dazu dieses Tor in der Nachspielzeit mit einem Spieler weniger auf dem Feld – erzielt und erzwungen allein durch einen unbändigen Willen, wie ihn Neukölln zuvor noch nie gezeigt hatte. Das fühlte sich für die Jungs sogar an wie ein großer Sieg.

Sammy legte Dani den Arm um die Schulter, als sie gemeinsam den Platz verließen.

»Bleibst du bei uns? Wir können dich brauchen.«

»Ich bin doch schon einer von euch. Hast du doch eben gerade gehört von den Leuten hier«, sagte Dani und lachte. »Wann ist Training?«

»Dienstags. Aber komm morgen um drei zum Käfig. In der Schierker Straße. Da ist richtig krasser Fußball, echt Neukölln.«

»Ich bin dabei. Darauf kannst du dich verlassen. Wenn ich bis dahin wieder laufen kann.«

Schon in der Kabine bereute Sammy sein Angebot. Dani hatte sich nach dem Duschen ein nagelneues T-Shirt von G-Star übergezogen, auch seine Jeans war von dieser teuren Marke. Und er hatte auch diese unglaublichen coolen Nike Air, die man selbst designen konnte. Alles, was Dani trug, war echt teuer. Und die Schuhe kosteten ein Vermögen. Das wusste jeder. Aber bei ihnen in Neukölln konnte sich das keiner leisten. Es war einfach nicht logisch, dass Dani nun zu ihnen gehören sollte, dachte Sammy. Dani gehörte nach Dahlem, da trugen alle solche Sachen. Wie konnte er nur so blöd sein, zu glauben, dass Dani jetzt wirklich einer von ihnen war? Nur weil er schwarz war und gut kicken konnte?

Dani kramte in der Umkleidekabine sein iPhone hervor. Er schrieb an Ben.

```
1:1 ☺
Danke!!
Wie ist's bei dir gelaufen?
18 Uhr am See?!
```

Danis Handy vibrierte.

```
Super
Melde mich nach unserem Spiel
See geht klar!
Bier bringe ich mit ☺
```

Auf Ben war einfach immer Verlass.

Als die Neuköllner Jungs vom strahlend weißen Dahlemer Klubhaus zur S-Bahn liefen, die sie in einer Stunde wieder in ihrem Viertel abliefern würde, rauschte Dani lachend und winkend auf seinem silbernen Mountainbike an ihnen vorbei. Sammy versetzte es einen Stich. Nur im Fußballtrikot waren sie gleich gewesen. Aber das sah Sammy erst jetzt.

# 5. Doppelpass im Käfig

Seine Mutter trug gerade Kuchen und dampfenden Tee aus frischer Minze auf, als Dani sich ruckartig aus dem Terrassenstuhl mit den gesteppten marineblauen Sitzkissen wuchtete. Sie blickte missbilligend. Dani schob den Stuhl unter den Tisch und holte seine Sporttasche.

»Wo gehst du denn am Sonntagnachmittag noch hin? Wir wollten doch noch mit dem Boot raus«, fragte sie in vorwurfsvollem Ton, den Dani aber zu überhören beschloss.

»Heute nicht, Mama. Fahrt diesmal alleine. Ich muss noch mal los.«

Sonntags ging Dani mit seiner Familie oft segeln. Eigentlich immer, wenn das Wetter mitspielte. Ihr Boot lag am Wannsee. Nichts Großes, wie Klaus immer sagte. Ein altes Segelboot, acht Meter lang, vollständig aus Holz gefertigt, das mit den Jahren eine warme Färbung angenommen hatte. Das Boot besaß zwei kleine Kabinen, die lange ausreichend Platz boten, wenn sie über Nacht unterwegs waren. Aber seit Dani und Luise in die Höhe geschossen waren, wurde es ein bisschen eng.

Noch im Frühjahr hatten sich Dani und Luise eine Koje geteilt. Als Luise aber bemerkte, dass nicht nur ihre Beine wuchsen, sondern auch ihr Busen, wollte sie mit ihrer Mutter in einer Kabine schlafen. Dani musste rüber zu

Klaus in die Elternkabine, und seitdem hatte er keine Lust mehr auf diese Segeltouren.

Früher hätte Dani ewig fahren können. Er liebte das Segeln. In drei Tagen erreichte man von ihrem Liegeplatz aus die Ostsee. Dani kannte bis zur Mündung jede Schleuse und jeden Anlegeplatz. Jedes Jahr waren sie einmal auf großen Family-Törn gegangen, wie sie es nannten, meistens in den Sommerferien. Manchmal aber auch an Ostern, wenn die Feiertage spät lagen und es etwas wärmer war, so wie in diesem Frühjahr. Zehn Tage waren sie dann unterwegs.

Am liebsten lag Dani nachts an Deck, tief eingemummelt in seinen Schlafsack. Er schaute dann stundenlang in den Sternenhimmel, der nirgendwo so hell leuchtete wie auf dem Wasser, bis ihm irgendwann die Augen zufielen. Am nächsten Morgen weckte ihn seine Mutter mit einer Tasse Tee. Er roch die gebrühte frische Minze schon mit geschlossenen Augen.

Jetzt aber wollte Dani nichts wie weg. Er schulterte seine Tasche, die er schon am Vormittag mit einem frischen T-Shirt und einer Flasche Wasser gefüllt hatte, und schwang sich aufs Rad. Die Steigung hinter dem Haus nahm er zügig. Er würde knapp eine Stunde bis zum Käfig in der Schierker Straße brauchen, wenn die Angaben der BVG im Netz stimmten.

Dani war noch nie in Neukölln gewesen. Auch seine Freunde aus der Schule oder dem Klub waren noch nicht dort gewesen, zumindest nicht freiwillig. Warum auch? Was sollte man da, außer wenn der Spielplan verlangte, dass man dort spielte?

Mit jeder Station, die ihn näher nach Neukölln brachte,

wandelte sich das Bild der Stadt. Im U-Bahn-Tunnel konnte er die Veränderung der verschiedenen Berliner Viertel natürlich nicht wirklich sehen, wohl aber deren Bewohner, die unter der Erde zustiegen: verschleierte Frauen, die am Südstern ihre Kinderwagen in die Waggons schoben und Arabisch sprachen. Junge Mädchen, die am Hermannplatz ihre Handys unter das Kopftuch geklemmt hatten und keine Notiz von ihm nahmen. Am Rathaus Neukölln legte sich ein betrunkener Typ auf die Bank gegenüber und pennte sofort ein. Auf seiner Hose aus kräftiger hellbrauner Baumwolle, die viel zu dick war für diesen Spätsommertag, zeichneten sich dunkle Ränder am Oberschenkel ab. Dani strengte sich an, nicht hinzuschauen. Die Pisse stank fürchterlich.

Er atmete tief durch, als er aus dem U-Bahn-Schacht wieder ins Freie trat. Dani nahm das Rad von der Schulter und fuhr die baumlose Hermannstraße hinunter. Gleich die erste oder zweite Straße links musste es zum Käfig gehen. Er kontrollierte die Uhrzeit, er war fünf Minuten zu früh. Überpünktlich, wie immer.

Im Käfig war schon eine Menge los, als er ankam. Eigentlich waren es sogar zwei Käfige in der Schierker Straße, sie lagen direkt nebeneinander. In einem spielten die Jüngeren, auf dem neueren Platz die Großen.

»Hier ist der Käfig für die Chefs. Komm her, wenn du dich traust. Hier ist Neukölln, nicht Dahlem!«, rief Sammy.

Dani wunderte sich über die merkwürdige Begrüßung, sagte aber nichts. Erdal und Sead waren auch schon da. Dazu noch zwei andere Jungs, die er nicht kannte. Und zwei Mädchen! Dani starrte sie an. Wie gut die beiden aussahen! Spielten die etwa auch im Käfig? Dani verschlug es die Sprache.

Die beiden Mädchen sahen vollkommen gleich aus, nur hatte eine etwas längere Haare. Eigentlich konnte man sie nur an den verschiedenen T-Shirts unterscheiden.

»Meine kleine Schwester Selin«, sagte Ayse und lächelte Dani zu. »Sieht man ja wohl. Ich bin 23 Minuten älter.«

Auch wenn die Zwillinge fast genau gleich aussahen, konnte Dani den Blick nicht mehr von Ayse lassen. Seine Wangen glühten, das Blut schoss ihm in den Kopf. Dani wusste nicht, wie ihm geschah. Er war nur sicher, dass er gerade rot wurde. Allerdings konnte man diese Färbung seiner Haut nur entdecken, wenn man wirklich ganz genau hinsah. Die meisten glaubten ohnehin, dass ein Schwarzer überhaupt nie rot werden konnte. Und das war ein echter Vorteil, wenn man hübschen Mädchen gegenüberstand.

»Was ist los, Dani? Nur gucken, nicht spielen?«, rief Erdal und lachte.

»Schon gut, schon gut, bin ja schon da. Ihr müsst hier ja nur aus dem Haus raus, dann seid ihr auf dem Platz. Ich bin schon ne Stunde durch ganz Berlin unterwegs«, sagte Dani.

»Harte Sache, ne ganze Stunde. Ist das schon zu viel für dich?«, fragte Sammy. »Also: Das sind Jamal und Kevin. Die spielen beim 1. FC Neukölln. Ayse und Selin kennst du jetzt ja schon.«

»Spielt ihr auch im Verein?«, fragte Dani die Zwillinge, um mit ihnen ins Gespräch zu kommen.

»Nee, nur hier im Käfig«, sagte Ayse.

»Und auch nur dann, wenn unser Bruder nicht aufkreuzt«, zischte Selin.

»Wieso das?«

»Unser Vater verbietet uns Fußball. Er sagt: Das ist nichts für türkische Mädchen. Aber da täuscht sich Baba gewaltig. Und unser Bruder kontrolliert alles«, fuhr Ayse fort. »Echt Horror.« Ihre dunklen Augen blitzten, dann hielt sie den Ball abwechselnd mit beiden Füßen hoch.

»Echt jetzt? Ihr dürft nicht kicken?«, fragte Dani.

»Ja, echt. Unser Vater kommt aus Anatolien. Und Baba will auch wieder zurück«, erwiderte Selin. Sie zog ratlos die Schultern hoch und verdrehte die Augen, als sei damit alles gesagt.

In Berlin lief es perfekt für die Zwillinge. Sie hatten es vor zwei Jahren aufs Gymnasium geschafft, als Einzige aus ihrer Klasse. Und auch im Gymnasium gehörten die beiden zu den Besten. Darauf waren sie mächtig stolz. Ayse und Selin wollten ein Super-Abi, dann an der Uni studieren und später einen richtig guten Job. Das war ihr Traum.

Berlin war ihre Heimat, alle Freundinnen und Freunde lebten hier. In das ostanatolische Dorf ihrer Eltern kamen sie jedes Jahr nur für ein paar Tage in den Sommerferien. Sie waren immer froh, wenn sie das langweilige Kaff schnell wieder verlassen konnten und zusammen mit ihrer Mutter und ein paar Verwandten ans Meer fuhren. Ihr Vater verbrachte immer die kompletten Ferien auf seiner »Heimaterde«, wie er es nannte.

Nach den letzten Sommerferien hatte er seiner Familie bei der Ankunft in Berlin gesagt, dass der heilige Mann des Dorfs von ihm verlangt habe, mit seiner gesamten Familie zurückzukehren, für immer. Und das war es auch, was ihr Vater ohnehin seit Jahren wollte. Und seitdem fürchteten sich Ayse und Selin vor diesem Tag. Aber ihre Angst ließen sich die Zwillinge nicht anmerken.

»Und dass wir mit Jungs spielen, geht natürlich gar nicht. Das findet auch unser Bruder Faruk. Der ist sogar noch schlimmer als unser Vater, fährt voll auf den Islam ab, so richtig krass. Ist uns aber total egal, denn mit Jungs kicken macht einfach Spaß«, sagte Ayse.

»Das Problem kenne ich«, entgegnete Dani.

»Welches Problem? Mit Jungs kicken? Oder ein Bruder, der den Koran-Lehrer spielt?«, fragte Ayse und schaute Dani herausfordernd an.

Ayse sprach perfektes Deutsch, besser als alle anderen. Ohne Berliner Dialekt oder türkischen Slang, dafür mit fehlerfreier Grammatik. Das fiel Dani sofort auf. Ayse liebte die deutsche Sprache, und am liebsten benutzte sie den Genitiv. Das machte ihr sogar noch mehr Spaß als ein Übersteiger im Käfig. Denn den Übersteiger konnten hier alle, aber niemand den Genitiv. Selin nannte ihre Schwester dann immer »Grammatik-Taliban«. Sie kannte den Genitiv zwar auch, hatte aber keine Lust, ihn zu benutzen.

»Meine Eltern verbieten mir auch Fußball. Ich darf in keinem Verein spielen. Das ist wirklich so, ohne Scheiß«, entgegnete Dani.

»Echt, Mann? Wo gibt's denn so was?«, fragte Ayse und lachte dabei ein so wunderbares Lachen, dass Dani den Blick überhaupt nicht mehr von ihr abwenden konnte.

»In Dahlem«, warf Dani schnell ein. Er wusste, dass er

sie jetzt schon viel zu lange anschaute und dass das verdammt uncool war. Aber es ging nicht anders.

»Und in Anatolien«, sagte Selin. »Aber lasst uns jetzt endlich kicken.«

»Spielt ihr Fußball, wie ihr redet? Immer Doppelpass?«

»Im Käfig spielen wir immer gegeneinander«, sagte Ayse.

»Und das ist auch besser so – für die Jungs«, sagte Selin.

Und so teilten sie auch diesmal die Mannschaften ein. Selin spielte mit Dani, Erdal und Sead in einer Mannschaft. Im anderen Team Ayse, Sammy, Ibra und Jamal. Kevin war zu viel. »Wie immer: Gewinner bleibt«, entschied Sammy. Kevin nickte. Er musste sich am Spielfeldrand gedulden, bis ein Tor fiel, erst dann wurde er eingewechselt. Wenn die Spielerzahl ungerade war, musste ein Auswechselspieler immer in die Mannschaft, die gerade das Tor kassiert hatte. Das andere Team blieb zur Belohnung unverändert. »Und letzter Mann ist Torwart«, sagte Sammy, »ist ja auch klar.«

»Letzte Frau gibt's wohl nicht?«, konterte Ayse. Die Zwillinge grinsten.

Sammy drosch den Ball auf Dani. Er konnte ihn gerade noch abfangen, bevor er gegen seine Brust knallte.

»Du kannst Anstoß machen, ist für dich ja ein Auswärtsspiel.«

»Danke«, entgegnete Dani tonlos. Beim Anstoß passte er auf Erdal und bekam den Ball umgehend zurück. Aber ehe sich Dani versah, hatte er auch schon den Ellbogen von Sammy in den Rippen. Dani blieb die Luft weg – und den Ball hatte er sofort verloren.

»Hey, Foul!«

Sammy ignorierte den Protest. Und alle anderen auch.

»Vergiss es einfach!«, rief Ayse über den Platz. »Das ist doch hier kein Mädchenfußball.«

Dani schüttelte sich. Er nahm den Ball nun in der eigenen Hälfte direkt am Zaun an. Aus den Augenwinkeln sah er noch, wie Sammy von hinten angeschossen kam. Aber es war zu spät. Dani konnte nicht mehr ausweichen. Sammy rammte ihn mit seinem Körper brutal gegen das Gitter. Dani durchfuhr ein stechender Schmerz, seine Schulter schien zu explodieren. Er knallte hart auf den Boden, rappelte sich dann aber mühsam wieder auf. »*Das* ist Käfig-Fußball!«, rief Sammy – und steuerte mit dem Ball in Richtung Tor. Der Weg war frei. Und Sammy traf zum 1:0.

Danis Team musste nun auswechseln, und er machte sofort freiwillig Platz für Kevin. Hinter den Gitterstäben rieb er sich die schmerzende Schulter. Es war doch echt etwas total anderes, hier in Neukölln im Käfig zu spielen als zu Hause in Dahlem. Das waren zwei verschiedene Spiele, Fußball wie hier hatte Dani noch nie erlebt. Dieser Kick war echt krass.

Als er drei Minuten später für Selin wieder auf den Platz kam, lag sein Team schon 0:2 hinten. »Du traust dich noch? Immerhin«, sagte Sammy kampfeslustig, als Dani den Platz betrat. Seine Augen blitzten.

Dani hatte Wut im Bauch. Er wusste, dass er ein guter Kicker war, auch wenn hier ein ganz anderes Spiel gespielt wurde. Sofort nach der Einwechslung schnappte er sich den Ball und setzte zu einem seiner Dribblings an, die in Dahlem immer funktionierten. Er täuschte Sammy mit einer schnellen, unerwarteten Drehung – und tatsächlich klappte dieser Trick auch hier. Dani war vorbei. Und er spurtete nun in höchstem Tempo aufs Tor zu. Die rechte Ecke war frei. Dani sah die Lücke sofort, er holte kurz aus – doch Sekundenbruchteile bevor er den Ball im Tor versenken konnte, tat es einen fürchterlichen Schlag. Mit ausgestrecktem Bein war ihm Sammy von hinten in die Beine gekracht. Dani donnerte auf den Asphalt, noch härter als beim ersten Mal. An seinem Knie lief Blut herunter, der Oberschenkel war an der Seite völlig aufgeschrammt. »Das hier ist was anderes als Hockey!«, sagte Sammy ungerührt. »War aber Foul, hier hast du den Ball.« Alle auf dem Platz lachten, auch Ayse und Selin.

Dani warf den Ball achtlos zurück zu Sammy. »Das war kein Foul, alles okay«, sagte er. Die Jungs auf dem Platz nickten anerkennend, auch die Zwillinge. Dani lief mit blutendem Knie zurück in die eigene Hälfte. Er wusste gar nicht, was mehr schmerzte: die Schulter, das Knie, der Oberschenkel – oder die unfassbare Härte, mit der Sammy ihn attackierte. Warum tat er das?

Aber er würde sich trotzdem nicht stoppen lassen, schon gar nicht so. Doch Sammy startete schon wieder den nächsten Angriff. Diesmal jedoch drängte Dani ihn durch geschickten Körpereinsatz an den Spielfeldrand. Aus dieser Position war es unmöglich, ein Tor zu erzielen. Selbst für Sammy. Die Gefahr schien gebannt. Geht doch, dachte Dani. Aber dann zog Sammy den Ball blitzartig mit der rechten Sohle zurück und spielte ihn doch irgendwie am Zaun an ihm vorbei. Die anderen im Käfig ahnten, was nun geschehen würde. Sie kannten den »Street-King« ja schon. Aber Dani konnte nur hilflos zusehen, wie Sammy den »Street-King« auf den Asphalt zauberte, noch besser und schneller als in den Tagen zuvor. Dani sah aus wie ein Anfänger – und Sammy machte nach diesem Supertrick ganz lässig das 3:0.

»Fuck, fuck, fuck!«, fluchte Dani.

»Jetzt weißt du, warum *wir* die *Street Kings* sind«, sagte Sammy.

Dani hatte das Gefühl, in seinem ganzen Leben noch nie so schlecht gespielt zu haben. Er verlor fast jeden Zweikampf, seine Schnelligkeit konnte er überhaupt nicht ausspielen und auch nicht seine Übersicht. Und seine Tricks, die im Käfig an der Clayallee so super funktionierten und seine Kumpels total beeindruckten, nutzten hier rein gar nichts. Entweder stand ihm einer der Jungs – oder noch schlimmer: Ayse – auf den Füßen, sodass er den Ball nicht mal richtig annehmen konnte. Und wenn er dann doch mal ein Dribbling gewann, dann rammte ihm sofort irgendjemand den Ellbogen in die Seite oder holte ihn von den Beinen. Die Härte war er einfach nicht gewohnt.

Dani schoss zwar noch ein Tor, aber freuen konnte er sich nicht darüber. Sein Team war einfach chancenlos. Am Ende hieß es 2:12. Ein echter Untergang. Und für dieses Desaster machte sich Dani ganz alleine verantwortlich.

Sammy rempelte ihn kumpelhaft mit der Schulter an. »Ganz okay für den Anfang«, sagte er grinsend.

»Verarschen kann ich mich selbst«, gab Dani düster zurück.

»Nee, nee. Das war schon okay fürs erste Mal hier, echt jetzt.« Sammy wusste nach diesem Spiel genau, wie stark

Dani im Käfig spielen würde, wenn er sich an ihr raues Spiel gewöhnt hatte. Sein Tor war Extraklasse gewesen und seine Technik super. Aber vor allem hatte Sammy beeindruckt, dass sich dieser Hockeyspieler aus Dahlem von der Härte nicht einschüchtern ließ, dass er bis zuletzt alles gegeben hatte, obwohl sein Team schon aussichtslos zurücklag. Dani war genau der fünfte Spieler, den sie brauchten für den Käfig-Cup. »Im nächsten Spiel bist du in meinem Team«, sagte Sammy.

Sie gingen hinter das Tor zu ihren Taschen, holten die Getränke raus und setzten sich im Kreis auf den Boden. Sammy hatte sich Leitungswasser in eine Trinkflasche abgefüllt, wie das alle anderen im Käfig auch immer machten.

Ich Vollidiot, dachte Dani, als er in seinem Rucksack kramte. Er hatte nur teures französisches Wasser aus dem Biomarkt dabei, das er und seine Jungs beim Hockey ganz selbstverständlich in der Halbzeit tranken. Etwas anderes hatten sie zu Hause gar nicht im Kühlschrank, aber hier konnte sich das keiner leisten. Wie hatte er nur so blöd sein können, das zu vergessen? Dani ließ seine Flasche, wo sie war. Er wollte nicht wie der Bonzen-Sohn aus Dahlem rüberkommen. »Mist, hab mein Wasser vergessen.«

»Hier, trink«, sagte Sammy und warf ihm seine Trinkflasche zu. »Und dann geht's weiter.«

Dani nahm einen tiefen Schluck, dann gingen sie gemeinsam zum Anstoßkreis. Sammy nahm ihn kurz beiseite. »Ellbogen raus! Und wenn's eng wird, lass den Ball prallen. Nur ein Ballkontakt, dann bekommst du den Platz, den du brauchst.«

Sammy wiederum verschaffte sich in seiner ersten Aktion mit dem Zidane-Trick den nötigen Raum für den ersten gefährlichen Angriff. Er hatte nun zwei Möglichkeiten: Er konnte es allein machen – oder den Ball abspielen zu Dani, dem ungedeckten Mitspieler. Denn darum ging es immer beim Spiel im Käfig: sich zwei Möglichkeiten zu verschaffen, dann hatte der Gegner keine Chance. Und auch jetzt blieb Ibra und Erdal nichts anderes übrig, als sich auf Sammy zu stürzen und ihm den Weg zum Tor zu verstellen – und genau in diesem Moment passte Sammy den Ball auf Dani, der nun zum ersten Mal den Raum hatte, den er brauchte. Er konnte nun an Ayse vorbeiziehen oder zurück auf Sammy spielen. Er hatte endlich auch mal zwei Möglichkeiten. Als Erdal sich ihm näherte, lupfte Dani den Ball ganz gefühlvoll und punktgenau in den Lauf von Sammy, der den Ball, bevor er den Boden berührte, mit einem gewaltigen Schuss volley unter die Latte jagte. 1:0.

»Geiler Doppelpass, Alter. Geht doch!«, rief Sammy und wischte sich den Schweiß von der Stirn.

Es war, als spielte Dani nun ein anderes Spiel. Er wusste immer genau, wo sich Sammy befand. Schon nach wenigen Minuten musste er gar nicht mehr hinsehen, und umgekehrt war es genauso. Es schien, als wären sie innerlich miteinander verbunden, als teilten sie sich ein Gehirn, sodass jeder genau wusste, was der andere tat und was er plante. Als sich Sammy zurückfallen ließ, erreichte ihn Danis Pass sogar mit der Hacke. Und als Dani gleich von zwei Spielern attackiert wurde, lief Sammy genau dorthin, wo Dani noch einen Pass hinspielen konnte. Sie harmonierten traumwandlerisch. Immer wieder bewegten sie sich genau im richtigen Abstand zueinander, ganz so, als wären sie mit einem unsichtbaren Band verbunden, das sich mal enger zog und dann wieder nachgab, je nachdem, wie es die Situation gerade erforderte. Auch mit Ellbogen und Härte war ihnen nicht mehr beizukommen. Immer waren sie ihren Gegnern einen Schritt und einen Gedanken voraus. Und sie schossen die Tore, wie sie wollten.

2:0, 3:0, 4:0, 5:0, 6:0, 7:0.

Viermal traf Sammy, zweimal Dani. Nach dem grandiosen Sieg kamen sie beim hinteren Tor vor der fensterlosen, bröckelnden Hauswand, die an der Rückseite des Käfigs emporragte, zusammen und ließen wieder die Wasserflaschen kreisen. Sie bemerkten gar nicht, dass sie die ganze Zeit einen Zuschauer hatten, der sie genau beobachtet hatte und sich Notizen machte.

»Kommt mal zu mir!«, rief Erdal. »Wir müssen was klären, geht schnell.« Dani blickte etwas ratlos. Auch Ayse, Selin, Kevin und Jamal hatten keine Ahnung, was Erdal von ihnen wollte. Die anderen aus dem Team wussten jedoch, um was es ging: um den fünften Spieler für den Käfig-Cup, das hatten sie am Abend zuvor schon geklärt.

Die *Street Kings* wollten Dani. Da waren sich alle einig, das war kein Problem. Aber wenn Dani mitmachen würde, woran sie keinen Zweifel hatten, dann hatten sie ein Problem. Denn dann wartete auf die *Street Kings* die unangenehme Aufgabe, den Zwillingen beizubringen, dass sie nicht dabei waren. Auch wenn Erdal so strikt gegen Ayse und Selin war wie kein anderer, schien er den *Street Kings* dennoch am besten geeignet für diesen Job.

Denn aus irgendeinem unerklärlichen Grund sah er die Dinge immer positiv und optimistisch – und er hatte immer gute Laune, da konnte passieren, was wollte. Und merkwürdigerweise konnte Erdal auch niemandem richtig böse sein. Er kam mit allen gut klar im Viertel, und selbst wenn seine Brüder wieder mal großen Mist gebaut hatten und zur Polizei oder vors Jugendgericht mussten, schaffte er es selbst dort, dass die Leute ihn mochten und seine Brüder glimpflich davonkamen.

Die gute Laune sah man Erdal meist schon von Weitem an. Manchmal schien er sogar zu lächeln, wenn er schlief. Und das Grinsen, das nie aus seinem Gesicht zu verschwinden schien, signalisierte sofort, dass sein Besitzer mit niemandem Stress wollte. Noch ungewöhnlicher war allerdings, dass Erdal tatsächlich mit niemandem in Neukölln Stress bekam. Er war jedenfalls weit cleverer, als man auf den ersten Blick vermutete. Seine Noten in der Schule waren zwar bestenfalls durchwachsen, aber auf der Straße war keiner der *Street Kings* so schlau wie er.

»Dani, pass mal auf«, sagte Erdal mit dem breitesten Grinsen, das ihm zur Verfügung stand. »Wir haben bei den *Street Kings* einen Bosnier im Tor, davor einen Deutschen, einen Türken und einen Araber. Wir brauchen für den Käfig-Cup aber noch einen fünften Spieler. Das Turnier geht bald los, es ist ein Superturnier – und wir wollen das beste Käfigteam in Berlin werden. Wir hätten dich gerne dabei.«

»Echt? Klar bin ich dabei, voll super«, sprudelte es aus Dani hervor.

»Moment, Moment«, unterbrach ihn Erdal. »Es ist echt

schade, dass du Deutscher bist. Davon haben wir mit Sammy nämlich schon einen. Und wir sind gerecht bei den *Street Kings*. Wir wollen hier keine Deutschen-, Türken- oder Arabertruppe. Wir wollen hier Respekt für alle Länder, klar, Mann?«

Erdal machte eine kurze Pause. Er wusste einfach, wie man einen coolen Auftritt hinbekommt. Dani kapierte nicht, dass Erdal nur eine Show abzog. »Aber zum Glück bist du schwarz. Das hat uns nämlich gerade noch gefehlt. Du bist also dabei, Mann«, fuhr er fort.

Die Jungs schlugen sich auf die Schenkel, dann klatschten sie sich mit ihrem neuen Mitspieler ab. Dani war jetzt ein Street-King. Ayse und Selin schwiegen eisig.

Erdal wandte sich den Zwillingen zu, die ihn feindselig anstarrten. »Einen Türken haben wir schon in der Mannschaft, nix gegen euch«, sagte Erdal und zeigte mit dem Finger auf sich selbst. »Ihr seid echt gut. Aber mit Dani sind wir jetzt fünf Mann, das genügt für das Turnier.« Es wurde plötzlich ganz still im Käfig. Erdal hoffte, dass die Mädchen seinen Trick schlucken würden – und es einfach hinnahmen, dass sie nicht dabei waren. Aber da hatte er sich getäuscht.

»Fickt euch!«, fluchte Ayse. Sie schaute so verächtlich wie sonst nur ihr Bruder, wenn er türkische Mädchen in kurzen Röcken und bauchfreien Shirts sah und sie als Schlampen beschimpfte. Sie warf Dani einen kurzen Blick zu. Er spürte, dass sie seine Unterstützung forderte. Und er wusste, dass er sich für die Zwillinge stark machen musste. Es gab ja auch wirklich keinen Grund, weshalb Ayse und Selin nicht dabei waren, außer dass Erdal und Ibra offensichtlich ein Problem mit Mädchen hatten. Dani wusste genau, dass er jetzt für Ayse eintreten musste, wenn ihm wirklich etwas an ihr lag. Und dass sie es als Verrat ansehen würde, wenn er in diesem Augenblick, wo es wirklich drauf ankam, schwieg.

Dani setzte gerade an, all die Argumente für die Zwillinge vorzubringen. Und das hatte gar nichts damit zu tun, dass er Ayse so gut fand. Die guten Gründe lagen ja auf der Hand. Er musste sie jetzt nur noch vor den Jungs über die Lippen bringen. Aber er schaffte es nicht.

Dani wollte nie unnötig anecken, darauf hatte er einfach keine Lust. Das passierte ihm als Schwarzem ohnehin immer wieder wie von alleine. Und mit seinen neuen Kumpels wollte er schon gar nicht rumstreiten, schon gar nicht am ersten Tag. Hier zählte doch nur, dass man geil kicken konnte, zumindest wenn man ein Junge war. Und genau das war es, was er unbedingt wollte: in einem Superteam kicken. Die Chance, ein *Street-King* zu werden, durfte er auf keinen Fall aufs Spiel setzen – außer für Ayse. Das war genauso klar.

Dani war völlig verwirrt. Die Gedanken schossen wild durch seinen Kopf, und gerade, als er endlich seinen ganzen Mut zusammengenommen hatte, um sich für die Zwillinge stark zu machen, spuckte Ayse vor ihm auf den Boden aus.

»Ihr hasst Mädchen genauso wie unser Vater und Bruder«, zischte sie verächtlich. Es war zu spät. Dani hatte zu lange gezögert. Die Zwillinge verließen den Käfig ohne ein Wort.

# 6. Ein neuer Trainer

Ahmet sah nicht aus wie ein Retter. Aber er war einer. Er steckte seinen Notizblock ein und betrat den Käfig. Nach der Aufregung um die Zwillinge bemerkten die Jungs ihn erst, als er schon auf dem Platz stand.

Ahmet trug ein weites, knallbuntes Seidenhemd, das der Wind um seinen Körper flattern ließ. Er ging direkt auf Sammy zu und schaute ihm geradewegs in die Augen. Ahmet wusste sofort, wer hier im Käfig das Sagen hatte.

»Nicht schlecht, zumindest im Käfig«, sagte Ahmet mit leisem Spott.

Sammy reagierte nicht.

»Aber du könntest noch besser sein, viel besser«, fuhr Ahmet unbeirrt fort und deutete dann mit dem Finger auf jeden Einzelnen. »Ihr alle könntet noch viel besser sein.«

»Woher willst du das wissen? Hier ist Käfigfußball, Alter. Wir sind das beste Team im Viertel. Das ist keine Tuntenparty. Wir brauchen keine schlauen Ratschläge. Schon gar nicht von so einem bunten Zwerg«, lästerte Sammy. Er lachte hämisch, und die anderen verstanden sofort die Aufforderung, die darin lag, und lachten dröhnend. Dem Kerl musste man zeigen, wer hier der Chef war, das war schließlich ihr Revier. Nur Dani lachte nicht.

Ahmet war klein, aber er steckte in einem extrem drahtigen Körper, für den er hart gearbeitet hatte. Seine Mutter hatte ihn früher mit viel Liebe, aber auch mit Unmengen süßer Leckereien überhäuft, und als sie ihn dann nach sechs Jahren an einem sonnigen Vormittag erstmals widerwillig aus ihrer Obhut entließ, schleppte sich ein kugelrunder türkischer Junge in Kreuzberg zur Einschulung. Seine neuen Mitschüler gaben ihm am ersten Tag den Namen »Ahmet, die Tonne« und lachten so lange, bis die Tonne weinte.

Als Ahmet in die Pubertät kam, kümmerte er sich nicht wie die anderen in seiner Klasse um die Pickel, die sich mitleidslos auf seinem Gesicht ausbreiteten, denn er wusste, dass die Dinger irgendwann auch von alleine verschwinden würden. Aber nicht seine Wampe. Und so trainierte Ahmet bis zum Umfallen, erst Karate und dann Fußball. Er trotzte seinem Körper mit eisenharter Disziplin jedes Gramm überschüssigen Fetts ab und legte sich einen Panzer aus harten, fein definierten Muskeln zu, den er nie mehr ablegte. Ahmet gewann eine Menge Titel, aber die Tonne war der härteste Gegner, den er besiegte.

Mit siebzehn holte er die Deutsche Jugendmeisterschaft in Karate. Er war der erste Türke, dem das gelang, und im Fußball brachte er es bis in die Regionalliga. Ahmet hatte sogar das Zeug zum Profi, aber als bei einem schrecklichen Foul sein Kreuzband riss, war es mit einundzwanzig Jahren vorbei mit seinem Traum. Er machte stattdessen die Trainerprüfung und betreute Jugendmannschaften in seinem Klub. Auch da holte er schnell Titel. Seine Erfolge sprachen sich rum in Berlin, und nach ein paar Jahren wurde auch Hertha BSC auf ihn aufmerksam. Seit drei Jahren trainierte Ahmet nun die U14 des Bundesligavereins, Jungs im Alter von dreizehn und vierzehn Jahren. Er bekam dafür 400 Euro im Monat, aber Ahmet hätte das auch umsonst gemacht.

Sein Geld verdiente er als Streetworker. Da hatte er es mit den schwierigsten Jugendlichen der Stadt zu tun, und gar nicht so selten waren das dieselben Jungs, die er auch auf dem Fußballplatz traf. Was er lieber tat – die Jungs zu trainieren und zu Superfußballern zu machen oder sie von der Straße zu holen –, konnte Ahmet gar nicht sagen. Er glaubte für beides geboren zu sein.

»Spielt ihr auch in einem Verein?«, fuhr Ahmet unbeeindruckt fort.

»Neukölln 88. Warum?«, sagte Sammy knapp, aber schon nicht mehr so gereizt. Durch seine Nase ließ er einen Luftstoß entweichen. Er regte sich langsam wieder ab.

Eigentlich war es gar nicht Ahmet gewesen, der ihn gerade so wütend gemacht hatte. Sammy ärgerte sich noch immer über sich selbst. Die Sache mit den Zwillingen war einfach zu blöd gelaufen, und dass Ayse und Selin wütend abgezogen waren, konnte er total gut verstehen. Denn die beiden hatten es wirklich verdient, beim Käfig-Cup dabei zu sein, da konnten Erdal und Ibra erzählen, was sie wollten. Aber den Jungs hatte er auch nicht so einfach in den Rücken fallen können, das war doch auch logisch. Und Ehrensache.

»Oh, nur dritte Liga. Auch nicht so geil. Spielt ihr alle bei Neukölln 88?«, gab Ahmet zurück. Sammy horchte auf, und die anderen auch.

»Wir vier«, sagte Erdal und zeigte noch auf Ibra und

Sead. »Ach ja, und Dani ist jetzt auch dabei. Was das aber bringen soll, weiß ich auch nicht.« Er knuffte Dani dabei grinsend in die Seite. Manchmal genügte ein einziger Satz oder auch nur eine Geste von Erdal, um wieder für gute Stimmung zu sorgen.

»Wann trainiert ihr?«, wollte Ahmet wissen.

»Dienstags, halb sechs. Da kannst du die Meister sehen. Wir steigen nämlich auf. Dann spielen wir zweite Liga und dann auch bald erste Liga. Wir sind die Besten«, sagte Sammy lässig und baute sich zu seiner vollen Größe auf. Er überragte Ahmet ohnehin um einen halben Kopf, und als er seinen Brustkorb nach vorne schob, zeichneten sich unter seinem engen T-Shirt feste Muskeln ab.

Ahmets perfekt trainierten Körper konnte dagegen niemand im Käfig sehen. Er verschwand unter diesem extrem weit geschnittenen Hemd, das in seiner wilden Musterung an Hawaiihemden erinnerte, die längst aus der Mode gekommen waren. Dazu trug Ahmet eine tiefblaue Cordhose und leicht abgetragene bräunliche Schuhe, die aus schuppigem Schlangenleder gefertigt waren. Die Schuhe hatte er im Istanbuler Künstlerviertel Cihangir erstanden, wo er jedes Jahr mit türkischen und Berliner Freunden die Ferien verbrachte und mit ihnen durch Galerien, Ateliers und die Fußballstadien der Stadt zog. Die anderen Sachen stammten aus einem Kreuzberger Second-Hand-Laden. Die einzelnen Teile waren modisch äußerst fragwürdig, aber im Mix sahen sie an Ahmet einfach umwerfend aus.

Die *Street Kings* kannten niemanden, der in solchen Klamotten rumlief. Sie wollten, dass die Mädchen ihre Muskeln sahen, und deswegen trugen sie im Sommer am liebsten ärmellose Shirts. Aber auch im Winter wollten sie ihren Bizeps zeigen, und deswegen zogen sie auch bei klirrender Kälte dasselbe an. Ein flatterndes, buntes Seidenhemd wie Ahmet hätten sie jedenfalls niemals getragen. Das war total schwul. Und außerdem musste man doch seine Muskeln zeigen, wenn man sich die mit endlosen Sit-ups und stundenlangem Hanteltraining mühsam erworben hatte.

Ahmet besaß die seltene Gabe, Dinge, die auf den ersten Blick wenig hermachten, hervorstechen zu lassen. Seine Fähigkeit, Unscheinbares oder Unterschätztes zum Strahlen zu bringen, galt aber nicht nur für seine Klamotten. Das konnte er auch mit Menschen. Ahmet sah in Jugendlichen nicht, was sie versuchten darzustellen, sondern das, was sie sein konnten. Und wenn er Jungs im Käfig zaubern sah, dann waren das für ihn keine kleinen Kiez-Könige, sondern ungeschliffene Diamanten, aus denen Profikicker werden konnten.

»Ihr seid Letzter in der Bezirksliga. Letzter. Ihr steigt nicht auf. Nicht in die zweite Liga und schon gar nicht in die Bundesliga. Da kannst du mir erzählen, was du willst«, konterte Ahmet. Er kannte die Tabellen der drei höchsten Ligen der C-Jugend in Berlin auswendig, auch alle Ergebnisse des Wochenendes hatte er im Kopf. Es gab niemanden in der Stadt, der sich im Jugendfußball besser auskannte.

Sammy sagte keinen Ton.

»Und wenn du weiter so auf die Kacke haust, dann wirst du auch nie Erfolg haben. Denn wenn du mehr sein willst, als du bist, bist du weniger, als du sein könntest«, sagte Ahmet. »Ich komme zu eurem nächsten Training, einverstanden? Dann sehen wir weiter.« Das Schweigen nahm Ahmet als Zustimmung, und so war es auch gemeint.

»Jungs, bis Dienstag also, wir sehen uns.« Ahmet drehte sich um und verließ den Käfig ohne ein weiteres Wort. Genauso wie zehn Minuten vorher die Zwillinge – nur dass Ahmet seine Begegnung mit den *Street Kings* gewonnen hatte.

»Was war denn das für einer?«, wollte Dani wissen. »Kennt ihr den Typ?«

»Keine Ahnung«, sagte Sammy kopfschüttelnd und nahm noch einen großen Schluck aus seiner Plastikflasche. »Werden wir ja beim Training sehen, kommst du auch?«

Eigentlich hatte Dani schon mehr als genug zu tun. Zweimal in der Woche war Hockeytraining, dazu kamen noch der Klavierunterricht und die Vorbereitungen für die Schule. Und im Käfig an der Clayallee kickte er auch noch. Und der Dienstag war der Tag in der Woche, an dem er einfach abhängen konnte mit Ben, seinem besten Freund. Den Dienstag hatte er sich immer freigehalten, aber nun sagte er wie selbstverständlich: »Klar bin ich dabei.«

»Perfekt«, sagte Erdal und kippte sich lässig den letzten Rest aus der Wasserflasche über den Kopf. »Lass uns ins Culle gehen. Ist echt heiß heute. Und sonntags ist immer was los. Wer hat Bock?«

»Guter Plan«, stimmte Sammy sofort zu.

»Culle?«, fragte Dani.

»Columbiabad«, erklärte Erdal. »Der geilste Sprungturm in ganz Berlin.«

»Ich hab nix dabei«, sagte Dani.

»Kein Problem, komm mit zu mir, ich leih dir was.«

Erdal ging mit Dani und Sammy rüber zu sich, um für Dani noch eine Sporthose zu holen. Schon als sie vor der Tür standen, empfing sie ein herrlicher Duft. Sammy strahlte. Erdals Mutter wirbelte in der Küche und begrüßte ihren Sohn mit einem Kuss.

»Wir gehen schwimmen, Mama. Wir müssen gleich wieder weg«, sagte Erdal und wand sich aus ihren Armen.

»Frische Handtücher sind im Bad«, sagte sie lächelnd und bot Dani sogleich einen Tee an. Und Sammy natürlich auch.

»So viel Zeit muss sein. Schwimmbad läuft nicht weg.«

»Mama, wir müssen los. Echt jetzt«, drängelte Erdal.

Seine Mutter überhörte den Einwand und goss den dampfenden Tee aus einer silbernen Kanne in kleine, bunte Gläser mit silbernen Beschlägen.

»Maamaa«, stöhnte Erdal. Dann zuckte er mit den Schultern und sah Sammy und Dani mit einem Blick an, der ihnen bedeutete, dass es vollkommen sinnlos war, seiner Mutter zu widersprechen. Sie setzte ihnen drei Teller Bulgur-Pilaw vor, und während es sich die Jungs schmecken ließen, packte sie noch über ein Dutzend türkischer Frikadellen in eine Plastikbox und verstaute sie in der Tasche ihres Sohnes. »Teilt sie euch«, sagte sie beim Abschied und drückte Erdal noch einen fetten Kuss auf die Stirn.

»Maamaa«, protestierte Erdal und wischte sich mit der Hand über die Stirn, während Sammy eilig den letzten Bissen runterschlang. Er wäre gerne noch ein bisschen geblieben.

Am Eingang des Columbiabads herrschte ein riesiger Auflauf. Zwei Polizeistreifen parkten mit Blaulicht quer auf dem Gehweg, daneben stand ein Krankenwagen, in dem gerade ein Mann in Badehose verarztet wurde, dem das Blut über einen tätowierten Totenkopf am Arm runterlief.

»Was ist da los?«, rief Dani.

»Messerstecherei«, stellte Sammy routiniert fest. »Passiert immer wieder. Türken gegen Araber, Zigeuner gegen Bulgaren, Deutsche gegen Libanesen, Russen gegen Russen, keine Ahnung. Irgendwas ist immer.«

»Wir gehen hintenrum rein«, schlug Ibra vor, ohne sich weiter um den Tumult zu kümmern. »Ist billiger, die zwei achtzig können wir uns sparen.«

Sie liefen gut hundert Meter am Zaun entlang, bis sie sich hinter dichten Büschen unbeobachtet fühlten. Die Bademeister und Sicherheitsleute, die ständig im Bad patrouillierten, weil es gerade an heißen Tagen immer irgendwo Zoff gab, waren weiter am Eingang beschäftigt, wo sie nach der Messerstecherei noch immer ein paar Leute beruhigen mussten, die einander an den Kragen wollten. Die *Street Kings* warfen ihre Taschen über den Zaun, und Sammy kletterte als Erster hinterher. Der Maschendraht war an dieser Stelle schon tief eingedrückt von all denen, die sich nicht um Eintrittskarten kümmerten. Die anderen folgten schnell und lässig, sodass Dani ziemlich klar war, dass die *Street Kings* wohl immer diesen Eingang benutzten.

Die Jungs machten sich mit ihren Handtüchern auf dem warmen Pflaster am Sprungturm breit. Das war der beste Liegeplatz im ganzen Bad. Es war zwar härter als auf der von der Hitze rissigen Wiese, aber hier hatte man die perfekte Sicht. Auf den Zehner, wenn die anderen Jungs von dort mit Arschbomben ins Wasser klatschten – und auf die Mädels, wenn sie in nassen Bikinis aus dem Becken stiegen.

»Stehst du auf Ärsche oder Titten?«, fragte Ibra, der sich neben Dani auf die Steine pflanzte. Dani wusste nicht, was er darauf erwidern sollte, darüber hatte er sich noch nie Gedanken gemacht.

»Und du?«, gab er ratlos zurück.

»Ärsche, ganz klar Ärsche. Die meisten finden Ärsche geiler, oder? Wer ist für Ärsche?«, fragte Ibra in die Runde.

Die Hände von Ibra, Erdal und Sead gingen hoch.

»Titten. Ganz klar Titten. Ihr habt einfach keine Ahnung«, widersprach Sammy. »Und du?«

»Titten, eher Titten«, sagte Dani zögernd. Er wusste nicht, warum er sich Sammys Meinung in einer Frage anschloss, die ihm eigentlich vollkommen belanglos vorkam. Titten oder Ärsche – das war doch total unwichtig. Als er Ayse eben im Käfig das erste Mal gesehen hatte, spielte das überhaupt keine Rolle. Es war doch etwas ganz anderes, was ihn faszinierte. Und das war ein völlig anderes Gefühl, als wenn man nur auf Titten oder Ärsche glotzte.

»3 : 2 für Ärsche, knappe Sache. Ey, schaut mal«, grölte Ibra und lenkte die Augen der *Street Kings* auf einen fünfzehn Jahre alten türkischen Hintern im gestreiften Bikini, der gerade unter seinem anerkennenden Blick ins Wasser sprang.

»Was habe ich gesagt? Ärsche sind unschlagbar.«

»Korrekt«, pflichtete Sead bei. »Nur Burkinis sind voll scheiße, geht gar nicht. Gibt hier viel zu viele.«

Plötzlich erschien am Sprungturmbecken ein junger Bademeister, kaum älter als sie selbst, der entschlossen schien, hier endlich einmal für Ordnung zu sorgen. In seiner weißen Hose und dem passenden weißen Hemd sah er aus wie ein Marine-Kommandant aus einem schlechten Film, und so spielte er sich auch auf. »Hey, nicht vom Beckenrand springen. Wie oft soll ich dir das noch sagen?«, brüllte er dem Mädchen hinterher, das gerade wieder aufgetaucht war.

Drei türkische Jungs nahmen die Ermahnung des blonden Bademeisters jedoch nur als willkommene Aufforderung für eine Dreier-Arschbombe. Mit Anlauf krachten sie direkt vor ihm ins Wasser. Die mächtige Fontäne hüllte ihn vollständig ein.

»Geht's noch? Beim nächsten Ding seid ihr draußen, kapiert?«, brüllte der Bademeister mit sich überschlagender Stimme. Sein triefnasses Hemd klebte ihm am Körper. »Wet-T-Shirt-Contest – erster Platz!«, rief Sammy ihm zu und reckte den Daumen in die Luft. Die *Street Kings* lachten sich kaputt und alle anderen am Beckenrand auch.

Später kickten die Jungs ein bisschen auf der Wiese, kühlten sich dann beim Wasserball im Kinderbecken ab, bevor sie schließlich auf den Handtüchern rumdösten und dann abwechselnd wieder auf ihre Handys und die Mädels starrten.

»Mutprobe«, schlug Erdal plötzlich vor. »Wer springt vom Zehner? Köpper oder Arschbombe?«

»Ist doch Quatsch. Mädels und Burkinis glotzen ist viel geiler«, protestierte Ibra.

Aber Sammy hörte gar nicht zu. Er sprang auf und

rannte zum Sprungturm, während er rief: »Ich bin der Arschbomben-Gott, folgt mir! Wer zuerst oben ist, hat gewonnen.«

Die *Street Kings* nahmen mehrere Stufen auf einmal, nur Ibra ließ sich Zeit. Sammy verteidigte mühelos seinen Vorsprung, und als alle oben waren, bot sich ihnen eine grandiose Aussicht. Aber dafür hatten sie keinen Blick. Sammy trat nach vorne und schaute vom Rand des Sprungturms hinunter in die blaue Tiefe.

»Mir nach!«, brüllte er und rauschte dann mit einem gellenden Schrei nach unten. Seine Arschbombe trieb die Gischt bis über das Dreimeterbrett nach oben.

»Jetzt muss ich wohl auch«, sagte Erdal und sprang mit Anlauf hinterher. Auch Sead und Dani nahmen ihren Mut zusammen und übergaben ihre Körper der Schwerkraft. Nur Ibra war jetzt noch auf dem Sprungturm, aber er rührte sich nicht. Er ging keinen Schritt nach vorne und keinen zurück. Eine Minute stand er oben auf dem Sprungturm, erstarrt zu einer Säule mit schwarzer Sporthose. Zwei Minuten. Drei Minuten. Vier Minuten. Ibra bewegte sich nicht. Unten am Beckenrand johlten die *Street Kings*: »Runter, runter, runter!«

Die Rufe dröhnten in Ibras Kopf. Er war wie gelähmt. Erdal hätte sich in diesem Augenblick vielleicht mit einem seiner Witze retten können, dachte Ibra. Sein Kopf aber war leer. Er musste springen. Zögernd näherte er sich dem Abgrund. Ibra schloss die Augen, und für einen Moment schien es, als könne er sich überwinden. Aber dann, im letzten Moment, wandte er sich ab. Die *Street Kings* brüllten vor Lachen und trommelten im Becken mit den Fäusten aufs Wasser. Ibra schlich die Treppe hinunter.

Jeder Schritt auf den nassen Metallstufen kam ihm vor, als stiege er über glühendes Metall. Es war die Hölle. Als er wieder den warmen Stein unter seinen Füßen spürte, wäre er am liebsten im Boden versunken.

»Was war los? Bist ja voll die Memme, Alter«, sagte Sead.

»Da springt ja selbst meine Schwester. Die ist aber auch schon neun. Und meine Mutter springt ihr kopfüber hinterher«, frotzelte Erdal.

Ibra war noch immer wie betäubt, sein Kopf brannte.

»Deutschland sucht den Superschisser – und hier ist er«, sagte Sammy und verbeugte sich wie ein Moderator, der einem Millionenpublikum auf der Fernsehbühne gerade den Sieger einer großen Casting-Show präsentierte.

»Was war los?«, fragte Dani.

»Ich habe keine Angst zu springen. Aber ich kann nicht schwimmen«, gab Ibra schließlich zu. »Hab's nie gelernt.«

»Echt jetzt?«, wunderte sich Dani. Er kannte niemanden, der nicht schwimmen konnte.

»Klar, Ibra ist immer bei den Nichtschwimmern – oder glotzt Ärsche. Deswegen zahlt er hier ja auch nie«, sagte Sead. Ibra ging zurück zu seinem Handtuch, legte sich bäuchlings darauf und vergrub sein Gesicht darin.

»Das ist doch echt scheiße«, sagte Dani und kramte aus seinem Rucksack zehn Euro hervor. Er ging rüber zur Imbissbude und kam ein paar Minuten später mit drei großen Portionen Pommes und ordentlich Ketchup zurück. »Hier, für alle.« Erdal spendierte die Köfte dazu, die seine Mutter gemacht hatte.

»Schwimmen bringe ich dir jetzt echt bei. Wird wirklich Zeit. Meine Brüder haben's auch von mir gelernt«, sagte Sammy und langte bei den Fleischbällchen zu.

»Danke. Und angenommen«, sagte Ibra, der sich wieder aufgerichtet hatte. »Aber nächstes Jahr, vorher habe ich dafür keine Zeit. Denn erst holen wir den Käfig-Cup – und dafür müssen wir noch ne Menge trainieren.«

»Korrekt, Alter. So kenn ich dich«, sagte Sead. »Aber jetzt chillen wir noch ein bisschen.«

»Guter Plan.«

Nachdem sie alles verputzt hatten, rieben sie sich mit dem Sonnenöl ein, das Sead vor ein paar Wochen im Drogeriemarkt hatte mitgehen lassen, und rekelten sich in der Sonne. Ihre Muskeln glänzten. Sie schauten wieder zufrieden nach Ärschen, Titten und Arschbomben.

»Ich muss heute wohl noch was gutmachen«, sagte Ibra, als sie ihre Sachen packten und gerade aufbrechen wollten. »Kommt noch mal alle mit, ich hab ne Idee.«

Er steuerte auf das Häuschen der Bademeister hinter dem großen Becken zu. Die Männer trugen alle dieselben weißen Hemden, aber das war nicht ihre einzige Gemeinsamkeit. Man sah ihnen auch auf den ersten Blick an, dass sie Deutsche waren. Und Leute, die komplett wie Deutsche aussahen und nicht nur einen deutschen Pass besaßen, fielen im »Culle« sofort auf.

»Ich habe ein Problem. Ich brauche Ihre Hilfe«, sagte Ibra zu einem Bademeister mit blonden, messerkurz rasierten Haaren, der einem jordanischen Jungen, der gerade auf den Boden gespuckt hatte, eine Stunde Schwimmverbot erteilte.

»Was gibt's?«, fragte der Bademeister gelangweilt.

Seine Tätowierungen wuchsen von den Handgelenken über beide Arme bis unter das Hemd.

»Meine kleine Schwester ist verschwunden. Als wir unsere Sachen eingepackt haben, war sie plötzlich weg.«

»Und? Was habe ich damit zu tun? Soll ich sie etwa suchen?«

»Könnten Sie meine Schwester ausrufen? Ich mache mir echt Sorgen. Sie soll zum Ausgang kommen. Wir warten da auf sie.«

»Na schön. Wie heißt denn deine Schwester?«

»Kim.«

»Und weiter?«

»Kim Aptal.«

»Okay, mach ich gleich.«

»Danke, vielen Dank. Wir gehen schon mal zum Ausgang«, sagte Ibra und drehte sich grinsend um. Erdal konnte sich nur mühsam beherrschen, er hätte am liebsten laut losgelacht. Als der Bademeister zum Mikrofon griff, waren die *Street Kings* außer Sichtweite. »Kim Aptal. Bitte zum Ausgang. Kim Aptal. Kim Aptal. Bitte zum Ausgang. Dort wartet dein Bruder. Kim Aptal«, hörten sie es aus den alten Lautsprechern scheppern.

Im »Culle« brach Heiterkeit aus. Kinder lachten, Frauen kicherten, und türkische Männer klopften sich vergnügt auf die Schenkel. »Kim Aptal. Kim Aptal. Bitte zum Ausgang. Dein Bruder wartet dort auf dich. Kim Aptal«, wiederholte der Bademeister. Woher plötzlich die gute Laune im Schwimmbad kam, konnte er sich allerdings nicht erklären. Auch Dani schaute ratlos.

»Kim Aptal. Wer ist das?«

»Alter, Kim Aptal gibt's doch gar nicht«, lachte Ibra. »Kim Aptal ist kein Name. Das ist türkisch.«

Ibra ließ sich jetzt jedes Wort aus der Nase ziehen. Er genoss seinen Auftritt, immerhin hatte er das ganze Schwimmbad zum Lachen gebracht. Bis auf die Bademeister – und das war noch lustiger.

»Und? Was heißt das jetzt: Kim Aptal?«

»Wer ist dumm? Das heißt es«, sagte Ibra. »Und was glaubst du, wer jetzt der Dumme ist? Ich jedenfalls nicht mehr.« Die *Street Kings* klatschten Ibra ab. Der Sprungturm war vergessen.

Auf dem Heimweg schrieb Dani an Ben.

```
Streetking!
check das mal
muss ich können!
in einer stunde im käfig!!
```

Ben war schon da und hielt sein Smartphone hoch, als Dani den Käfig erreichte.

»Hab's gefunden. Street-King, irrer Trick. Den habe ich vorher noch nie gesehen«, sagte Ben begeistert.

»Ich habe ihn heute live gesehen – und den will ich jetzt auch können«, entgegnete Dani.

»Echt, wo denn?«

»In Neukölln, im Käfig.«

»Bei den Jungs, mit denen du bei Blau-Weiß gekickt hast?«

Dani nickte.

»Spielst du jetzt immer bei denen?«

»Würde ich gerne. Im Verein, aber vor allem im Käfig, ist echt geil.«

»Wie sind die Jungs denn so drauf? War ja am Wochenende was los im Klub. Werfel und Kaben sind echt Idioten.«

»Voll die Gangster«, lachte Dani. »Aber hör mir auf mit den beiden Spackos, die nerven voll. Lass uns lieber den Trick üben.«

»Wenn du jetzt immer in Neukölln bist, kommst du dann nicht mehr hierher?«, hakte Ben nach.

»Doch, so oft es geht. Ist doch klar. Aber jetzt üben wir den Street-King, okay?«

»Klar, musst du doch können in der Gangster-Gang«, sagte Ben und grinste.

Sie schauten sich das Video so lange an, bis sie den Trick in fünf Elemente zerlegt hatten, die sie nun auf dem Platz übten. Nach einer Stunde hatte Dani den ersten Teil drauf, aber Ben bekam es nicht hin.

»Morgen wieder?«, fragte Ben.

»So lange, bis ich diesen Trick kann«, sagte Dani. »Der Street-King. Das ist mein Trick.«

# 7. Deal auf dem Friedhof

Auf dem Heimweg poppte eine Nachricht auf Sammys Handy auf.

```
21 uhr
friedhof hermann
☺ Z
```

Zahid, verdammt, schoss es Sammy durch den Kopf. Beim Spiel in Dahlem hatte er sich nicht wie sonst ein Handy unter den Nagel gerissen. Dabei wäre die Kabine von Blau-Weiß ein perfektes Pflaster gewesen, denn alle Jungs dort hatten ein Smartphone, und wenn es weg war, bekamen sie von ihren Eltern garantiert ein neues. Aber Sammy hatte sich so sehr über den späten Ausgleich gefreut, dass er glatt vergessen hatte, dass er für Zahid noch einen Auftrag zu erledigen hatte.

`bis später`, tippte Sammy düster in sein Handy.

Kurz darauf schloss er die Wohnungstür auf. Es war kurz vor acht. Aus dem Wohnzimmer kamen ihm Ballergeräusche und Reifenquietschen entgegen. Janis und Pascal hatten es sich vor der Playstation bequem gemacht, vermutlich schon seit Stunden.

»Wo ist Mama?«

»Schläft.«

»Schon was gegessen?«

Seine Brüder schüttelten stumm die Köpfe, ihre Augen klebten am Bildschirm.

Sammy ging in die Küche. Er ruckelte an der Klappe des Schränkchens neben der Spüle, in dem er seine Einkäufe verstaute. Das Schloss klemmte mal wieder, vor ein paar Wochen hatte er es schon wechseln wollen, aber irgendetwas war dazwischengekommen. Endlich gab die Klappe nach.

»Nudeln oder Nudeln? Mehr ist nicht da. Wir müssen morgen wieder einkaufen.«

»Nudeln wären keine schlechte Idee«, sagte Pascal grinsend, ohne vom Bildschirm aufzuschauen. Er war gerade damit beschäftigt, mit einem geklauten roten Sportwagen durch eine amerikanische Innenstadt zu rasen und drei Menschen an einer Bushaltestelle niederzuschießen, die blutend auf der Straße zusammenbrachen. Er kassierte dafür hundert Extrapunkte und jubelte.

»Und viel Ketchup!«, rief Janis.

»Deckt den Tisch. Wenn das Essen fertig ist und ihr immer noch spielt, ist die Playstation weg. Kapiert?«

»Reg dich ab, Big Brother. Wir sind gleich fertig. Und lass uns doch vor der Playstation essen.«

»Ich bin nicht Mama. Wir essen am Tisch«, sagte Sammy. Irgendwann, als er mal wieder bei Erdal gewesen war, war ihm plötzlich aufgefallen, dass die Toruks nie vor dem Fernseher aßen. Sie saßen immer am Tisch. Sammy konnte nicht genau sagen, warum ihm das so gut gefiel, aber seitdem verlangte er es auch von seinen Brüdern.

»Lecker, Bruder«, sagte Pascal, während er die letzten Nudeln von seinem Teller in sich hineinstopfte. »Mag noch jemand?« Janis und Sammy schüttelten den Kopf. Pascal ging in die Küche und kratzte die restlichen Nudeln aus dem Topf.

»Es gibt ein Problem in der Schule«, sagte Pascal plötzlich. Sammy horchte auf. Seine Brüder sagten normalerweise nichts, wenn es Schwierigkeiten gab. Schlechte Noten nahmen sie ohnehin kommentarlos hin, und wenn es auf dem Schulhof Ärger gab und sie sich dabei eine blutige Nase holten, erwähnten sie das auch nicht.

»Was ist los?«

»Nächste Woche ist doch die Ausflugswoche. Wir gehen auf Klassenfahrt, fünf Tage. Das kostet fünfundneunzig Euro.«

»Und? Zahlt doch das Amt, die zahlen doch immer«, sagte Sammy.

»Mama hat's aber nicht beantragt, hat mein Klassenlehrer gesagt. Sie hatte es mir versprochen, hat's aber nicht gemacht. Und jetzt ist es zu spät«, sagte Pascal traurig. »Ich will aber mit, wir fahren an einen See.«

»Scheiße!«, fluchte Sammy.

Sein Magen krampfte sich zusammen. Das passierte immer wieder, wenn ihm alles über den Kopf wuchs. Aber vor seinen Brüdern wollte er sich nichts anmerken lassen.

Er hatte eine Scheißwut auf seine Mutter, die sich schon vor ein paar Stunden mit Klamotten ins Bett gelegt und damit das Wochenende für beendet erklärt hatte. Nur ihre Schuhe, die vor dem Sofa herumlagen, hatte sie noch ausziehen können.

Sammy wusste ganz genau, wie Pascal sich gefühlt hatte, als ihn der Lehrer auf das fehlende Geld angesprochen hatte. Das Problem war ja nicht, dass sie wenig Geld hatten, das ging eigentlich allen so, die er kannte. Viel schlimmer war, dass man sich in diesen Momenten auch noch für seine Mutter entschuldigen musste.

Sammy machte auch sich selbst Vorwürfe. Warum hatte er nicht genügend Geld zurückgelegt? Er wusste doch, dass so etwas immer passieren konnte. In seiner notdürftig reparierten Hertha-Spardose steckten nach dem letzten Deal mit Zahid nur noch fünfzehn Euro.

»Du bekommst das Geld morgen früh, mach dir keine Sorgen«, sagte er dennoch aufmunternd zu Pascal. Pascal strahlte, er bewunderte Sammy grenzenlos. Das tat er insgeheim immer, aber diesmal sagte er es ihm auch: »Du bist der Beste, Bruder, echt der Beste!« Sammy hatte Pascal noch nie so dankbar erlebt, aber richtig freuen konnte er sich darüber nicht. Denn wie sollte er so schnell an Geld rankommen?

Bisher hatte er es immer irgendwie geschafft, alles zu regeln, was er regeln musste. Es war ja auch sonst keiner da, der sich darum kümmerte. Sammy schwor sich, die Dinge für Pascal und Janis so lange in die Hand zu nehmen, bis sie alt genug waren, um für sich selbst zu sorgen. Zwei, drei Jahre also noch, dann waren sie so alt wie er: vierzehn.

»Da ist noch was«, sagte Janis vorsichtig. »Wir fahren auch mit der Schule weg, aber nur für drei Tage. Ist doch Ausflugswoche. Mama hat's auch vergessen. Ich brauche morgen fünfzig Euro, geht das?« Janis schaute zu Sammy auf wie zu einem Vater.

»Ja, geht schon. Und räumt jetzt bitte die Teller in die Küche und spült ab«, sagte Sammy mit trockener Stimme.

»Ich mache alles, was du willst«, sagte Janis überglücklich. Die beiden Brüder verschwanden strahlend in der Küche. Eigentlich hatte Sammy noch für seine Englischarbeit am nächsten Tag lernen wollen, aber jetzt war es schon fast neun. Er musste los. Auf dem Weg belagerten tausend Gedanken seinen Kopf. Wie sollte er das fehlende Geld besorgen, fast hundertfünfzig Euro? Und selbst wenn er es besorgen konnte: Wie sollten sie für den Rest des Monats über die Runden kommen? Würde seine Mutter sich jemals wieder um sie kümmern? Sammy schluckte schwer, um nicht auf offener Straße loszuheulen.

Zahid trank seinen Tee in kurzen Schlucken, als Sammy um die Ecke des Friedhofs bog. Es verblüffte ihn immer wieder, Zahid zu jeder Tages- und Nachtzeit mit einem Tee in der Hand zu sehen. Alkohol lehnte Zahid strikt ab. Und pünktlich war er auch immer. Auf dem Tresen stand schon ein zweites Teeglas mit orientalischer, verschnörkelter Verzierung auf einem kleinen hellblauen Porzellanunterteller. Zahid musste den Tee aus dem Dönerladen gegenüber geholt haben, denn sonntags hatte der Kiosk am Friedhofseingang geschlossen. Auf Zahid war echt Verlass.

»Hi, Kifak.«

Zahid schob ihm sanft lächelnd das dampfende Teeglas über den Kiosktresen zu. Wenn der Laden geschlossen hatte, versorgte Zahid sie mit einer Kanne vom Dönerladen gegenüber. »Chai tut immer gut, Bruder«, sagte er.

Zahid strahlte eine unglaubliche Ruhe aus. Es war diese Gelassenheit, die Sammy an Zahid am meisten schätzte, neben dem Geld natürlich, das er bei ihm verdiente und das er so bitter nötig hatte. Wenn da nicht immer dieser verstümmelte Finger und das Messer unter seinem Hemd gewesen wären.

»Wie läuft's denn so?«

Zahid sah ihn eindringlich an. Es kam Sammy vor, als könne Zahid auch Gedanken lesen, als wüsste er immer ganz genau, was in ihm vorging und wie es bei ihm lief: echt beschissen also.

»Könnte besser sein.«

Sammy wusste, dass es keinen Sinn hatte, zu lügen. Zahid hatte ihn längst durchschaut.

»Was ist das Problem, Bruder?«, fragte Zahid und legte eine Hand auf Sammys Unterarm, wie ein richtiger Bruder. Wie schön wäre es, dachte Sammy, wenn Zahid wirklich sein großer Bruder wäre. Dann wäre alles gut.

»Brauchst du Geld?«

»Ja, mehr als sonst.«

»Hast du ein Handy dabei?«

»Ne, hat nicht geklappt«, sagte Sammy und knetete nervös seine Finger. »Nächste Woche bringe ich zwei mit, versprochen.«

»Aber das Geld brauchst du jetzt, oder?«

Sammy nickte. Er erzählte Zahid von den Klassenfahrten seiner Brüder, dass hundertfünfzig Euro fehlten und er keine Ahnung hatte, wo er sie ansonsten bis morgen herbekommen sollte. Zahid leerte sein halbvolles Glas in einem Zug. Er griff in die Hosentasche, und als seine Hand wieder zum Vorschein kam, lag ein dickes Bündel blauer und brauner Scheine darin. Sammy starrte auf das Geld. Das waren bestimmt dreitausend Euro! So viel Geld hatte er noch nie auf einem Haufen gesehen. Zahid zählte lässig zweihundertfünfzig Euro ab.

»Hier ist das Geld, das du für deine Familie brauchst. Ist doch Ehrensache.« Zahid legte die Scheine auf den Tresen und stellte sein Glas drauf, damit sie nicht davonflogen. Sammy konnte es nicht fassen. Was würden seine Brüder für Augen machen, wenn er ihnen morgen früh das Geld in die Hand drückte. Er hatte es also doch wieder geschafft! Sammy fühlte sich unbesiegbar.

»Es wird sich aber jetzt was ändern, Sammy«, sagte Zahid in einem Tonfall, den Sammy bisher nur von Herrn Eifler kannte, wenn er in der Schule schlechte Nachrichten verkündete. Und wenn Herr Eifler in so eindringlichem Ton sprach, dann waren das wirklich schlechte Nachrichten.

Zahid griff in seine andere Hosentasche und zog zwei kleine Plastikbeutel hervor. In dem einen Beutel steckten kleine Pillen, die Sammy noch nie gesehen hatte, sorgfältig rationiert in fünfzehn Päckchen. Im anderen war Marihuana, abgepackt zu je drei Gramm in zehn Tütchen.

»Das Gras verkaufst du tagsüber für fünf Euro in der Schule und beim Fußball. Das andere Zeug heißt Wonder, ist ne Designerdroge. Verkauft sich so leicht wie Döner. Du bekommst vierzig Euro dafür am Hermannplatz. Das verkaufst du dort direkt vor dem Eingang zur S-Bahn und nirgendwo sonst, verstanden?«, sagte Zahid. »Und wenn du alles verkauft hast, bekommst du noch mal hundertfünzig Euro von mir. In drei Wochen sehen wir uns wieder. Hartz IV ist jetzt Vergangenheit. Du spielst jetzt in einer anderen Liga. Du schaffst das, da bin ich mir ganz sicher. Und ich rate dir auch, dass du es schaffst, mein Freund.«

Sammy nahm die Worte regungslos in sich auf. Er starrte die beiden Beutel an, die widerstandslos in seinen Besitz übergegangen waren. Nur in seinem Kopf schrie es: Nein, den Scheiß mache ich nicht. Keine Drogen, niemals. Aber er hatte keine Wahl. Obwohl es schon dunkel war, blickte Sammy nun unwillkürlich zum Eingang des Friedhofs, um sicherzugehen, dass sie unbeobachtet waren. Schon bevor er auch nur ein Gramm Rauschgift verkauft hatte, fühlte er sich wie ein verfickter Dealer.

Ein kühler Wind strich über den Friedhof. Sammy zog den Reißverschluss seiner Trainingsjacke hoch. Er fröstelte. Der Herbst kündigte sich an. Die Kastanien warfen ihre ersten bräunlichen, vertrockneten und von Ungeziefer befallenen Blätter ab. Sammy erinnerte sich daran, wie er als Kind auf diesem Friedhof Kastanien gesammelt hatte, um sie dann stolz mit in den Kindergarten zu bringen, wo er sie mit Elif zu Kastanienmännchen zusammensteckte. Einmal bauten sie daraus sogar eine ganze Kastanienmännchen-Armee, die Sammy aber nur Elif-Armee nannte, denn ihre einzige Aufgabe bestand darin, Elif zu beschützen. Und bevor er nach Hause ging, verstaute Sammy seine Armee in einem kleinen Schrank, damit ihr nichts geschah. Er mochte noch immer Kastanien, sie fühlten sich so wunderbar glatt an. Und sie erinnerten ihn an Elif, an die schönen Geschichten, die sie ihm vorgelesen hatte, und an den betörenden Geruch, den sie ihm dazu schenkte.

Elif hatte ihn einmal gefragt, was er später werden

wolle, wenn er groß sei. »Kindergärtner«, sagte Sammy damals. Das war doch ganz logisch.

Jetzt wusste Sammy nur noch, was er niemals in seinem Leben werden wollte: Dealer. Überhaupt wusste er sehr genau, was er niemals wollte: dealen, kiffen, saufen, hartzen. So kam man nämlich niemals aus diesem Viertel raus, das war ihm vollkommen klar. Denn wer Drogen nahm oder von der Stütze lebte, hatte keine Chance. Das sah er jeden Tag. Handys abziehen war ja noch irgendwie okay, aber Drogen waren echt eine andere Nummer.

Und wer selbst dealte, der war zwar oben im Kiez, aber was hieß das schon? Dann bekam man zwar Geld und Respekt, klar, das war nicht schlecht. Aber man war immer noch hier, und ein Arschloch war man auch. Sammy wunderte sich, dass Zahid das offenbar nicht so sah. Sammy hatte allerdings auch keine Ahnung, wie er es anstellen konnte, einmal ein Leben zu führen, das ihn und seine Brüder befreite.

»Wenn du deine Sache gut machst, können wir die nächsten Monate noch größer ins Geschäft kommen. Dann musst du dir wegen Geld nie mehr Sorgen machen. Denk immer dran, wenn du den Stoff verkaufst: Das Zeug rettet dich und deine Familie. Du bist jetzt bei den Gewinnern, nicht mehr bei den Verlierern. Du bist bei den al-Salikis«, sagte Zahid.

Sammy nickte. Er ließ die Tütchen in seiner Hose verschwinden. Das Blut schoss ihm heiß durch die Adern, auf seiner Oberlippe bildeten sich trotz des kühlen Winds kleine Schweißperlen. »Okay«, presste er hervor, aber seine Zustimmung klang wie ein tiefer Seufzer.

»Keine Sorge, Bruder. So haben alle angefangen, die es

zu etwas gebracht haben. Du hast jetzt die Chance, einer von uns zu werden. Die Chance bekommen nicht viele. Aber du bist clever, aus dir kann was werden. Und merke dir: Verkaufe das Zeug zuerst an Leute, die du kennst. Die verraten dich nicht«, sagte Zahid und legte ihm den Arm um die Schulter. Er lächelte, aber Sammy blickte plötzlich in kalte Augen.

Zum Abschied klatschte Zahid ihn zufrieden ab. In fünf Minuten hatte er einen kleinen Handydieb von vierzehn Jahren zu einem künftigen Drogendealer in Neukölln gemacht. Sammy blieb wie betäubt auf dem Friedhof zurück.

# 8. Die Entscheidung

Als Dani mit seiner Familie um den schweren Eichentisch unter dem Kronleuchter saß, in dem sich das Licht in den Kristallen so schön regenbogenfarbig brach, fragte ihn seine Mutter scheinbar beiläufig, wo er den ganzen Tag gesteckt hatte. Dani zuckte zusammen. Die Fragen seiner Mutter waren nie zufällig. Sie besaß einen sechsten Sinn dafür, wenn etwas nicht so war, wie es sein sollte. Wobei er sich nicht ganz im Klaren war, ob das daran lag, weil Mütter so etwas irgendwie immer wussten – oder weil seine Mutter Anwältin war. Aber wie auch immer, es war jedenfalls eine denkbar ungünstige Konstellation für einen Vierzehnjährigen, der nicht mit der Sprache herausrücken wollte.

»Hab mich mit Freunden getroffen. Und wie war es bei euch?«, gab Dani zurück. Er lächelte seiner Schwester aufmunternd zu. Er hoffte, vom Thema ablenken zu können, wenn er Luise zum Reden brachte. Und tatsächlich erzählte Luise sofort, wen sie heute alles erst im Hafen und dann auf dem Wannsee getroffen hatten, dass sie sogar einen Fisch geangelt hatte, und dass Papa dieses glitschige Ding, das sie niemals im Leben anfassen würde, vom Haken nehmen musste und wieder zurück in den See warf. Denn der Fisch war noch viel zu klein gewesen, und außerdem wollte sie keine Tiere töten.

Dani verwickelte seine Schwester immer weiter ins Gespräch, bis die Frage seiner Mutter schließlich im fröhlichen Geplauder untergegangen war. Den Käfig und den Fußball in Neukölln hielt Dani an diesem Abend perfekt auf Abstand von seinen Eltern, wie einen hartnäckigen Gegenspieler, der versucht, ihm den Ball abzunehmen. Er war sehr zufrieden mit seiner Leistung am Esstisch. Aber es würde ihm nicht immer gelingen, seine Mutter auszutricksen, das wusste er genau.

Schon als er nach oben ging, um sich vor dem Schlafengehen die Zähne zu putzen, zerbrach er sich den Kopf, wie er es bloß anstellen konnte, bei Neukölln 88 zu trainieren, ohne dass seine Mutter davon Wind bekam. Dani machte sich schnell fertig, denn normalerweise kamen ihm im Bett immer die besten Ideen. Diesmal aber konnte er keinen einzigen klaren Gedanken fassen, ständig spukte Ayse in seinem Kopf herum. Er sah immer wieder vor sich, wie sie ihn mit ihren braunen Augen angesehen hatte, als sie sich im Käfig zum ersten Mal begegneten. Dani lief dabei ein Schauer über den Rücken, und er war sicher, dass ihn noch nie ein Mädchen so angeschaut hatte und dass ihn niemand jemals wieder so anschauen würde. Sein Herz schlug wie verrückt gegen seine Brust.

Zugleich zogen aber auch schwarze Schleier aus der Tiefe seines Herzens auf. Sein Verrat hatte alles kaputt gemacht, und dafür hasste er sich. Dani wälzte sich stundenlang im Bett, hin- und hergerissen zwischen den aufregendsten Gefühlen und den quälendsten Gedanken. Als er vollkommen erschöpft und todmüde nur noch an Ayse dachte und sich gar nicht mehr fragte, wie er unbemerkt von seiner Mutter im Käfig und weiter im Verein trainieren konnte, kam ihm die rettende Idee.

Zwei Tage später tauchte Ahmet in einem fliederfarbenen Pullover mit Zopfmuster auf dem Trainingsplatz von Neukölln auf. Obwohl der Herbst sich noch nicht durchsetzen konnte, hatte er sich einen riesigen schwarzen Kaschmirschal kunstvoll um den Hals geschwungen. Ahmet zog auch hier alle Blicke auf sich, aber er kümmerte sich nicht darum. Er hatte nur Augen für die Jungs, die auf dem zerschlissenen, an einigen Nähten aufgerissenen Kunstrasen trainierten. Und was er sah, gefiel ihm.

Das Training war fachlich allerdings eine Katastrophe. Die neunzig Minuten hatte Jens ebenso unsinnig wie stumpfsinnig aufgebaut, ohne Systematik, ohne Inspiration. Der Trainer sprach nur im Befehlston, und dazu ließ er Übungen absolvieren, die er selbst vor zwanzig Jahren mal beigebracht bekommen hatte. Das Training war völlig veraltet. Alle Spieler – ob Torwart, Verteidiger, Mittelfeldspieler oder Stürmer – machten immer nur dasselbe nutzlose Zeug.

Als Jens aber zum Abschluss ein Spielchen machen ließ, war plötzlich alles anders. Die Jungs sprühten nur so vor Spielfreude, vor allem Dani stach heraus. Eine solche Übersicht, gepaart mit enormer Schnelligkeit und Dynamik, hatte Ahmet in diesem Alter noch nicht oft gesehen. Aber auch in den anderen Jungs, die er zwei Tage zuvor schon im Käfig beobachtet hatte, steckten weit größere Fähigkeiten, als nur in der dritten Liga gegen den Abstieg zu kämpfen. Die Jungs aus dem Käfig waren eindeutig die stärksten Spieler von Neukölln 88. Das sah Ahmet sofort. Da Sammy noch nicht da war, trug er nur die Stärken von Dani, Sead, Erdal und Ibra in sein schwarzes, altmodisches Notizbuch ein.

Sammy kam mit einer Stunde Verspätung zum Training. Er wirkte gehetzt. »Tut mir leid, Trainer. Es gab ein paar Probleme, kommt nicht wieder vor«, sagte Sammy.

»Was interessieren mich deine Probleme? Wir haben alle Probleme. Aber wenn Training ist, ist Training. Das gilt für alle, auch für dich, kapiert?«, brüllte Jens über den Platz. »Sei froh, dass du überhaupt noch mitspielen darfst.« Die Schroffheit von Jens überraschte Sammy nicht, vier Spieler hatte der Trainer seit Saisonbeginn schon vergrault. Er erwartete schon lange nichts mehr von seinem Trainer.

Die Jungs merkten sofort, dass mit Sammy etwas nicht stimmte. Er kam ja sonst nie zu spät, das war nicht seine Art. Auf Sammy war immer Verlass, selbst als die Mannschaft in den letzten Wochen auseinanderzubrechen drohte, war er da.

»Was ist los?«, fragte Dani.

»Nix, gar nix«, wehrte Sammy ab.

»Komm, sag schon. Was ist Sache?«

»Lass mich einfach in Ruhe, okay? Ich will kicken, alles andere ist doch egal.«

In solchen Momenten war es nur der Ball, der die geheimnisvolle Fähigkeit besaß, Sammys düstere Gedanken zu vertreiben. Und auch diesmal verschwand seine Traurigkeit nach dem Anstoß wie von Zauberhand. Und auch seine Wut. Nirgendwo funktionierte das so gut wie beim Fußball, nicht mal an der Playstation. Obwohl er auch da vor dem Bildschirm stundenlang abtauchen konnte, wenn er Fifa zockte, sich in seine großen Vorbilder hineinträumte und die Gegner durcheinanderwirbelte.

Sammy wäre gerne Manuel Neuer gewesen, nicht nur am Computer. Er wünschte sich, auf dem Platz auch so ein Spieler zu sein, der seiner Mannschaft immer wieder Mut macht, ihr Sicherheit gibt und sie im Notfall ganz alleine rettet. Den einzigen Nachteil an so einer Rolle sah Sammy darin, die meiste Zeit dann doch untätig im Tor herumzustehen. Er wollte die Dinge viel lieber selbst in die Hand nehmen und angreifen, so wie Ronaldo.

Schon nach ein paar Minuten auf dem Platz war Sammys Kopf vollkommen frei, alles war leicht. Er spielte herrliche Doppelpässe mit Dani, sie verstanden sich wirklich blind. Sammys Gedanken kreisten nun nur noch um das nächste Dribbling, den kommenden Angriff, das entscheidende Tor. Niemand konnte ihm jetzt noch etwas anhaben. Sammy war überzeugt, dass sich Ronaldo in seinem Alter auf dem Fußballplatz genauso gefühlt haben musste wie er.

Sammy wusste einfach alles von Ronaldo. Es konnte niemanden geben, der ihn besser verstand. Das war für Sammy ganz logisch. Denn nur er kannte Ronaldos großen Schmerz, sein großes Geheimnis. Er hatte gelesen, dass Ronaldos Vater am Alkohol zugrunde gegangen war, mit einundfünzig hatten Leber und Nieren nicht mehr mitgespielt. Und damit war für Sammy alles klar. Nur er begriff, was früher wirklich in Ronaldo vorging. Ronaldo war beim Tod seines Vaters zwar schon zwanzig und ein Weltstar, aber Sammy wusste, dass er seinen Vater schon lange vor der Beerdigung verloren haben musste.

Und dass es nur der Fußball gewesen sein konnte, der ihn in all den Jahren die Schmerzen vergessen ließ. Denn Ronaldos Schmerzen waren auch seine Schmerzen. Und wenn Sammy jetzt an das Alter seiner Mutter dachte, sie war neununddreißig, dann gruselte es ihn. Zwölf Jahre noch, schoss es ihm durch den Kopf.

Als er jetzt auf dem zerschlissenen, stumpfen Kunstrasen den Ball mit dem Oberschenkel annahm, taxierte Sammy mit einem kurzen Blick die Entfernung zum Tor, in dem Sead seinen Schuss erwartete. Die Position war günstig, er konnte selbst schießen. Und alle rechneten mit seinem Schuss. Doch Sammy spielte den Ball ganz überraschend in den Strafraum. Es sah zunächst aus wie ein Fehlpass, weil der Ball keinen Empfänger zu finden schien. Aber plötzlich, wie aus dem Nichts, tauchte Dani auf. Er war exakt im richtigen Moment in den freien Raum gesprintet, er hatte dieses Zuspiel, das keiner kommen sah, irgendwie erahnt. In einer fließenden Bewegung nahm er den Ball mit den rechten Fuß mit, umkurvte im höchsten Tempo den herauseilenden Sead und schob den Ball ins leere Tor. Sammy und Dani hatten die Szene schon vor ihrem inneren Auge durchgespielt, bevor sie für die anderen auf dem Platz sichtbar geworden war, und nun rissen sie jubelnd die Arme hoch.

Am Spielfeldrand, hinter der Absperrung, nickte Ahmet anerkennend. So eine traumhafte Kombination bekam er selbst bei seinem Hertha-Team, dem Tabellenführer der Junioren-Bundesliga, nur ganz selten zu sehen. »Ihr habt wirklich Talent, nicht nur im Käfig, auch auf dem richtigen Platz. Habt ihr nach dem Training fünf Minuten Zeit für mich? Lasst uns am Fahrradständer treffen.

Ich warte auf euch«, sagte Ahmet und reckte den Daumen anerkennend in die Höhe.

Die Haare der Jungs tropften noch ein bisschen, als sie eine Viertelstunde später aus der Kabine kamen und bei den Fahrrädern um Ahmet herumstanden.

»Wir sind die Besten, jetzt haben Sie es auch gesehen«, sagte Sammy und rubbelte sich die Haare trocken.

»Wir sind gut, aber echt nicht die Besten. Das kann doch gar nicht sein. Das ist doch echt Quatsch. Nicht bei dem Trainer, nicht in dem Klub«, widersprach Dani, der sich nie zuvor in so einer runtergekommenen Kabine umgezogen hatte. Und so einen schlechten Trainer wie Jens hatte er auch noch nicht erlebt, selbst dieses Arschloch Kaben hatte mehr drauf.

Dani gab Ahmet die Hand zur Begrüßung.

»Mein Name ist Dani«, sagte er höflich, wie er es gewohnt war.

»Danke, freut mich. Ich heiße Ahmet. Ich bin Trainer der U14 bei Hertha.«

Den *Street Kings* verschlug es die Sprache. Hertha BSC! Unglaublich! Ein echter Bundesligaklub! Ein Klub, der im Olympiastadion spielte und Jugendmannschaften besaß, in denen die Spieler wirklich davon träumen konnten, einmal Profi zu werden. Die jeden Gegner in Berlin schlugen und auf einer herrlichen Anlage trainierten, mit millimetergenau gestutztem Rasen und Toren mit weißen, riesigen Netzen, wie man sie sonst nur im Fernsehen sah. Das hatte einfach nichts zu tun mit ihnen in Neukölln, mit dem Abstiegskampf in der dritten Liga. Dort war der große Fußball zu Hause.

Sammy dachte wieder an Ronaldo und wie er abends

auf der Weltkarte in seinem Geografiebuch manchmal das Lineal an den dicken roten Fleck anlegte, der Berlin darstellte, und nach Orten suchte, die so weit davon entfernt waren wie Ronaldos Heimat Madeira von Lissabon. Rund eintausend Kilometer waren das. Auf der Atlantikinsel hatte Ronaldo mit seinen Eltern, zwei Brüdern und einer Schwester gelebt, aber schon mit zwölf war er zu Sporting Lissabon gewechselt. Ronaldo konnte also – im Gegensatz zu ihm – auf keinen Fall jüngere Geschwister gehabt haben, um die er sich kümmern musste, sonst wäre er niemals gegangen. Das war doch ganz logisch. Und tatsächlich war Ronaldo der Jüngste unter den Geschwistern. Und als er von zu Hause wegging, weinte er oft ins Telefon, und es war seine ältere Schwester, die ihn dann tröstete. Auch das war ganz logisch.

Sammy reiste gern mit dem Lineal durch Europa, und dank Ronaldo kannte er nun alle Städte, die ungefähr eintausend Kilometer von Berlin entfernt waren. Oslo im Norden, Warschau im Osten, Amsterdam im Westen und Mailand im Süden. Sammy stellte sich vor, in den großen Arenen dieser Städte zu spielen, und er fragte sich, ob sich der Himmel dort auch so weit spannte wie über Neukölln. Und ob er überhaupt jemals einen anderen Himmel sehen würde. Vielleicht hatte auch er eine Chance. Viele Gedanken rasten durch Sammys Kopf, aber keinen ließ er hinaus.

Nur Dani redete weiter, als ob nichts gewesen wäre.

»Sie sagten im Käfig, dass wir noch besser werden können. Wie? Wir haben bald das erste Spiel um den Käfig-Cup – und den wollen wir gewinnen.«

»Ich habe meine Methoden«, sagte Ahmet geheimnisvoll. »Und ihr habt Talent – aber keinen guten Trainer.«

»Kann man so sagen«, stimmte Sammy zu.

»Es ist ein Trainer, der euch schlechter macht, nicht besser. Technisch seid ihr stark, aber taktisch und körperlich ist noch ganz viel Luft nach oben. Ich kann euch zeigen, wie ihr besser werden könnt, garantiert.«

»Wie denn?«, fragte Dani neugierig. Und auch die anderen *Street Kings* hingen nun an Ahmets Lippen.

»Ganz einfach: indem ich euch trainiere. Im Käfig werde ich euch nicht für den Cup trainieren. Aber auf dem großen Feld kann ich euch eine Menge beibringen, und das hilft euch dann auch im Käfig.«

»Wie soll das denn gehen? Wie wollen Sie uns trainieren? Zu Neukölln wechseln Sie doch bestimmt nicht«, sagte Sammy.

»Werde ich nicht, da hast du ganz recht. Ich werde euch auch nicht bei Neukölln 88 trainieren, sondern woanders. Wenn ihr das wollt – aber wie heißt du eigentlich?«, unterbrach sich Ahmet und streckte Sammy die Hand entgegen. »Bisher kenne ich von dir nur den *Street King*, den können nicht viele.«

»Ich bin Sammy.«

»Okay, Sammy. Ich habe mittwochnachmittags Zeit. Da können wir uns zum Training treffen, auf dem Platz an der Wrangelstraße. 17 Uhr. Ich kenne den Platzwart, Bälle sind auch da. Nur ihr fehlt noch. Wir könnten morgen anfangen, seid ihr bereit?«

Die *Street Kings* trauten ihren Ohren nicht. Warum sollte ein Erwachsener ihnen wirklich helfen, und dann ausgerechnet noch ein Trainer von Hertha BSC? Das konnte doch nicht wahr sein. Sie hatten zwar schon eine Menge erlebt in Neukölln, aber so etwas noch nicht.

»Warum machen Sie das?«, hakte Sammy nach.

»Weil ich immer nach Talenten suche – aber vor allem: weil ich den Fußball liebe, den schönen Fußball!«

Mehr musste Ahmet nicht sagen. Denn wenn es etwas gab, was die Jungs liebten, dann war es Fußball. Und dafür hätten auch sie alles getan.

Jeden Mittwoch trafen sie sich nun mit Ahmet auf dem Platz in der Wrangelstraße. Er hatte extra einen Platz im Stadtteil Kreuzberg ausgesucht, das war praktisch, weil es nicht weit weg war von Neukölln. Aber vor allem war es Ahmets Kiez, und da kannte er jeden. Es war der perfekte Ort, um die Jungs noch besser zu machen.

Ahmet hatte auch die anderen Spieler aus der Neuköllner Mannschaft zum Training eingeladen, um möglichst viele Spieler zusammenzubekommen. Die Jungs aus der Käfigmannschaft waren aber ganz klar die Besten. Und Dani und Sammy waren noch mal eine Klasse für sich. Ahmet war fest überzeugt, dass die beiden das Zeug zu Profis hatten, wenn sie in die richtigen Hände kamen. Und dass er genau der richtige Mann für diese Aufgabe war, daran hatte Ahmet auch keinen Zweifel.

Die *Street Kings* erschienen vollzählig und pünktlich zum Training. Ansonsten waren nur noch fünf Spieler aus dem Neuköllner Team da, die anderen hatten keine Lust, jetzt dreimal in der Woche zu trainieren, und dass Ahmet ihnen tatsächlich etwas beibringen konnte, glaubten sie auch nicht.

»Zehn Mann, ganz gut für den Anfang. Los geht's«,

sagte Ahmet zur Begrüßung. Jens hätte bestimmt getobt, und sie als Sauhaufen beschimpft, wenn nur zehn Spieler zum Training gekommen wären, dachte Sammy.

Ahmet zog mit den zehn Kickern ganz gelassen ein Training auf, wie es die Jungs von Neukölln 88 noch nicht erlebt hatten. Die 90 Minuten begannen mit Übungen, die ihre Körper stabil und widerstandsfähig gegen Verletzungen machen sollten. Die Übungen sahen einfach aus, wenn Ahmet sie vormachte. Aber erst als sie selbst an die Reihe kamen, merkten die Jungs, wie schwierig es tatsächlich war, die Übungen so exakt auszuführen wie ihr Trainer. Ahmet ging dann zu jedem einzelnen Spieler und zeigte ihm geduldig den Bewegungsablauf. Er wiederholte das Bewegungsmuster so oft, bis jeder Spieler die Übung genau auf die Weise absolvierte, mit der Ahmet zufrieden war.

»Wenn ihr diese Übungen jeden Tag macht, werdet ihr in zwei, drei Monaten große Fortschritte spüren. Ihr werdet körperlich immer stärker, das verspreche ich euch«, sagte er. »Die Übungen dauern nur eine Viertelstunde. Aber ihr müsst sie jeden Tag machen, wirklich jeden Tag. Und denkt daran: Es geht nicht darum, die Übungen so oft wie möglich zu schaffen, sondern die Übungen so exakt wie möglich auszuführen. Ihr müsst nicht immer mehr trainieren, ihr müsst immer besser trainieren. Darum geht es. Und jetzt machen wir ein Spielchen.«

Aber was folgte, war kein Trainingsspielchen, wie es die Jungs kannten, es war eine taktische Lehrstunde. Ahmet war fünfundvierzig Minuten lang damit beschäftigt, die Jungs bei diesem Spiel auf dem Platz so anzuordnen, dass sie immer im richtigen Abstand zueinander standen, und wenn sie es nicht taten, unterbrach er das Spiel mit einem Pfiff. Er schob sie dann wie Figuren auf einem Schachbrett herum, einem unsichtbaren Plan folgend, der nur in seinem Kopf existierte, aber der den Jungs in den kommenden Monaten in Fleisch und Blut übergehen sollte. Ahmet wollte, dass sie das Spiel so lesen konnten, wie er es konnte. Sie sollten die Spiele mit dem Kopf gewinnen, nicht nur mit den Beinen.

»Das ist deine ideale Position auf dem Platz für ein Team, das wirklich ein Team ist«, sagte Ahmet zu Sammy, als er sich mal wieder auf einer falschen Position befand. Er packte ihn an der Schulter und dirigierte ihn drei Meter weiter nach rechts. Erst dann ging das Spiel weiter, und aus dieser Position heraus eroberte Sammy dann zu seinem eigenen Erstaunen ganz schnell den Ball und leitete blitzartig einen Angriff ein, den Dani mit einem unhaltbaren Treffer abschloss. Ahmet applaudierte.

»Nur wenn die Abstände zwischen euch nicht zu groß sind, können wir erfolgreich Pressing spielen. Ihr müsst immer wissen, wo sich euer Mitspieler befindet. Und wenn einer von euch die Ordnung verliert, müsst ihr euch irgendwann selbst darum auf dem Platz kümmern. Ihr müsst immer füreinander da sein. Merkt euch das. Nur wenn ihr füreinander da seid, werdet ihr besser.«

Ahmet weihte die Jungs in das moderne Stellungsspiel des Fußballs ein. Er verriet ihnen taktische Kniffe, von denen sie noch nie gehört hatten, und er zeigte ihnen Laufwege, die sie vorher nicht einmal erahnten. »Der Laufweg bestimmt den Passweg«, sagte Ahmet dann und blickte in ungläubige Gesichter.

Er zeigte ihnen auch ganz exakt, wie sie sich zu verhalten hatten, wenn sie dem Gegner im Mittelfeld den Ball abgenommen hatten, um dann blitzartig zum Erfolg zu kommen. Man brauchte nun, für den Gegenangriff, ganz schnell zwei Anspielmöglichkeiten. Ahmet stellte dann zwei Spieler genau an jene Stellen, wo sie in diesem Moment hinlaufen mussten, damit sie der Ballerober anspielen konnte. Er erklärte es ihnen immer wieder. Und sehr schnell begriffen Dani und Sammy die beiden entscheidenden Dinge. Erstens: dass es absolut notwendig war, sich sofort nach Ballgewinn im höchsten Tempo freizulaufen, um dem Mitspieler zwei Anspielmöglichkeiten zu verschaffen. Zweitens: dass einer also immer vergeblich lief, weil er den Ball auf keinen Fall bekommen würde. Und drittens: dass derjenige, der vergeblich rannte, eben kein Idiot war, weil er den Ball nicht bekam. Sondern dass er dem Team damit einen unschätzbaren, wenn auch unsichtbaren Dienst erwies.

Nach dem Training rief Ahmet alle Spieler am Mittelkreis zusammen. »Ihr habt gut trainiert, Jungs. Hat mir auch Spaß gemacht«, erklärte er. »Aber eins muss ich euch noch sagen: Wenn ihr richtig gut werden wollt, wenn ihr wirklich irgendwann die Besten sein wollt, ob im Fußball oder bei anderen Sachen, werden andere euch immer einreden, dass das gar nicht geht, dass ihr das unmöglich schaffen könnt. Und dann denkt immer daran: Es geht nie darum, was andere in euch sehen. Es zählt immer nur das, was aus euch werden kann. Dafür müsst ihr an euch glauben – und ich glaube an euch.« Die Jungs schwiegen andächtig, so hatte noch nie ein Trainer mit ihnen gesprochen.

Ahmets seltsame Übungen machten sich an den folgenden Tagen schmerzhaft bemerkbar. In ihren Beinen und im Rücken brannten plötzlich Muskeln, von denen die Jungs gar nicht wussten, dass sie die überhaupt besaßen. Aber Sammy mochte diesen Schmerz, einen süßen Schmerz, ganz anders als die anderen Schmerzen, die er kannte. Er war nach dem ersten Training absolut davon überzeugt, dass ihn diese Schmerzen zu einem besseren Fußballer machen würden, denn alles, was Ahmet ihnen auf dem Platz gezeigt hatte, machte sie zu besseren Fußballern. Das war ganz sicher. Und dann würde auch dieser Schmerz ihnen helfen.

Stärker als der Schmerz war allerdings ein anderes Gefühl. Und dieses Gefühl hing allein mit diesem Trainer zusammen, der so ganz anders war als alle anderen Erwachsenen, denen Sammy bisher begegnet war. Es war etwas, was im Training nicht sichtbar war, aber jeder in der Mannschaft an diesem Tag spürte: Ahmet lehrte sie Vertrauen. Und dieses Gefühl war herrlich.

Dani hatte Glück mit dem Spiel- und Trainingsplan. Das Mittwochstraining mit Ahmet fiel auch auf einen hockeyfreien Tag. Dass er weiter für Blau-Weiß spielen würde, war für Dani trotz der Vorfälle mit Kaben, dem Präsidenten und seinem bekloppten Sohn keine Frage. Seine Mannschaft würde er wegen dieser Idioten nicht im Stich lassen – und in der kommenden Saison wollte Dani auch unbedingt wieder mit Ben in einem Team spielen. Trotzdem musste er nun viermal in der Woche verschwinden, ohne dass es zu Hause auffiel: montags nach dem Hockeytraining zum Käfig, dienstags zum Training von Neukölln 88, mittwochs nach Klavier zu Ahmet nach Kreuzberg und sonntags zu den Spielen von Neukölln 88 und danach in den Käfig. Eigentlich hätte er gerne noch öfter im Käfig mitgespielt, aber das ging nun wirklich nicht.

Beim Abendessen, wo sie immer über alles redeten, tischte Dani seinen Eltern einen Plan auf, von dem er inständig hoffte, dass er funktionieren würde. »Ich will mir etwas zum Taschengeld dazuverdienen. Und zwar mit Nachhilfe. Ich habe dafür eine Anzeige im Netz aufgegeben, für Mathe, Englisch und Musik. In den Fächern stehe ich auf eins. Das bekomme ich gut hin«, sagte Dani ganz cool.

Seine Eltern fanden die Idee großartig. Und sie freuten sich sogar noch mehr, als Dani ihnen sagte, dass er auf die Anzeige schon ein erstes Angebot erhalten habe. Er müsse dafür aber nach Neukölln, drei- bis viermal in der Woche. »Das ist zwar schon ein bisschen stressig, aber was soll's. Den Job will ich. Und sonst bringt's nichts.«

Klaus war regelrecht begeistert. Er fühlte sich an seine eigene Jugend erinnert. Er erzählte plötzlich so lebendig von seinem ersten Schülerjob, als wäre es erst gestern und nicht vor dreißig Jahren gewesen. Jeden Tag in den Ferien hatte er damals an der Kasse im Keller eines Parkhauses gesessen und die Zeit totgeschlagen. Er musste oft stundenlang warten, bis sich jemand zu ihm nach unten verirrte, um seinen Parkschein abstempeln zu lassen, weil oben am Eingang ein Automat stand, der ihm fast die ganze Arbeit abnahm. Bei Klaus wurden die Leute nur vorstellig, wenn sie am Automaten, der Fünfziger und Hunderter ablehnte, mit ihren großen Scheinen nicht weiterkamen. Dann nahm Klaus das Geld entgegen, rechnete das Parkticket ab und versank wieder in Langeweile. »Ich habe damals mehr gewartet als gearbeitet. Eigentlich war es schrecklich«, sagte Klaus lachend. »Aber es hat sich trotzdem gelohnt.«

Mit den neuhundert Mark, die dabei in den Osterferien für ihn herausgesprungen waren, hatte er das Geld für seinen ersten Urlaub ohne Eltern zusammen. Zwei Wochen im kalten Neonlicht des Parkhauses brachten Klaus mit zwei Freunden im Sommer an die Ostsee.

Luise, die es bescheuert fand, freiwillig zu arbeiten, wo sie doch sowieso alles bekam, was sie sich wünschte, war nun sogar ein bisschen neidisch auf Danis neuen Job. Vor allem war sie eifersüchtig auf die Aufmerksamkeit, die Dani von ihrem Vater bekam. Und nicht einmal seine Mutter, die ansonsten bei jeder Kleinigkeit hellhörig wurde, schöpfte an diesem Abend Verdacht. Besser hätte es für Dani nicht laufen können. Und die Mitgliedschaft bei Neukölln 88 würde er selbst unterschreiben. Den Monatsbeitrag von sechs Euro konnte er locker von seinem Taschengeld bezahlen.

Eigentlich hatte er seine Eltern auch gar nicht angeschwindelt, also zumindest nicht so richtig. Er gab ja nun tatsächlich Nachhilfe in Neukölln. Zwar nicht in Mathe, Englisch und Musik. Aber im Fußball. Die *Street Kings* brauchten ihn dringend für den Käfig-Cup und Neukölln 88 im Kampf gegen den Abstieg. Und er selbst profitierte auch davon, selbst wenn es kein Geld gab. Seine Eltern würden das aber nie kapieren, das war hoffnungslos.

Dani machte wie die anderen Jungs jeden Tag seine Übungen genauso sorgfältig, wie Ahmet es von ihnen gefordert hatte. Und alle fieberten schon dem nächsten Mittwoch entgegen, an dem Ahmet sie wieder trainieren würde. Die neunzig Minuten auf dem Wrangelplatz vergingen stets wie im Flug. Zum dritten Training erschien fast die gesamte Mannschaft von Neukölln 88, und es kamen sogar einige Spieler zurück, die wegen Jens schon aufgehört hatten. Sie wollten unbedingt das Training und diesen Trainer erleben, von dem die anderen Jungs so schwärmten.

Bei den Spielen von Neukölln fehlte Ahmet. Da musste er bei seinem richtigen Team sein. Die U14 der Hertha spielte immer zur gleichen Zeit wie Neukölln, aber bei der nächsten Partie gegen den SC Siemensstadt war Ahmet trotzdem irgendwie dabei. Auch wenn er nicht anwesend war.

Der SC Siemensstadt stand auf Platz zehn der Tabelle. Das Team war längst nicht so stark wie Blau-Weiß Dahlem, aber Siemensstadt war auch kein Opfer. In dieser Saison gab es in der dritten Liga der Berliner C-Junioren bisher ohnehin nur eine Opfer-Mannschaft: Neukölln 88. Fünf Niederlagen und ein Unentschieden nach sechs Spielen – das sagte alles. Letzter.

Aber Neukölln trat von Beginn an mit dem Selbstbewusstsein einer Spitzenmannschaft auf. Die Jungs versuchten sofort, die Abstände in ihrem Spiel so eng zu halten, wie Ahmet es ihnen erklärt hatte. Auch wenn nicht alles sofort klappte, stand die Abwehr dank der neuen Taktik trotzdem sicherer. Das machte Neukölln noch mehr Mut. Sie wussten nun dank Ahmet, wie sie laufen mussten, um sich Anspielmöglichkeiten zu schaffen, und so stand auch meist ein Spieler frei, manchmal sogar zwei, genau wie es Ahmet gefordert und vorgemacht hatte. Nach einer Viertelstunde überraschten sie Siemensstadt mit ihrem ersten überfallartigen Angriff. Aber der Kopfball von Erdal landete nur am Pfosten.

»Weiter so!«, rief Jens von der Seitenlinie und klatschte in die Hände. »Endlich habt ihr meine Taktik kapiert.«

Die Jungs grinsten. Sie hörten gar nicht mehr, was Jens brüllte, sie spielten nur noch so, wie Ahmet es ihnen gesagt hatte. Und Neukölln bekam das Spiel immer besser in den Griff. Aber ein Tor wollte nicht fallen. 0:0 zur Halbzeit. Auch nach dem Wechsel hatten sie viele Chancen, aber der Ball wollte einfach nicht ins Tor. Und nun lief ihnen die Zeit davon. Es waren schließlich nur noch zehn Minuten zu spielen, als Erdal Sammy mit einem schönen Pass freispielte. Sammy zog von der Strafraumgrenze ab. Er traf den Ball perfekt – aber er klatschte nur gegen den Innenpfosten. Und von dort in die Arme des Torwarts. Sammy schlug die Hände vors Gesicht, das konnte doch nicht wahr sein, wieder kein Tor.

»Weiter, immer weiter. Wir machen noch unser Tor!«, rief Dani aufmunternd.

Und zwei Minuten später schien es dann endlich so weit zu sein. Ibra hatte nach einem Supersolo nur noch den Torwart vor sich – und dann wurde er im Strafraum gelegt. Klarer Fall: Notbremse, das hatte jeder gesehen. Das musste Elfmeter und Rote Karte geben. Aber der Schiedsrichter pfiff nicht.

»Kein Foul, weiterspielen.«

»Bist du blind?«, protestierte Ibra und baute sich vor dem Schiedsrichter auf. Er hatte diesen starren Blick, wie immer, kurz bevor er ausflippte. Manchmal mussten ihn Typen nur blöd anschauen, damit Ibra sich vergaß. Sammy und Dani stürzten sich auf ihn und rissen ihn vom Schiedsrichter weg. Dani umklammert ihn mit aller Kraft, damit Ibras Fäuste nicht machen konnten, was sie wollten. Sonst wäre er wieder vom Platz geflogen, in dieser Saison hatte Ibra schon einmal die Rote Karte gesehen. In der letzten Spielzeit war er sogar dreimal vom Platz geflogen. Ibra war ein Wiederholungstäter.

Der Schiedsrichter knöpfte ihn sich vor. Er nestelte an seiner Brusttasche und zeigte Ibra die Gelbe Karte. »Wegen Schiedsrichterbeleidigung – für den Rest kannst du dich bei den Mitspielern bedanken.«

»Ist okay, Ibra, ist okay«, sagte Sammy beruhigend. »Gelb ist echt okay. Wäre ein Elfer gewesen, klar. Aber wir gewinnen trotzdem noch.«

Ibras Zorn hatte sich genauso schnell wieder verzogen, wie er gekommen war.

»Geht schon«, sagte Ibra. »Ich weiß auch nicht, was los war.«

Eigentlich war Ibra ein lustiger Typ, vielleicht nicht ganz so komisch wie Erdal, aber doch ziemlich witzig. Aber dann, von einer auf die andere Sekunde, verwandelte er sich in einen Ibra, der alle erschreckte. Auch Ibra selbst. Es war unbegreiflich: Mal drehte dieser andere Ibra nach einer Schiedsrichterentscheidung komplett durch, mal haute er nach einem gewöhnlichen Foul seinen Gegner einfach um, mal reichte ihm ein Schimpfwort, um den anderen mit einer Kopfnuss niederzustrecken. Niemand konnte sich erklären, wie aus dem Spaßmacher innerhalb von Sekunden ein gefährlicher Schläger wurde.

»Wäre jedenfalls schön, wenn du nicht den Rekord in

Roten Karten aufstellst. Oder willst du ins Guinness-Buch der Rekorde?«, witzelte Sammy.

»Sehr lustig. Das passiert mir heute nicht wieder. Na ja, ich versuch's zumindest.«

Die Mannschaft setzte Siemensstadt sofort wieder unter Druck. Auch durch Ibras unheimliche Verwandlung wollten sie sich nicht mehr von ihrem Weg abbringen lassen. Sie eroberten im Mittelfeld schnell die Bälle und starteten neue Angriffe. Nur wenige Minuten nach der Aufregung um ihren unberechenbarsten Spaßmacher leitete ausgerechnet Ibra einen blitzsauberen Konter ein. Nach diesem Pass stand Sammy plötzlich völlig frei vor dem Tor und schloss ganz cool ab. 1:0.

Die Mannschaft stürzte sich auf den Torschützen – und Sammy ließ sich nur zu gerne feiern. Aber mitten in den Jubel hinein brüllte Dani. »Wir müssen weiter Druck machen, bis zum Schluss. Feiern können wir später.«

»Mach dich mal locker«, sagte Ibra, »so wie ich.«

Mit einem Satz hatte er die Lacher wieder auf seiner Seite. Auch Dani musste lachen, aber er ließ nicht locker. »Ich meine es echt ernst. Druck machen, bis zum Schluss. Ich will dieses Spiel gewinnen. Sonst werde ich mal sauer.« Er klang ein bisschen wie seine Mutter, aber die Jungs spürten seinen Siegeswillen. Und sie waren wieder hellwach.

Direkt nach dem Anstoß von Siemensstadt eroberte Dani wieder den Ball. Mit einem weiten Pass auf Erdal leitete er den nächsten Angriff ein. Erdal umdribbelte zwei Gegner und spielte zurück auf Dani, der im vollen Tempo den Verteidiger überlief. Sein Flachschuss schlug in der rechten Ecke ein – 2:0. Von dem Doppelschlag innerhalb einer Minute erholte sich Siemensstadt nicht mehr. Neukölln ließ sich den ersten Saisonsieg nicht mehr nehmen.

Der Sieg war völlig verdient, daran gab es keinen Zweifel. Und dass Dani nun zu den Anführern bei Neukölln 88 gehörte, auch nicht. Mit dem 2:0 kehrte auch ein lange vergessenes Gefühl ins Team zurück. Die Jungs spürten endlich wieder, wie es sich anfühlt, Gewinner zu sein. Es fühlte sich wirklich verdammt gut an, und dieses Gefühl kam genau zur richtigen Zeit. Am nächsten Wochenende stand im Berliner Pokal die zweite Runde an, und der erste Saisonsieg war genau die richtige Motivation. Jetzt glaubten die Jungs endgültig an Ahmets Methoden. Und sie glaubten wieder an sich.

# 9. Ausweglos

Irgendetwas stimmte nicht mit Sammy. Das merkten alle. Er war anders als sonst. Nicht auf dem Platz, da spielte er genial wie immer. Seit Dani die Mannschaft verstärkte und Ahmet sie trainierte, war Sammy sogar noch besser geworden.

Doch mehrmals war er auf die letzte Minute zum Training gekommen, manchmal sogar erst, als es schon angefangen hatte. Das gab es früher nie, Sammy war immer unter den Ersten gewesen. In der Kabine zog er sich nun auch immer eilig und meist schweigend um. Witze machte er überhaupt keine mehr. Nach dem Training verschwand er sofort unter der Dusche und ging dann ganz schnell mit nassen Haaren. Das war nicht der Sammy, den sie kannten. Auch nach dem letzten Training konnte es Sammy nicht schnell genug gehen, aber diesmal passte Dani ihn am Fahrradständer ab.

»Was ist los mit dir? Irgendwas stimmt doch nicht«, sagte er und hielt Sammy am Arm.

»Ist doch egal. Probleme gibt's immer. Aber davon hast du keine Ahnung.« Sammy riss sich los.

»Weil Schwarze nix kapieren?«, entgegnete Dani, klopfte sich auf die Brust und stieß dabei Affenlaute hervor, wie die miesen Fußballfans, die schwarze Spieler beleidigen. »Oder weil ich nicht aus Neukölln bin?«

Sammy lachte gezwungen. Dann erwiderte er ernst: »Du weißt echt nicht, was hier abgeht. Ich habe doch gesehen, wo du herkommst. Das Klubhaus, deine Klamotten, die Eltern am Spielfeldrand, die dicken Autos. Du wirst hier nie dazugehören. Neukölln ist Neukölln, das ist nun mal so. Und niemand kann daran etwas ändern. Auch du nicht.«

»Jetzt hörst du mir mal zu. Ich gehöre in Dahlem nicht richtig dazu – und hier auch nicht. Aber trotzdem bin ich da. In Dahlem bin ich immer der Schwarze, hier der Bonze. Immer ist alles falsch mit mir – egal wo ich bin. Und davon hast du keine Ahnung«, erwiderte Dani wütend.

»Schon gut, Mann. War nicht so gemeint. Aber ich muss jetzt echt los. Hab noch was zu tun, tut mir echt leid. Wir sehen uns morgen im Käfig«, sagte Sammy.

»Okay, passt schon.«

Die Jungs klatschten sich ab. Sammy stieg aufs Rad und verschwand. Zu Hause knallte er seine Sporttasche in die Ecke. Er ging in sein Zimmer und holte unter der Matratze die Plastiktütchen hervor, die er dort deponiert hatte. Sammy stopfte sie so tief in seine Hosentasche, als ob sie dort für immer verschwinden sollten. Er wollte diesen Dreckszeug einfach nicht verkaufen. Aber er hatte diese Scheißschulden bei Zahid. Zweihundertfünfzig Euro! Tagelang hatte sich Sammy den Kopf zerbrochen, wie er anders an Geld kommen konnte, aber ihm war nichts eingefallen. Die Sache mit den Handys lief nicht mehr. Niemand hätte ihm hier noch so ein Ding abgekauft, und schon gar nicht jede Woche wie Zahid. Denn das Geschäft mit geklauten Handys kontrollierte der Clan der al-Salikis im Kiez, genau wie alles andere auch.

Sammy hatte keine Wahl, die Zeit drängte. In seiner Schule würde er niemandem Drogen andrehen, das schwor er sich. Er kannte genug Leute, die kifften, und eine Menge davon waren in seinem Alter. Das war schon echt scheiße, aber es gab auch ein paar Jungs an der Schule, die waren gerade mal so alt wie seine Brüder und rauchten schon das Zeug. Wenn Sammy nur daran dachte, Drogen an Jungs wie Janis und Pascal zu verticken, drehte sich ihm der Magen um.

Er stopfte in die andere Hosentasche ein paar Scheine und Münzen. Wenn er zum Hermannplatz ging, um diesen Mist zu verkaufen, wollte er wenigstens Wechselgeld dabeihaben.

Es waren die Reste des letzten Fünfzigers von Zahid, der nicht für die Klassenfahrten seiner Brüder draufgegangen war. Sammy hatte den Schein am Damaskus-Grill bei einem Schawarma kleingemacht, nachdem er Janis zum Bus gebracht und sein Bruder sich mit einer langen Umarmung von ihm verabschiedet hatte.

Am Bahnhof hingen die abgefucktesten Typen rum. Sammy fand, dass sie keinen Respekt verdienten. Abends waren aber auch immer ein paar Touristen da sowie einige Leute aus anderen, den besseren und coolen Vierteln der Stadt. Viele holten sich ein bisschen Stoff, bevor sie feiern gingen. Längst hatte sich herumgesprochen, dass man am Hermannplatz alles bekam.

Sammy kannte diese Typen nicht, und das machte es leichter. Irgendjemand würde denen das Zeug sowieso verkaufen, da konnte er es auch selbst machen. Aber nur dieses eine Mal, nur diese fünfundzwanzig verdammten Tütchen, damit er seine Schulden loswurde. Dieses Versprechen gab sich Sammy selbst, und er glaubte ganz fest daran.

Sammy postierte sich am Seitenflügel von Karstadt. Dort musste jeder vorbei, der vom Bahnhof rüber zum Volkspark Hasenheide ging, wo jeden Tag kurz vor Sonnenuntergang genug Leute abhingen, die eine Flasche kreisen ließen oder sich was anderes reinzogen. Das Kaufhaus, vor dem er nach seinen ersten Kunden Ausschau hielt, war in den Zwanzigerjahren das modernste Warenhaus Europas gewesen, aber davon hatte Sammy keine Ahnung. Von der alten Pracht war auch nichts mehr übrig geblieben. Zwei Weltkriege, eine Mauer, ein Wirtschaftswunder und Tausende enttäuschter Träume, die diesem Wunder vergeblich gefolgt waren, hatten sich bleigrau über den früheren Glanz gelegt.

Zahid hatte Sammy genaue Anweisungen gegeben. Er sollte zunächst nur tagsüber dealen. Als Anfänger, wenn die Angst noch groß war, erkannte man die Polizei tagsüber schon von Weitem. Und nur, wenn es hell war, konnte man dann auch schnell abtauchen im täglichen Trubel um den Hermannplatz, wo die U- und S-Bahnen alle paar Minuten stoßweise unzählige Menschen ausspuckten. In der Dunkelheit jedoch standen die Bullen plötzlich direkt vor einem, wie aus dem Nichts. Und dann war es zu spät.

Sammy aber hatte keine Angst vor der Polizei. Er fürchtete sich vor Zahid. Er wagte sich nicht vorzustellen, was passieren würde, wenn er das Zeug nicht verkaufte. Zahid traute er alles zu. Er besaß grenzenlose Macht.

Sammy atmete tief durch, dann hielt er Ausschau nach Kundschaft. Nach ein paar Minuten sah er drei langhaarige, lebhaft plaudernde junge Männer, die offenbar auf dem Weg zum Park waren, um sich dort zu besorgen, was sie für den Abend brauchten.

»Hey, wollt ihr was?« Es waren spanische Touristen, Anfang zwanzig vielleicht. Aber sie redeten in einer Sprache, die Sammy nicht verstand, und auch die Spanier kapierten nicht, was Sammy von ihnen wollte, und so gingen sie einfach weiter. »Scheiße!«, fluchte Sammy. Es war doch nicht so einfach, wie er gehofft hatte.

Plötzlich sah er einen schwarzen, baumlangen Kerl, der offenbar ihn ins Visier genommen hatte. Der Typ, der zielstrebig auf Sammy zusteuerte, trug eine Wollmütze über seinem kahl geschorenen Schädel, einen teuren Kapuzenpulli, Marken-Turnschuhe und einen Ledergürtel mit riesiger Silberschnalle. Ein weißer Kopfhörer hing lässig um seinen Hals. Der kam nicht aus Neukölln, das sah Sammy sofort. Und der Typ wusste genau, was er wollte.

»Brauchst du was?«, fragte Sammy ein wenig unsicher und kramte mit einer Hand in seiner Hosentasche, als der Riese vor ihm stand.

»Verpiss dich. Und zwar ganz schnell, sonst gibt's Höllenärger«, sagte der Typ. »Das ist unsere Ecke, die Straße hier gehört uns. Das ist Afrikaner-Gebiet, Kids von den al-Salikis haben hier nichts verloren. Hat dir Zahid das nicht gesagt?«

Verdammt. Er war so nervös gewesen, dass er glatt vergessen hatte, dass er nur direkt vor dem Bahnhof auf dem Hermannplatz verkaufen sollte, nicht auf dem Weg zum Park. Zahid hatte ihm das doch ausdrücklich gesagt. Was war er doch nur für ein Idiot.

»Schon gut, ich gehe ja schon. Kommt nicht wieder vor«, sagte Sammy kleinlaut.

»Anfänger, oder?«

Sammy nickte.

»Pass auf dich auf, Junge. Die al-Salikis verstehen keinen Spaß, das kann ich dir sagen.«

Sammy verzog sich, er hatte die ganze Sache total verbockt. Blöder hätte er sich echt nicht anstellen können. Jetzt wollte er nur noch weg. Am liebsten wäre er einfach losgerannt, so wie auf dem Fußballplatz. Wenn er dort in Bedrängnis geriet, konnte er sich mit einem Sprint immer wieder den nötigen Freiraum für die nächste Aktion verschaffen, aber Dealen am Hermannplatz war eben doch etwas ganz anderes als Kicken im Käfig. Im richtigen Leben konnte er nicht so einfach wegrennen.

Er bog um die nächste Ecke, um sich direkt am Bahnhof eine Stelle auszusuchen, wo er seinen ersten Deal abwickeln konnte. Ungestört von dem Afrikaner und den tausend Gedanken, die ihm durch den Kopf schossen, als säße er in einer Achterbahn. Plötzlich landete krachend eine Hand auf seiner Schulter. Es war eine schwarze Hand, die ihn gepackt hatte. Schon wieder der afrikanische Dealer? Oder die Polizei? War jetzt alles aus? Sammy erstarrte vor Schreck. Aber eine vertraute Stimme sagte nur: »Hey, Sammy, was machst du denn hier?«

»Dani!«, brüllte Sammy. Da stand doch tatsächlich dieser storchenbeinige Kerl direkt hinter ihm, der ihn um einen halben Kopf überragte und fröhlich von oben herab angrinste, ganz so, als ob ihnen im Käfig ein Tor nach einem herrlichen Doppelpass geglückt wäre. Sammy war so erleichtert, dass er Dani sofort stürmisch umarmte.

Dani hatte nur eine Hand zur Begrüßung frei, in der anderen hielt er sein Fahrrad.

»Platt, bin über 'ne kaputte Bierflasche gefahren.« Er zeigte auf den Hinterreifen, der schlapp über der Felge hing. »Ich habe nach einem Fahrradladen gesucht. Aber der einzige, den ich gefunden habe, war zu. Jetzt wollte ich gerade die Bahn nehmen, aber was machst du hier?«

Sammy schwieg. Er wollte Dani nicht die Wahrheit sagen, er konnte es einfach nicht. Sie kannten sich ja erst ein paar Wochen, und da konnte man unmöglich behaupten, dass sie schon echte Freunde waren. Dass sie ein paar Mal zusammen Fußball gespielt hatten und im Culle waren, reichte doch noch nicht. Und so etwas würde man, wenn überhaupt, nur seinem besten Freund erzählen, seinem allerbesten Freund, einem, den man seit vielen Jahren kennt. Das war doch ganz logisch.

Über die Drogen-Geschichte hatte Sammy aber nicht mal andeutungsweise mit Erdal, Ibra oder Sead gesprochen, und die kannte er nun wirklich schon ewig. Und überhaupt: Was würde es ihm nutzen, wenn er mit der Sprache herausrückte? Dani hatte von seinem Leben doch überhaupt keine Ahnung. Er konnte ihm also auch nicht helfen.

»Ich muss für meine beiden kleinen Brüder was erledigen«, sagte Sammy ausweichend.

»Ach, was denn?«

Sammy stutzte, die Nachfrage traf ihn unvorbereitet. Seine Kumpels gaben sich immer mit seinen Erklärungen zufrieden, sie nahmen die Dinge einfach, wie sie waren.

Niemand von ihnen hakte nach, wenn einer merkte, dass der andere nicht reden wollte. Er machte das ja auch nicht bei den anderen.

Aber Dani war irgendwie anders, das hatte er sofort gemerkt. Schöpfte er jetzt etwa Verdacht? Ahnte er vielleicht, was in seiner Hosentasche steckte? Und was würde er von ihm denken, wenn er zugab, dass er tatsächlich hier war, um Drogen zu verkaufen – und sich dabei auch noch so blöd angestellt hatte, dass er im falschen Revier gelandet und von einem richtigen Dealer verjagt worden war? Das alles konnte er Dani unmöglich erzählen. Er wollte auf keinen Fall, dass Dani glaubte, dass er es mit einem Kriminellen zu tun hatte, mit einem richtigen Dealer.

Wenn er Dani jetzt die Wahrheit sagte, würde er ihn bestimmt verachten. Da war sich Sammy ganz sicher. Er hätte das sogar verstanden, denn er selbst hatte ja null Respekt vor Dealern. Vielleicht würde Dani dann gar nicht mehr kommen, nicht zu Neukölln 88, nicht zu den *Street Kings* und auch nicht zum Käfig-Cup. Das durfte er auf keinen Fall riskieren.

Ein unangenehmes Gefühl stieg in Sammy auf, ein Gefühl, das seine Wangen rötete und das er fast schon vergessen hatte: Sammy schämte sich. Er schämte sich für sich selbst, und das war schon seit einigen Jahren nicht mehr vorgekommen. Sonst schämte er sich nur für seine Mutter, aber das war noch schlimmer.

Das kurze Gespräch hatte für Sammys Geschmack schon viel zu weit geführt. Da er Dani die Wahrheit einfach nicht sagen konnte, hatte er keine Ahnung, wie er, wenigstens ohne zu lügen, aus der Sache rauskommen sollte. Also lächelte er.

»Gut, dich zu sehen«, sagte er schließlich nach einer langen Pause.

Dani nickte. Er schien sich zu Sammys Überraschung mit der Antwort zufriedenzugeben. Er hatte wohl doch keinen Verdacht geschöpft. Vielleicht hatte er sich alles nur eingebildet.

»Hast du noch Zeit für nen Burger? Meine S-Bahn geht erst in zwanzig Minuten, komme gerade von unten. Die BVG bekommt's mal wieder nicht hin. Irgendeine Störung«, sagte Dani. »Ich hab Geld dabei. Ich lad dich ein.«

»Klar habe ich Zeit. Dass mit meinen Brüdern kann ich auch später regeln. Aber die Kebabs hier um die Ecke bei Ömer sind echt geiler als Burger. Kannst du mir glauben. Und billiger. Und auch voll vegetarisch. Der Gemüsekebab ist supergeil und voll öko – ist doch genau dein Ding?«, erwiderte Sammy erleichtert. Er deutete auf einen winzigen Laden kurz vor dem Park, der eigentlich nur ein kleines, rechteckiges Fenster war, an dem man eine Bestellung aufgeben konnte. Daneben befand sich eine noch kleinere Durchreiche, in der die Kebabs mit einem Fähnchen und einer Nummer drauf auf ihre Abnehmer warteten. Dass die Kebabs gut waren, hatte sich längst herumgesprochen, vor dem Laden bildeten sich immer wieder Schlangen.

»Dann zeig dem Touristen aus Dahlem mal, was hier wirklich gut ist«, sagte Dani und schulterte sein Fahrrad. Dabei versetzte er einem Typen im Rasta-Look versehentlich einen Stoß mit dem platten Hinterrad.

»Sorry«, sagte er bedauernd, »echt keine Absicht.«

»Kein Ding, Bruder«, sagte der Schwarze und zog lächelnd weiter.

»Hier gibt es echt mehr Leute, die so aussehen wie ich – und nicht wie du. Ich sehe total schwarz für dich in deinem Viertel«, sagte Dani lachend zu Sammy, als sie die Straße zum Kebabladen überquerten. Tatsächlich hatte er bisher nirgendwo in Berlin so viele Schwarze gesehen wie rund um den Hermannplatz, auch wenn hier noch weit mehr Türken und Araber unterwegs waren. Mit seinen strohblonden Haaren war tatsächlich Sammy hier eine Ausnahme, nicht Dani.

Dani gefiel es, dass er in Neukölln nicht auffiel, dass ihn niemand verstohlen musterte oder schräg ansah, wie er das in Dahlem immer wieder erlebte. Sie reihten sich am Ende der kurzen Schlange ein, die abends oft über den ganzen Bürgersteig bis zur nächsten Straßenecke reichte. Ömers Gemüsekebab war ein echter Knaller. Hinter ihnen stellte sich ein Afrikaner an, der Musik in seine Ohren gestöpselt hatte und seinen Körper im Rhythmus der lautlosen Beats bewegte. Der Typ war echt gut drauf. Nach ein paar Minuten hielt er die Musik an, nahm die Stöpsel raus und sagte zu Dani: »Weed, brother?«

»Was?« Dani zuckte verständnislos mit den Schultern.

»Gras«, sagte Sammy. »Er fragt dich, ob du Gras kaufen willst.«

»Nee, danke. Lass mal.« Dani schüttelte den Kopf.

»Okay, ist aber echt gutes Zeug«, sagte der Afrikaner. Er tippte auf sein iPhone und ließ die Musik wieder in seinen Körper zurückkehren.

Dani bestellte einen Gemüsekebab, Sammy entschied sich für die Variante mit doppelt Fleisch. Sie nahmen das Essen mit in den Park und setzten sich auf die Wiese.

»Verkaufen hier eigentlich viele Leute Drogen?«

»An jeder Ecke bekommst du das Zeug«, erklärte Sammy und lenkte Danis Blick auf einen kleinen Weg hinter einer alten Steintreppen, die in den hinteren Teil des Parks führten. Drei Jungs standen dicht beieinander und schienen gerade einen Deal abzuwickeln.

»Ich würde das Zeug nie verkaufen, wäre mir viel zu gefährlich«, sagte Dani.

»Manche müssen das Zeug verkaufen. Die haben gar keine andere Chance.«

»Aber wenn sie es verkaufen, haben sie erst recht keine Chance.«

»Du weißt echt nicht, wie es ist, wenn einfach kein Geld da ist. Wenn deine Brüder nichts zu essen haben. Wenn sie keine Klassenfahrt mitmachen können, wenn man Schulden hat. Und das ist echt noch nicht alles. Da hat man keine Wahl«, sagte Sammy. »Was würdest du dann machen?«

»Okay, okay, davon habe ich echt keine Ahnung. Wenn es so läuft, kapier ich das. Aber scheiße ist es trotzdem.«

Wenn es bei Dani zu Hause Ärger gab, dann nie wegen Geld. Er bekam von seinen Eltern immer nur etwas zu hören, wenn er zu wenig für die Schule tat oder Klavier schleifen ließ. Aber das war nichts im Vergleich zu dem, was Sammy erzählte. Über Geld wurde bei ihnen nie gestritten, und Sorgen machte sich darüber auch niemand.

»Ja, dealen ist sogar echt große Scheiße. Das kann ich dir sagen«, entgegnete Sammy.

»Was meinst du damit? Wieso kannst du mir sagen, wie es ist, zu dealen?«

*Shit*, dachte Sammy. Der Satz war ihm einfach rausgerutscht, er hatte nichts dagegen tun können. Sammy schluckte. Er biss ein großes Stück Döner ab, um Zeit zu gewinnen. Ein paar Zwiebeln und Krautsalat landeten auf seiner Hose, aber das merkte er gar nicht mehr. Seine Gedanken rasten. Trotzdem wusste er immer noch nicht, ob es richtig war, Dani jetzt alles zu erzählen. Er fürchtete sich. Vor der Wahrheit, aber noch mehr davor, dass Dani dann vielleicht nichts mehr mit ihm zu tun haben wollte. Aber es musste jetzt raus. Sammy konnte nicht anders. »In meiner Hosentasche habe ich fünfundzwanzig Tütchen«, sagte er. »Deswegen weiß ich es.«

»WAS hast du in deiner Hosentasche?«

Dani starrte ihn mit aufgerissenen Augen an. Er konnte nicht glauben, was er gerade gehört hatte. Sammy nahm seinen ganzen Mut zusammen. »Ich habe Gras und ein paar Pillen in der Tasche. Ich wollte das Zeug gerade verkaufen.«

Dani fiel fast der Döner aus der Hand. »Das hast du jetzt nicht gesagt. Du bist doch kein Dealer, oder?«

Sammy schwieg. Es war zu spät – und es war ein Fehler gewesen. Er sank in sich zusammen.

»Wie lange machst du das schon?«, fragte Dani in die Stille.

»Hab's noch nie gemacht. Hab's eben zum ersten Mal versucht, hat aber nicht geklappt, ehrlich«, sagte Sammy leise.

»Und warum machst du das, verdammt? Das ist doch Wahnsinn. Also, warum machst du das?«, brüllte Dani jetzt wütend.

Und dann erzählte Sammy. Er hatte ohnehin nichts mehr zu verlieren. Und Sammy hörte gar nicht mehr auf zu erzählen. Vom fehlenden Geld für die Klassenfahrten seiner Brüder. Von seiner Mutter, die tagsüber die Rollläden runterließ und sich nachmittags ins Bett legte. Vom leeren Kühlschrank. Von den Handys. Von Zahid und seinen Schulden. Und dass er das Zeug hasste, das in seinen Hosentaschen steckte.

Dass seine Mutter trank, hatte Sammy selbst lange nicht wahrhaben wollen. Als sie damit anfing, redete Sammy sich ein, dass es manchmal eben Probleme gab und sie sich deswegen ein Gläschen genehmigte. Am nächsten Morgen war sie ja dann wieder klar, meistens zumindest. Irgendwann jedoch, als sie schon vormittags damit anfing und dann ganze Tage im Bett verbrachte, konnte er die Augen nicht mehr davor verschließen. Sammy versuchte es dennoch. Bis zu jenem Tag, als es wirklich nicht mehr ging.

Sammy war kurz vor den Sommerferien zwei Stunden früher als sonst aus der Schule gekommen. Die beiden letzten Sportstunden waren ausgefallen. Es war ein regnerischer Montag, die Wolken hingen tief. Er erinnerte sich noch immer an jedes Detail dieses Tages. Sammy fand seine Mutter auf dem Sofa. Sie lag reglos auf dem Bauch, ihr Kopf hing über der Lehne. Ihr Gesicht war kalkweiß, die Augen rot unterlaufen. Auf dem Boden breitete sich eine Lache von Erbrochenem aus, nur ihr weißer Morgenmantel war unbefleckt geblieben und leuchtete wie ein Brautkleid. Die Wohnung stank fürchterlich.

In diesem Moment wurde Sammy klar, dass so etwas nun immer wieder passieren konnte. Er war nicht mehr sicher vor dem Alkohol und den Zusammenbrüchen seiner Mutter. Niemals.

Er half seiner Mutter auf und brachte sie ins Bett. Danach ging er in die Küche, holte eine Schaufel, kehrte die

Kotze weg und spülte sie im Klo runter. Er öffnete die Fenster, schüttete Zitronenreiniger in einen Eimer und wischte den Boden blank. Seine Brüder sollten nichts davon sehen und auch nichts riechen. Dann saß Sammy stundenlang stumm in der Küche, bis Janis und Pascal heimkamen. Seine Kindheit war zu Ende.

Sammy hatte darüber noch nie gesprochen, nicht mit seinen besten Freunden und schon gar nicht mit seinen Brüdern. Das hätte er ihnen niemals antun können. Und gegenüber seinen Freunden war ihm das alles so schrecklich peinlich, dass er schon den Gedanken nicht ertrug. Aber jetzt war es raus, endlich.

Dani hatte schweigend zugehört.

»So eine Scheiße«, sagte er, als Sammy ihn erschöpft anschaute.

Sammy nickte. »So eine Scheiße.«

Nun schwiegen sie gemeinsam.

»Ich kann dir morgen hundert Euro geben«, sagte Dani nach einer langen Pause. »Wir bekommen das Geld zusammen für Zahid. Das schwöre ich dir.«

Nun war es Sammy, der nicht glauben konnte, was er gerade gehört hatte. »Meinst du das ernst?«, fragte er unsicher. Dann schüttelte er den Kopf. »Das kann ich nicht annehmen.«

»Klar kannst du. Du zahlst es mir zurück, sobald du kannst. Ist nur geliehen! Meine Mutter sagt immer: Es gibt für jedes Problem eine Lösung. Man muss nur danach suchen. Und darin ist sie echt gut. Warum sollten wir das nicht auch schaffen?«, sagte Dani.

»Ich brauche in zwei Wochen zweihundertfünfzig Euro. Wie soll das gehen?«

»Ich habe auch noch Geld auf meinem Sparbuch, zweihundert Euro. Ist der Rest von der Kommunion. Das kann ich aber nicht auf einmal abheben, immer nur hundert pro Woche. Aber das bekomme ich schon hin. Du kannst dich auf mich verlassen«, sagte Dani.

Sammy wusste nicht, wie ihm geschah. Er war so glücklich wie schon seit Jahren nicht mehr, und Dani irgendwie auch. Die Jungs klatschten sich ab. Sie wussten, dass jetzt alles anders war.

# 10. Rettung in letzter Minute

Obwohl Sammy nie über Liebe sprach, prägte die Liebe zu seinen Brüdern sein ganzes Leben. Aber die Tiefe dieser Liebe entdeckte er erst, als er vom Hermannplatz nach Hause kam, die Wohnungstür aufschloss und Janis leblos vor ihm auf dem Boden lag. Pascal kniete neben seinem Bruder und wimmerte.

»Janis, Janis, was ist los?«, brüllte Sammy verzweifelt.

Aber Janis rührte sich nicht, seine Augen waren geschlossen, er lag da wie tot. Sammy fiel auf die Knie und rüttelte an den Schultern seines kleinen Bruders. Aber nichts geschah, es war, als schüttelte er einen Toten. Sammy zuckte entsetzt zurück.

»Was ist passiert, was ist mit Janis? Sag schon.«

»Er, er, er ist mit dem Kopf auf den Schuhschrank geknallt«, stammelte Pascal, während ihm die Tränen über die Wangen liefen. »Wir haben uns gejagt, aber ich konnte nichts dafür, echt nicht.«

Sammy nickte.

»Wo ist Mama?«

»Im Bett, völlig dicht. Und der Typ auch.«

Mit zitternden Händen holte Sammy sein Handy aus der Hosentasche. Er entsperrte es und tippte die Nummer des Notrufs ein. Es klingelte dreimal, nichts geschah, viermal, fünfmal, immer noch nichts. Das konnte doch nicht wahr sein! Warum ging niemand ran? Das war doch ein Notfall! Gab es denn wirklich niemanden auf der Welt, der ihm half?

Endlich, eine Stimme.

»Mein Bruder liegt in der Wohnung, bewusstlos!«, schrie Sammy ins Telefon.

»Wer ruft an? Und was ist genau passiert?«, sagte eine ruhige Stimme am anderen Ende der Leitung.

»Ich bin Sammy, mein Bruder ist mit dem Kopf auf einen Schrank geknallt. Er ist bewusstlos.«

»Wie ist eure Adresse? Wir kommen gleich vorbei und helfen dir, beruhige dich.«

Es war die Stimme eines älteren Mannes, freundlich und warm. Und das war es, was Sammy tatsächlich beruhigte, während seine Mutter total betrunken mit diesem Kerl im Zimmer nebenan lag. Jetzt hätte er sie wirklich mal gebraucht.

»Warthestraße 17, dritter Stock, bei Döring. Kann ich auch was tun?«, sagte Sammy.

»Ja, mein Junge, kannst du. Ich stelle dir jetzt erst mal ein paar Fragen. Atmet dein Bruder noch?«

Zwischen Janis' Lippen war kein Atem zu spüren. Sammy legte den Kopf auf den Brustkorb seines Bruders, und er fühlte, wie er sich unmerklich erst ein wenig hob und dann wieder senkte.

»Ja«, rief Sammy erleichtert ins Handy.

»Das ist gut«, sagte die Stimme. »Reagiert dein Bruder, wenn man ihn schüttelt?«

»Nein, gar nicht.«

»Okay, das ist nicht so schlimm. Kannst du ihm den Puls fühlen?«

Sammy hatte keine Ahnung, wie er das anstellen sollte, er hatte noch nie jemandem den Puls gefühlt.

»Wie geht das, können Sie mir das erklären?«

»Sicher. Lege deine Finger um sein linkes Handgelenk. Da befindet sich eine harte Sehne, dort kannst du den Puls finden, versuche es einfach.«

Er erkundete mit zwei Fingern die Umgebung der Sehne, und es dauerte nicht lange, bis er tatsächlich den Herzschlag seines Bruders in den Fingerkuppen fühlte. Sammy spürte Leben in seinen Händen pulsieren, er war wie elektrisiert.

»Ja, ja«, schrie er ins Telefon. »Der Puls ist da.«

»Sehr gut, das hast du sehr gut gemacht. Und jetzt schau mal, ob dein Bruder eine Verletzung am Kopf hat.«

Sammy tastete den Schädel ab. Seine Finger spürten am Haaransatz über dem rechten Ohr eine kleine Erhebung.

»Eine Beule, aber er blutet nicht.«

»Okay. Mehr kannst du jetzt nicht machen. Ich habe schon einen Rettungswagen zu euch geschickt, in zehn Minuten ist er da.«

»Verdammt, erst in zehn Minuten!«

»Ja, die Zeit wird dir endlos lange vorkommen, aber wir beeilen uns. Wir kommen, so schnell es geht. Wo sind denn deine Eltern?«

»Hier ist kein Vater«, sagte Sammy tonlos. »Und unsere Mutter liegt besoffen im Bett. Neben so einem Arsch. Und der ist auch voll breit.«

»Verstehe«, sagte die Stimme sanft. »Halte deinem Bruder solange die Hand, bis wir kommen. Er wird dich spüren, auch wenn er bewusstlos ist. Und um deine Mutter kümmern sich meine Kollegen auch.«

»In Ordnung. Danke.«

Sammy legte auf und erklärte dem verängstigten Pascal, was der Mann am Telefon gesagt hatte. Dann schmiegten sich beide eng an Janis und umfassten jeder eine kleine, warme Hand. Sammy schaute auf die Uhr seines Smartphones. 20:38. Die Zeit kroch dahin, sie verging noch viel langsamer als die letzten Minuten eines Fußballspiels, in dem man einen 1:0-Vorsprung verteidigen musste. Als er wieder auf das Handy blickte, war es immer noch 20:38. Die Zeit schien stillzustehen. Sammy starrte immer wieder auf das Display. 20:39. 20:40. 20:41. Die Minuten zogen sich wie Stunden. Als sie das Heulen der Krankenwagensirene hörten, sprang die Uhr auf 20:45. Sammy trat ans Fenster. Blaues Licht flackerte in den Scheiben.

Sammy drückte den Türöffner. Kräftige Schritte im Treppenhaus nahmen mehrere Stufen auf einmal, bis ein Notarzt und zwei Rettungssanitäter mit schweren Koffern im Flur auftauchten.

Der eine fragte sofort nach ihrer Mutter und dem fremden Kerl und verschwand dann im Schlafzimmer. Der andere beugte sich zusammen mit dem Notarzt über Janis. Erst jetzt gaben Sammy und Pascal die Hände ihres Bruders frei.

»Geht jetzt bitte in ein anderes Zimmer«, sagte der Sanitäter, der seinen Koffer neben Janis abgestellt hatte. Pascal nickte zögernd, verschwand dann aber im Kinderzimmer.

»Ich möchte aber dabei sein. Ich bleibe bei Janis«, sagte Sammy.

»Ist okay«, sagte der ältere, leicht untersetzte Arzt.

Der jüngere der beiden Helfer sah Sammy aus einem schmalen und etwas blassen Gesicht an, als er aus dem Schlafzimmer zurück in den Flur trat. »Eure Mutter schläft ihren Rausch aus, und ihr Freund auch. Da können wir jetzt nicht helfen. Wir kümmern uns um euren Bruder.«

Ruhig, konzentriert und schnell untersuchten ihn der Notarzt und die beiden Rettungssanitäter. Sammy verfolgte gebannt, wie sicher jeder ihrer Handgriffe saß. Sie schienen ganz genau zu wissen, was zu tun war, um seinem Bruder zu helfen.

Der Arzt mit den ergrauten Schläfen holte ein rechteckiges, metallenes Gerät hervor, an dem mehrere Elektroden hingen, die er auf Janis' Brust befestigte. Sammy wünschte sich, dieser Arzt zu sein. Er wollte auch die Fähigkeit besitzen, seinem Bruder zu helfen, wenn es wirklich drauf ankam. Wenn es um Leben und Tod ging. Und nicht nur darum, ein bisschen Geld für die Klassenfahrt aufzutreiben und Spaghetti zu kochen.

»Was ist das für ein Gerät?«

»Ein EKG«, sagte der Arzt. »Wir checken, ob das Herz deines Bruders in Ordnung ist.« Der Rettungssanitäter, der Janis' Arm abband, war deutlich jünger, er hätte der Sohn des Arztes sein können. Sammy schätzte, dass er kaum älter war als die Jungs aus der A-Jugend von Neukölln 88, vielleicht Anfang zwanzig. Eine dunkelrote Vene trat auf Janis' Armbeuge hervor. Die Kanüle drang schnell in seine Blutbahn ein.

»Was machen Sie da?«

»Ich lege eine Infusion, das stärkt deinen Bruder. Und dann kontrollieren wir jetzt noch den Blutzucker und den

Blutdruck.« Alles ging rasend schnell. Aus Janis' Finger entnahm der Sanitäter ein paar Tropfen Blut und nickte zufrieden, als er das Ergebnis auf dem Display ablas. Auch der Blutdruck war in Ordnung.

Der Arzt schob nun Janis' Augenlider mit zwei Fingern nach oben, erst das rechte Auge, dann das linke. »Pupillendifferenz«, sagte er tonlos zu seinen beiden jüngeren Kollegen, die ihn besorgt anzuschauen schienen. So kam es Sammy zumindest vor. Und dann ging alles ganz schnell. Der Arzt öffnete den Notfallkoffer und holte einen Schlauch hervor, der schon ein paar Sekunden später tief im Rachen seines Bruders steckte. Es war ein schrecklicher Anblick, aber Sammy wunderte sich, dass er in diesem Moment keine Angst hatte. Die Sicherheit, mit der der Notarzt und die Rettungssanitäter zu Werke gingen, machte ihn ruhiger.

»Wir bringen deinen Bruder jetzt in die Klinik«, sagte der Arzt, als er seine Arbeit erledigt hatte.

»Wir fahren mit«, sagte Sammy. Der Arzt nickte. Im Rettungswagen durften Pascal und er neben ihrem Bruder sitzen, den die beiden Sanitäter mit routinierter Schnelligkeit auf einer Krankentrage in den Wagen verfrachtet hatten. Sammy suchte die Hand seines Bruders. An seinem Arm befand sich ein Schlauch, der in einen Infusionsbeutel mündete, der an einem Metallständer hing und sich während der holprigen Fahrt tröpfchenweise in Janis' Vene ergoss. Die Sirene des Rettungswagens kreischte, aber Janis hörte sie nicht, er war noch immer bewusstlos. Sammys Angst kehrte zurück.

»Stirbt Janis?«, fragte er leise.

»Es ist ernst«, sagte der Arzt. »Wir müssen euren Bruder im Krankenhaus genau untersuchen. Wir können jetzt noch nichts sagen.«

Als der Rettungswagen auf dem Parkplatz direkt vor dem Klinikeingang stoppte, warteten draußen schon zwei weitere Sanitäter. Sie rissen die Türen des Wagens auf, und auf der Trage schoben sie Janis im Laufschritt direkt in die Notaufnahme, alles war vorbereitet. Sammy und Pascal rannten hinterher, aber vor der dritten Schiebetür endete ihr Weg.

»Ihr müsst hier warten, es geht nicht anders. Wir kümmern uns um euren Bruder«, sagte eine freundliche Krankenschwester, die Sammy sanft am Arm packte. Er blickte in schmale, dunkle Augen, vermutlich war sie Thailänderin oder Vietnamesin. Sie wies den Jungs einen Platz vor der Schiebetür zu, die Unbefugte nicht passieren durften, wie auf dem Schild an der Tür zu lesen war. Die Krankenschwester, die ihn an die hübsche Bedienung aus dem neuen Thailaden auf der Hermannstraße erinnerte, versorgte sie mit einer heißen Schokolade, die zäh aus einem alten Kaffeeautomaten neben dem Schwesternzimmer in Pappbecher tropfte. Sammy trank die Schwärze in kurzen Schlucken.

Pascal hockte zusammengesunken auf einem kalten Plastiksitz und weinte.

»Das wird schon. Janis haut so schnell nix um«, tröstete ihn Sammy.

»Bist du sicher?«

»Ganz sicher«, sagte Sammy. Aber das stimmte nicht. Auch Sammy hatte fürchterliche Angst um seinen jüngsten Bruder, aber er ließ es sich nicht anmerken. Er starrte auf den matt glänzenden Kunststoffboden, der gerade erst gereinigt worden sein musste. Scharfer Geruch von Desinfektionsmitteln und Essigreiniger lag noch in der Luft. Sammy meinte darin aber einen anderen, ganz unheimlichen Geruch zu entdecken. Etwas, das man eigentlich nicht riechen konnte. Sammy wusste, dass es nicht logisch war, aber trotzdem war es so. Der Moder in ihrem Treppenhaus roch nach Armut, und hier roch es nach Krankheit – und Tod. Sammy überfiel eine entsetzliche Angst.

Er saß vor der automatischen Schiebetür und konnte nichts machen. Je länger Sammy auf Nachricht der Ärzte wartete, desto mehr Vorwürfe machte er sich. Wäre er direkt nach dem Training nach Hause gekommen und hätte auf seine beiden Brüder aufgepasst, dann wäre das alles nicht passiert. Er wusste doch besser als jeder andere, dass man auf Mutter nicht zählen konnte. Aber er hatte sich ja unbedingt einen Kebab mit Dani gönnen müssen, nachdem er auf dem Hermannplatz schon so einen Mist gebaut hatte. Sammy hasste sich. Und wenn Janis jetzt nicht mehr aufwachte, würde er sich das niemals verzeihen.

Erdal hätte in diesem Moment wenigstens gebetet, dachte Sammy. Erdal schlug ja bei jeder Gelegenheit die Hände vors Gesicht und sprach mit Allah, sogar wenn er nur für Neukölln 88 auf den Platz lief. Und da ging es nur um Tore und Siege, nicht um Leben und Tod. Sammy aber glaubte nicht an Gott, und deswegen wusste er nicht, wohin mit seinen Händen. Er spürte plötzlich, wie Pascal seinen dünnen Arm um seine Schulter legte und sich an ihn kuschelte. Er musste stark sein.

Sammy wollte niemals wieder so hilflos sein, wenn

seine Brüder ihn brauchten. Das schwor er sich in diesem Moment. Falls Janis wieder gesund nach Hause käme, würde er auch Lebensretter werden, so wie der Notarzt, der ihm den Schlauch in den Hals gesteckt hatte und damit sein Leben rettete, was die anderen Ärzte hinter dieser verfluchten Tür nun auch im Operationssaal versuchten.

Auch hinter der Schiebetür war alles ganz schnell gegangen. Die Ärzte legten Janis in eine Röhre, um die Schäden in seinem Kopf aufzuspüren, die mit bloßem Blick nicht zu erkennen waren. Dann wurde er in den Operationssaal geschoben, und dort lief alles so, wie es sich die Ärzte erhofft hatten. Ein Eingriff ohne jede Komplikation.

Zwei Stunden nachdem Janis eingeliefert worden war, öffnete sich die Schiebetür, und ein Arzt im weißen Kittel kam auf Sammy zu.

»Bist du der ältere Bruder von Janis?«

Sammy nickte.

»Du musst dir keine Sorgen mehr machen, alles wird gut. Dein Bruder hatte durch den Sturz einen Bluterguss im Kopf, und der Bluterguss hat dann auf sein Gehirn gedrückt. Wir haben ein Loch in seine Schädeldecke gemacht, damit der Druck nachlässt. Das klingt schlimmer, als es ist«, erklärte der Arzt lächelnd.

»Wird Janis wieder gesund?«, fragte Pascal schnell.

»Ganz sicher, darauf kannst du dich verlassen. Er wird jetzt noch über Nacht künstlich beatmet. Aber in ein paar Tagen kann dein Bruder das Krankenhaus wieder verlassen. Und dann wird er genauso sein wie vorher«, sagte der Arzt. Dann wandte er sich wieder Sammy zu. »Aber wenn du nicht so schnell den Notarzt gerufen hättest, dann hätte das auch anders ausgehen können. Das hast du prima gemacht.« Nun löste sich Sammys Anspannung, die ihn fast verrückt gemacht hatte. Er musste jetzt nicht mehr diese wahnsinnige Kraft aufwenden, um seine Angst auch noch vor Pascal zu unterdrücken, und so fanden auch Sammys Tränen ihren Weg.

Zwei Tage später, meldete sich Sammy zum Erste-Hilfe-Kurs seiner Schule an. Auch seine Mutter hatte nach dem Schock ein paar gute Tage. Sie versprach ihren Söhnen, dass Benno nicht mehr ins Haus kommen würde. Und zum Beweis, dass sie es ernst meinte, sich nun wieder um sie zu kümmern, hatte sie zu Janis' Rückkehr Schnitzel mit Bratkartoffeln gemacht, was immer das Lieblingsessen der Brüder gewesen war. Die Brüder genossen die gute Nachricht und das Essen, und sie versicherten ihrer Mutter, dass es noch nie so gut geschmeckt hatte.

Die Brüder räumten dann gemeinsam den Tisch ab, spülten das Geschirr, trockneten ab und verstauten die Sachen sorgsam im Küchenschrank, während ihre Mutter mit einem Putztuch den Tisch reinigte und den weißen Lilien frisches Wasser gab, die sie für Janis' Rückkehr in dem schönsten Blumenladen auf der Hermannstraße gekauft hatte. Pascal machte unaufgefordert seine Hausaufgaben, während Janis sich mit einem Kakao auf dem Sofa ausruhen durfte. In die Schule würde er erst in einer Woche wieder gehen. Sammy packte seine Sporttasche und fuhr zum Training. Was für ein herrlicher Tag.

Nur dass Dani nicht da war, als er bei Neukölln 88 ankam, trübte seine Freude ein wenig. Er hatte doch auch früher kommen wollen, das hatten sie verabredet. Sammy schickte ihm eine Nachricht, aber Dani reagierte nicht. Sammy überkam ein mulmiges Gefühl. Wollte Dani vielleicht doch nichts mehr mit ihm zu tun haben nach der Geschichte mit den Drogen? Er schrieb noch mal, erhielt aber keine Antwort.

Kurz vor Trainingsbeginn, als der Vollpfosten in die Kabine stürmte und Ruhe verlangte, war Dani immer noch nicht aufgetaucht. An der wichtigtuerischen Miene von Jens sahen die Jungs schon, dass er offenbar etwas Bedeutsames mitzuteilen hatte. »Der Gegner für die zweite Berliner Pokalrunde am Samstag steht fest«, sagte Jens, ohne sich mit einer Begrüßung aufzuhalten. Er machte eine gar nicht mal ungeschickte Pause, um die Spannung in der Kabine zu steigern, was ihm tatsächlich auch gelang.

»Und? Gegen wen spielen wir?«, fragte Ibra ungeduldig.

»Sag schon. Wir wollen es wissen«, sagte Erdal.

»Auswärtsspiel«, sagte Jens nur. Er machte wieder eine Pause, bis es ganz still war in der Kabine. Und dann sagte Jens nur ein Wort, bevor ein Sturm losbrach: »Hertha!«

»Hammer, voll der Hammer!«, brüllte Sead.

»Das gibt's doch gar nicht«, sagte Sammy und schüttelte ungläubig den Kopf.

»Krass, total krass!«, rief Ibra.

Hertha BSC Berlin! Dieser Gegner elektrisierte sie alle. Gegen eine bessere Mannschaft hatte Neukölln 88 noch nie gespielt. Hertha spielte zwei Klassen höher, in der

Bundesliga Nordost, der höchsten Klasse, die es gab. Und Hertha war dort souveräner Tabellenführer, mit Abstand die beste Mannschaft der Stadt, da konnten selbst Union Berlin, Tennis Borussia und die Reinickendorfer Füchse, die auch richtig gut waren, nicht mithalten. Aber die U14 der Hertha war nicht nur das beste Team in der Stadt, auch im benachbarten Brandenburg und in allen anderen Bundesländern drumherum gab es keine Mannschaft, die mit Hertha auch nur annähernd mithalten konnte. Sie bekamen es im Pokal mit einer der besten Mannschaften im ganzen Land zu tun – und zu alledem war es auch noch die Mannschaft von Ahmet!

Davon sagten sie dem Vollpfosten natürlich kein Wort, das war Ehrensache. Ein Spiel gegen Hertha und gegen Ahmet – ein größeres Spiel konnte es gar nicht geben. Die Jungs konnten kaum fassen, welches Los sie gezogen hatten. Einige hockten noch immer fassungslos auf den Bänken in der Kabine, andere liefen ungläubig umher, schauten einander kopfschüttelnd an oder klopften sich gegenseitig auf die Schulter. Und das taten sie auch, um sich Mut zu machen.

Hertha war natürlich der haushohe Favorit. Sammy rief seine Fußball-App auf und suchte nach dem Ergebnis des letzten Ligaspiels von Hertha. »7:1 gegen Union!«, rief Sammy in die Runde. »Sieben Spiele, sieben Siege, einundzwanzig Punkte. 29:1 Tore. Hertha hat jetzt schon fünf Punkte Vorsprung auf Union, krass.«

»Bloß nicht zweistellig. Wenn schon Union sieben Dinger bekommen hat …«, sagte Erdal. »Und die spielen in derselben Liga. Und nicht zwei Klassen tiefer wie wir.«

»Soll Hertha doch kommen. Das wird mein Spiel«,

sagte Sead und breitete die Arme aus wie eine Krake. »Ich greife mir alle Bälle, so wie Manuel Neuer.«

»Und ich mach dann den Freistoß rein wie Reus, voll mit Schnitt«, sagte Sammy. »Und mein 1:0 reicht, wenn du hinten echt mal was hältst.«

Sammy träumte insgeheim davon, Profi zu werden, so wie alle Jungs von Neukölln 88. Aber die Bundesliga war so weit weg von ihrem Klub wie der Mond. Doch obwohl das so war, schien Fußball trotzdem der einzige Weg, um aus diesem Viertel rauszukommen. Denn nur mit Fußball konnte man reich und berühmt werden und den ganzen Mist hinter sich lassen. Welchen anderen Weg sollte es sonst geben? Bundeskanzler würde garantiert keiner von ihnen werden. Oder der Chef einer großen Firma, der sich morgens von seinem Fahrer mit einem dicken Mercedes aus seiner Villa abholen und dann ins Büro chauffieren ließ. Sie kannten niemanden, der so etwas auch nur annähernd geschafft hatte. Die meisten hier waren schon froh, wenn sie überhaupt einen Job hatten.

Nur im Fußball konnten Leute, die aus miesen Gegenden kamen und in Käfigen kickten, zu Stars werden. Niemandem sonst jubelten die Leute aus solchen Vierteln zu, aus denen Kicker wie Ronaldo, Özil, Rooney oder Kevin-Prince Boateng kamen. Das waren echte Superstars, die Millionen verdienten und mit coolen Autos und heißen Frauen durch die Gegend fuhren. In Neukölln aber fuhren nur die al-Salikis Mercedes, und das war echt eine ganz andere Geschichte.

Sammy wollte ein Star werden, ein richtiger Star. Unbedingt. Denn wenn er ein Star war, dann musste er sich nie mehr Sorgen um Pascal und Janis machen und auch nicht um seine Mutter. Dann wäre immer genug Geld da, und alles wäre gut. Aber wenn das nicht klappte mit dem Star, dann musste er irgendetwas anderes machen. Nur was? Das wusste Sammy nicht. Und er wollte auch gar nicht darüber nachdenken.

Sammy fieberte jetzt dem Spiel gegen Hertha entgegen, so wie keinem anderen Spiel. Er musste in dieser Partie zeigen, was in ihm steckte, dass er besser war als dritte Liga, in der er mit Neukölln rumdümpelte. Das Spiel war seine große Chance. Alle sollten sehen – vor allem Ahmet –, dass er echt Talent besaß, krasses Talent. So wie die Besten von Hertha. Jedes Jahr kamen dort Spieler aus der Jugend in den Profifußball. Ihr Traum wurde wirklich wahr. Manche spielten dann bei Hertha oder anderen Klubs in der Bundesliga, und andere, die es nicht ganz nach oben schafften, wechselten zu kleineren Vereinen in die zweite Liga oder dritte Liga und versuchten dort, Karriere zu machen. Und ordentlich Geld gab es da auch.

Davon hatte Ahmet ihnen beim letzten Training erzählt, und wenn Ahmet etwas sagte, dann stimmte es. Ahmet hatte ihm ja auch gesagt, dass er besser Fußball spielen würde, wenn er seine Ratschläge befolgte, und auch das hatte gestimmt. Auf Ahmet konnte man sich verlassen. Aber Sammy fragte sich, ob Ahmet sie nun überhaupt noch trainieren würde bis zum Pokalspiel, weil sie jetzt Gegner waren. Und man trainiert doch nicht seinen Gegner, das war doch logisch.

Doch bevor er sich darüber weiter den Kopf zerbrechen konnte, fiel ihm wieder ein, dass Dani sich immer noch nicht gemeldet hatte. Er schaute wieder auf sein

Handy, immer noch nichts. »Los jetzt!«, rief der Vollpfosten. »Ich habe schon einen genialen Plan, wie wir die Hertha schlagen. Und jetzt alle raus zum Training.«

Sammy trainierte nicht gut an diesem Tag, aber den anderen fiel das nicht auf. Alle dachten nur an das Pokalspiel gegen Hertha. Aber der Vollpfosten hätte Sammys Unkonzentriertheit wohl auch dann nicht bemerkt, wenn er ihn alleine trainiert hätte. Sammy war wie alle anderen in Gedanken, er grübelte aber nicht darüber nach, wie sie die Hertha schlagen konnten, sondern was mit Dani los war.

Dani hatte seine Sachen für das Training in Neukölln in seinen Rucksack gequetscht. Da es ja immer so aussehen musste, als würde er zur Nachhilfe fahren, konnte er nicht einfach mit seiner riesigen Sporttasche losziehen. Er war spät dran. Er rannte die Treppe von seinem Zimmer runter zur Haustür, aber schon auf den Stufen hörte er von dort Geräusche. Das musste seine Mutter sein, er erkannte das am Klackern ihrer Absätze auf dem Marmorboden. Sie kam früher als gewöhnlich aus der Kanzlei zurück.

Seine Mutter hängte gerade ihren kurzen, beigen Mantel im Garderobenschrank auf einen gepolsterten Bügel, als Dani in den Flur kam. Sie musterte mit einem schnellen Blick seinen Rucksack, der Beulen an den Seiten schlug. Dani ahnte, dass er aufgeflogen war. Seine Mutter musste kein Wort sagen, ihr scharfer Blick verriet alles.

»Wo gehst du hin?«, fragte sie.

»Nach Neukölln«, antwortete Dani.

»Herr Werfel war heute in der Kanzlei. Hast du mir nicht etwas zu sagen?«

Verdammt, dachte Dani.

In seinem Hockeyklub ahnte niemand, dass er weiter für Neukölln Fußball spielte. Er hatte allen nach dem Spiel, das für so viel Aufregung bei Blau-Weiß Dahlem und bei Herrn Werfel gesorgt hatte, versichert, dass es sich um einen einmaligen Einsatz für Neukölln gehandelt habe, dass Fußball eigentlich nicht sein Ding sei und die Sondergenehmigung für vereinslose Spieler ohnehin bald ablaufe. Und da Dani danach auch die Hockeytrainings nicht versäumte, fragte auch niemand mehr nach. Es schien, als hätte es das verstörende Spiel gegen Neukölln nie gegeben. Niemand im Klub sprach mehr darüber, zumindest nicht mit ihm. Außer Ben, der hatte sich nach seinem Spiel natürlich sofort gemeldet.

Seinen Eltern hatte Dani nichts von der Sache mit Werfel erzählt. Er wollte nicht, dass sie sich wegen der Beleidigungen wieder in sein Leben einmischten, denn sie hätten Werfel garantiert zur Rede gestellt. Aber das war seine Sache. Klar war ihm aber auch, dass er nicht ewig vor seinen Eltern verbergen konnte, dass er für Neukölln Fußball gespielt hatte. Aber Dani hatte schon gehofft, dass sie es wenigstens nicht vor dem Käfig-Cup erfahren würden. Danach hätte er es ihnen ohnehin selbst gesagt. Aber dieser Plan war nun gründlich schiefgegangen. Dani bekam keinen Ton heraus.

»Also, wenn du nicht mit der Sprache rausrückst, dann habe ich dir was zu sagen«, fuhr seine Mutter fort. »Ich habe erfahren, dass du Fußball gespielt hast – für Neukölln. Und dass es dabei ein riesiges Theater im Klub gegeben hat. Und jetzt gibst du angeblich seit Wochen Nachhilfe in Neukölln, erkläre mir das bitte.« Bei dem Wort Nachhilfe schrieb seine Mutter ein imaginäres Anführungszeichen in die Luft, mit anderen Worten: Sie glaubte ihm kein Wort.

»Ja, stimmt.« Es hatte keinen Sinn zu lügen. Sie wusste zumindest teilweise Bescheid. Vermutlich hatte Werfel ihr alles erzählt, bis auf die Beleidigungen natürlich. »Ich habe für Neukölln gespielt. Das ist einfach so passiert. Die waren zu wenig, und ich habe ausgeholfen. War echt nicht geplant. Und Herr Werfel hat sich dann aber voll scheiße verhalten«, sagte Dani.

»Darum geht es jetzt nicht. Und auch nicht diese Worte«, entgegnete seine Mutter entschieden. »Und was ist in dem Rucksack drin?«

»Fußballsachen.« Er konnte seiner Mutter nichts mehr vormachen. Er hatte verloren, aber so einfach wollte er sich trotzdem nicht geschlagen geben.

»Du bleibst jetzt hier. Und alles andere besprechen wir, wenn Klaus da ist«, sagte seine Mutter.

»Mir ist völlig egal, was Klaus dazu sagt. Ich will nach Neukölln – und du kannst mir nicht alles verbieten. Und Klaus schon mal gar nicht.«

Seine Mutter schaute überrascht. So hatte Dani noch nie mit ihr gesprochen. Ihren Wünschen und Anweisungen hatte er sich immer gefügt. Manchmal diskutierten sie zwar über gewisse Dinge und fanden auch mal einen Kompromiss. Aber auch nur dann, wenn seine Mutter das zuließ, und das machte sie nur, wenn es um Kleinigkeiten ging, wie Dani sich eingestehen musste. So richtig widersetzt hatte er sich seiner Mutter jedenfalls noch nie.

Aber nun hatte er endgültig genug von diesen beschissenen Regeln, die seine Eltern aufstellten und die ihm genau das verboten, was er am liebsten mochte: Fußball spielen. Und er wollte sich auch nicht mehr behandeln lassen wie ein kleines Kind. Sammy hätte sich das auch niemals gefallen lassen.

»Du sagst, dass du Nachhilfe gibst, und gehst zum Fußball. Ich lasse mich von dir nicht anlügen«, entgegnete seine Mutter scharf.

»Und ich lasse mir von euch nicht mehr den Fußball verbieten«, erwiderte Dani wütend. »Das ist jetzt echt vorbei.«

»Ohne uns geht nichts«, sagte seine Mutter. »Und du bleibst hier, bis Klaus kommt.«

Dani rannte die Treppe hoch in sein Zimmer. Er schloss die Tür hinter sich ab und setzte sich ans Klavier. Er rückte seinen Stuhl zurecht, löste mit dem Fuß die Pedale, öffnete behutsam die schwarzlackierte Klappe, entfernte den roten Samt über den Tasten und ließ seine Finger darüber gleiten. Das Klavier hatte immer wieder eine erstaunliche Wirkung auf ihn. Dani wurde ganz ruhig und begann zu spielen. Er versenkte sich in die Musik, alles wurde leicht.

Er spielte so lange, bis seine Mutter an die Tür klopfte. Klaus war nach Hause gekommen.

»Komm runter, wir müssen reden.«

»Gleich, bin in einer Minute da.«

Klaus und seine Mutter saßen an dem großen Holztisch, als Dani nach unten kam. An diesem Tisch besprachen sie immer alles in der Familie.

»Heiße Schokolade?«, fragte seine Mutter.

Dani nickte.

Mit seinen Eltern zu diskutieren war verdammt schwierig. Irgendwie hatten sie immer die besseren Argumente, sie konnten einfach besser reden. Sein Vater machte als Manager den ganzen Tag eigentlich nichts anderes, und wenn man dazu noch eine Mutter hatte, die als Anwältin fast alle ihre Fälle gewann, konnte man gleich einpacken. Aber diesmal würde er sich nicht so einfach geschlagen geben, das hatte er sich vorgenommen. Er wollte kämpfen bis zum Schluss, so wie Sammy.

»Warum hast du uns angelogen?«, fragte seine Mutter, als sie Dani die heiße Schokolade auf den Tisch stellte.

»Weil ich Fußball spielen will. Und ihr es nie erlaubt hättet, wenn ich gefragt hätte. Darum.«

»Du gibst also gar keine Nachhilfe in Neukölln?«, fragte Klaus, der eher enttäuscht klang als wütend.

»Nein, aber ich helfe trotzdem. Nur anders. Neukölln 88 braucht mich wirklich. Und im Käfig brauchen sie mich auch, sogar noch mehr.«

»Käfig, welcher Käfig?«, fragte seine Mutter entgeistert.

»Lange Geschichte«, sagte Dani. Und dann erzählte er seinen Eltern von Sammy. Dass es einzig und allein Sammy gewesen war, der sich während des Hockeyspiels für ihn eingesetzt hatte, als er von einer Mutter der Gegner beleidigt worden war. Dass seinem Trainer das völlig egal war, dass Kaben und Herr Werfel zu diesen rassistischen Arschlöchern gehörten, von denen er echt die Schnauze voll hatte. Und dass er dann in der Neuköllner Fußballmannschaft aushalf, weil sie einfach zu wenig Leute waren, dass sich alles einfach so ergeben hatte und nichts davon geplant gewesen war. Genauso wenig, dass die Jungs ihn danach zum Käfig nach Neukölln einluden. Und dass er echt noch nie so einen geilen Fußball wie dort erlebt hatte und dass es nun im Olympiastadion um den Käfig-Cup ging und er jetzt der fünfte Mann bei den *Street Kings* war – und dass die Mannschaft ohne ihn überhaupt keine Chance hatte, diesen Cup zu gewinnen.

»So, jetzt wisst ihr alles, so ist es gewesen«, schloss Dani seinen Vortrag. »Und ich werde auch beim Käfig-Cup spielen. Da kann passieren, was will. Das ist mir wichtiger als alles andere. Und bei Neukölln 88 will ich auch spielen.« Dani hatte genug davon, sich weiter hinter irgendwelchen Ausreden zu verstecken und sich aus dem Haus zu schleichen, wenn er Fußball spielen wollte. Sammy hätte das auch niemals gemacht.

»Das mit von Werfel habe ich nicht gewusst. Kaben ist zwar ein arroganter Hohlkopf, aber das hätte ich von ihm nicht erwartet. Die bekommen von mir was zu hören. Darauf kannst du dich verlassen«, sagte seine Mutter empört. »Ich will nicht, dass du weiter in so einem Klub spielst.«

»Meine Mannschaft lass ich jetzt nicht im Stich. Wir können den DHB-Pokal gewinnen und die Norddeutsche Meisterschaft. Und Arschlöcher gibt es überall«, sagte Dani.

»Da hast du wohl recht.« Seine Mutter seufzte. »Aber wieso kannst du eigentlich so gut Fußball spielen, dass die dich so dringend brauchen?«

»Ich spiele hier auch immer im Käfig, drüben an der Clayallee. Bestimmt drei-, viermal die Woche. Und ich bin eben einfach gut – weißt du doch«, erwiderte Dani jetzt grinsend. »Und Fußball ist echt geiler als Hockey.«

»Aber das mit Neukölln kommt trotzdem nicht infrage. Aber wenn's unbedingt Fußball sein muss: Kannst du nicht wie Nils beim FC Grunewald spielen? Fußball ist Fußball. Das ist nicht weit, und du hast dann noch Zeit für Klavier und die Schule. Denn *das* muss sein«, sagte seine Mutter entschieden.

»Ach, Mama. Die sind total blind bei Grunewald. Die können gar nichts, die spielen fünfte Liga. Das ist so, als würdest du nur Leute vor Gericht vertreten, die ihre Strafzettel nicht bezahlt haben. Das macht null Spaß. Der Käfig in Neukölln ist echt Hammer, besser geht's nicht. Und alle, die im Käfig sind, spielen auch bei Neukölln 88. Und beim Käfig-Cup sind nur die Besten der Besten – im Olympiastadion. Und den Cup will ich gewinnen«, sprudelte es aus Dani hervor.

»Du kannst übrigens gar nicht ohne unsere Erlaubnis bei einem Verein spielen, egal bei welchem. Nur mal so nebenbei: Du bist erst vierzehn«, sagte Klaus.

Da hatte Klaus leider verdammt recht. Als vereinsloser Spieler durfte er nur noch ein einziges Spiel für Neukölln machen. Dann lief die vorläufige Genehmigung ab. Und den Aufnahmeantrag, den er selbst unterschrieben hatte, den hätten eigentlich seine Eltern unterschreiben müssen.

»Darum geht's doch jetzt nicht. Ich will bei Neukölln spielen. Darum geht's. Und um nichts anderes!«, sagte Dani entschlossen.

»Aber in Neukölln wimmelt es doch nur so vor Jungs, die nicht richtig Deutsch sprechen und merkwürdig drauf sind. Ich will nicht, dass du ständig mit denen zusammen bist«, wendete seine Mutter ein.

»Ihr habt einfach keine Ahnung. Warum versteht ihr nicht, was mir wirklich wichtig ist? Ich hab null Bock auf Kaben, auf Werfel und auch nicht auf den ganzen Grunewald-Scheiß. Und übrigens kann mich niemand zu Klavier zwingen – auch ihr nicht. Nur mal so nebenbei«, sagte Dani. »Und wenn ich nicht Fußball spielen darf im Käfig und bei Neukölln, spiele ich auch kein Klavier mehr. Das ist sicher.«

Danis Mutter war überrascht. So hatte sie ihren Sohn noch nie erlebt. Dass er ein Ultimatum stellte, fand sie zwar unerhört, aber ihr gefiel seine neue Entschlossenheit. Vielleicht war ihr Dani doch ähnlicher, als sie dachte.

»Jetzt beruhige dich mal«, sagte sie versöhnlich.

Dani wiederum war klar, dass er auf Dauer keine Chance hatte, für Neukölln 88 zu spielen, wenn seine Mutter und Klaus das nicht wollten. Er musste sie überzeugen, mit allen Mitteln.

»Mama, ich liebe Fußball – richtig guten Fußball. Verstehe das doch«, sagte Dani und berührte zärtlich ihre Hand.

»Was meinst du?«, sagte seine Mutter sanft und wendete sich Klaus zu. Sie war plötzlich viel milder – und warf Dani einen verständnisvollen Blick zu. Dass sie ihn nicht zum Klavierspielen zwingen konnte, das sie so sehr liebte, lag ja tatsächlich auf der Hand.

»Wann ist denn dieser Käfig-Cup?«, fragte nun auch Klaus diplomatisch.

»Am Samstag spielen wir mit Neukölln im Pokal, ein Wochenende später ist der Käfig-Cup.«

»Dann warten wir doch mal den Käfig-Cup ab. Was meinst du, Alexandra?«

»Einverstanden«, sagte seine Mutter. »Aber dass du für Neukölln spielen willst, gefällt mir trotzdem überhaupt nicht.«

»Wenn wir den Käfig-Cup gewinnen, dann müsst ihr mir einfach erlauben, für Neukölln zu spielen. Dann seht ihr auch, wie gut ich im Fußball bin. Und dass ich es verdient habe, Fußball in einer guten Mannschaft zu spielen. Das ist nur fair. Und faire Deals findest du doch immer gut«, fuhr Dani fort.

Seine Mutter lächelte.

»Einverstanden«, sagte sie schließlich. »Du darfst bis zum Käfig-Cup für Neukölln spielen, dann sehen wir weiter.«

»Super«, sagte Dani. Er fühlte sich großartig. Er hatte es tatsächlich geschafft, seine Mutter und Klaus zu überzeugen. Na ja, zumindest bis zum Käfig-Cup. Und den Rest, sagte er sich, würde er auch noch irgendwie hinbekommen.

Er rannte die Treppe hoch zu seinem Zimmer, lächelte Mario Götze an der Wand zu und schrieb zwei Nachrichten. Die erste schickte er an Ben.

```
spiele beim käfig-cup!!!
kommst du?
```

Ben antwortete sofort.

```
Ich versuch's.
Hab aber selbst Spiel.
```

```
Wird schon klappen, wenn du nicht sofort
rausfliegst ☺
```

Danis nächste Nachricht ging an Sammy.

```
sorry ging heute nicht mit training ☹
bin zum pokalspiel am start! ☺
alles klar bei dir? (-;
```

Sammy aber meldete sich nicht. Er war direkt nach dem Training wieder zur Schule gefahren, wo abends um sieben Uhr der Erste-Hilfe-Einführungskurs stattfand. Die Schule bot solche Kurse regelmäßig an, sie dauerten drei Stunden. Damit wollten sie Schüler für ihren Sanitätsdienst gewinnen. Der Kurs war kostenlos und vom Roten Kreuz organisiert, aber so richtig freiwillig war niemand außer Sammy gekommen. Er war mit Abstand der Jüngste, die anderen fünf Leute kamen aus der Oberstufe der Nachbarschule und waren nur da, weil sie so kostenlos eine Erste-Hilfe-Bescheinigung für ihre Führerscheinprüfung bekamen.

Der Sanitäter, der bepackt mit zwei schweren Koffern und einem Rucksack den Klassenraum betrat, trug eine rote Windjacke vom Roten Kreuz und stellte sich als Herr Metzler vor. Sammy traute seinen Augen nicht. Der Kursleiter war der Sanitäter, der Janis vor zwei Wochen zusammen mit dem Notarzt den Schlauch in den Hals geschoben und sein Leben gerettet hatte. Herr Metzler erkannte Sammy ebenfalls sofort.

»Das ist ja eine schöne Überraschung«, sagte er. »Wie geht es deinem Bruder, alles wieder okay?«

»Ja, alles wieder super. Janis geht's gut, alles so wie vorher.«

»Das freut mich. Erste Hilfe ist eben nicht so schlecht. Und deswegen lasst uns jetzt gleich anfangen.«

Sammy war von der ersten Minute an total bei der Sache. Er nahm jede Information auf, verfolgte jeden Handgriff von Herrn Metzler und machte sich ständig Notizen in sein Heft, das er sich extra für den Kurs gekauft hatte. Erste Hilfe war etwas, das ihn wirklich interessierte, ganz anders als die meisten Sachen in der Schule. Mathe war ja noch okay. Aber in der letzten Englischarbeit hatte er wieder eine Fünf bekommen. Er war einfach nicht zum Lernen gekommen, aber das hatte seinen Englischlehrer natürlich nicht interessiert. Und der Bio-Test war auch nicht besser gelaufen. In Deutsch und Französisch stand er auf glatt Vier, nur in Mathe lief es besser, viel besser sogar. Er hatte eine Zwei plus geschrieben. Der Mathe-Nazi war zwar ein Mathe-Nazi, aber Mathe konnte er verdammt gut erklären.

Doch was Herr Metzler ihm jetzt zeigte und erklärte, war tausendmal spannender als Mathe. Das war etwas, das wirklich wichtig war. Einen Menschen retten, was konnte es Wichtigeres geben? Wie konnte man sich dafür nicht interessieren? Aber offenbar war er der Einzige im Kurs, der so dachte. Die anderen spielten lieber auf ihren Handys rum, als sich um Kreislaufstillstand, Umgang mit Verbandsmaterial, Knochenbrüche und Gelenkverletzungen zu kümmern. Sie wollten sich nur ihre Teilnahmebestätigung abholen.

Nach zwei Stunden war der Kurs bei den lebenswichtigen Funktionen angekommen. Herr Metzler beförderte

Sammy gerade in die stabile Seitenlage und erklärte ihm, was man tun muss, wenn die Zunge bei einem Ohnmächtigen die Atemorgane verschließt, als Sammys Handy in der Hose vibrierte und summende Geräusche von sich gab.

»Noch ein Notfall?«, fragte Herr Metzler grinsend.

»Darf ich nachschauen?«

»Später, wenn ich dich gerettet habe.«

Herr Metzler drehte Sammy auf den Rücken. »Wenn der Patient keine Atmung hat, musst du erst mal den Oberkörper freimachen«, sagte er. Sammy zog sein T-Shirt aus, während es in seiner Hose zum großen Vergnügen der anderen Kursteilnehmer, die nun alle von ihren Handys aufblickten, weiter summte und brummte. Herr Metzler ließ sich davon nicht stören. »Die Herzmitte findest du, wenn du die Vertiefung auf der Brustwarze spürst«, fuhr er ungerührt fort. Sammy fühlte nun die kleine Delle mit dem Zeige- und Mittelfinger der rechten Hand sofort. Er nickte im Liegen, als er die Vertiefung gefunden hatte. Das Handy gab endlich Ruhe.

»Jetzt dreißigmal Herzdruckmassage. Und dann zweimal Beatmung. Sollte eine Beatmung nicht möglich sein, dann muss man auf das Herz drücken, bis der Arzt kommt«, erklärte Herr Metzler. Sammy tat genau das, was Herr Metzler gesagt hatte. Er war so aufmerksam, konzentriert und gewissenhaft bei der Sache, wie das Herr Metzler bei seinen Kursen noch nicht erlebt hatte. »Sehr gut gemacht«, sagte er zufrieden. »Jetzt kannst du wieder aufstehen und dein Handy wiederbeleben.«

Sammy kramte eilig sein Smartphone hervor. Endlich wieder eine Nachricht von Dani.

`Alles klar!!! Wir spielen gegen Hertha!!!!`
`Bin bei Erste Hilfe Kurs.`
`Dr. Sammy ☺☺☺. Bis morgen`, schrieb er zurück.

Dann stellte Sammy sein Telefon aus und verfolgte gebannt, was Herr Metzler zum Thema Vergiftungen und Schädigungen bei Kälte zu erzählen hatte. Am Ende des Kurses kamen alle nach vorne, um sich ihre Bescheinigung für die Teilnahme abzuholen.

»Geben Sie eigentlich noch andere Kurse?«, fragte Sammy.

»Ja. Es gibt noch richtige Erste-Hilfe-Lehrgänge, die ich leite. Aber die dauern insgesamt 16 Stunden und kosten fünfzig Euro.«

»Schade, das ist zu teuer für mich.«

Herr Metzler unterschrieb die Teilnahmebestätigung und überreichte sie Sammy. »Glückwunsch, du bist wirklich gut gewesen«, sagte er. »Wenn du magst, kannst du mir bei den Lehrgängen ein bisschen helfen. Dann kostet es dich auch nichts. Du bist dann sozusagen mein Assistent.«

»Echt jetzt?«

»Ja, echt, Mann«, sagte Herr Metzler und schmunzelte. »Gib mir deine Adresse, dann schicke ich dir alles zu. Ach, und den da kannst du auch gleich mitnehmen – zum Üben«, fuhr Herr Metzler fort und drückte Sammy einen Notfallrucksack in die Hand. »Da sind ein paar Sachen drin, die man für Erste Hilfe gut gebrauchen kann. Und ein Heft, in dem alles noch mal steht, was man machen muss. Damit kannst du bestimmt was anfangen. Also, bis bald.«

»Danke«, sagte Sammy. »Ich komme ganz bestimmt in den Ferien. Und vielen Dank für den Rucksack.«

Als Sammy den Klassenraum verließ, war er faszinierter denn je. Dass man Menschen mit ein paar Handgriffen das Leben retten konnte, wenn man sie beherrschte! Es gab nichts, was jemals mehr Eindruck auf ihn gemacht hätte – außer Fußball natürlich. Und alles, was Herr Metzler ihm beigebracht hatte, schien so einfach zu sein, so logisch, dass er überhaupt nie lange nachdenken musste, um das Richtige zu tun. Sammy hatte in dem Kurs alles so selbstverständlich wie auf dem Fußballplatz getan, und wenn man ihn jetzt nachts geweckt hätte, dann hätte er genau gewusst, wie man einen Verletzten in die stabile Seitenlage befördert und ihn mit einer Mund-zu-Mund-Beatmung wieder ins Leben zurückholt. Das war so einfach und fast genauso genial wie ein Doppelpass mit Dani.

# 11. Ehrensache

Jetzt stand Sammy erst mal eine andere und weit schwierigere Aufgabe bevor: das Pokalspiel gegen Hertha BSC. Am nächsten Morgen, als er nach dem Aufstehen sein Handy checkte, war schon eine Nachricht von Ahmet eingegangen.

```
Verrücktes Los!
Bis zum Pokalspiel ist
kein Training mehr
Geht nicht, sind Gegner ☹
Danach geht's aber weiter! ☺
Freue mich aufs Spiel ☺ ☺
Haut rein!
Gebt alles!
Zeigt, was ihr könnt!!!
Ahmet ☺ ☺ ☺
```

Bevor sich Sammy darüber klar werden konnte, ob er sich mehr darüber freute, dass Ahmet nach dem Spiel weiter ihr Trainer war, oder mehr darüber ärgerte, dass er es bis zu ihrem wichtigsten Spiel eben nicht mehr war, kam schon die nächste Nachricht.

```
heute abend 21 uhr
culle!!!
erdal
```

Was sollte das bedeuten? Sammy schaute von seinem Fenster, an dem die Regentropfen herunterliefen, auf die Straße. Die Bäume warfen schon ihre Blätter ab. Es war definitiv nicht das Wetter, um nachts ins Schwimmbad zu gehen, wie sie es im Sommer immer wieder taten. Er schrieb Erdal nur ein Wort zurück.

```
warum?
```

Ein paar Sekunden später antwortete Erdal.

```
frag nicht!
bring badehose mit!!! ☺
```

Erdal war offenbar komplett verrückt geworden. Elf Grad Höchsttemperatur verkündete Sammys Lieblingssender gerade für diesen Freitag – und viel Regen. Na toll. Und dann ins Culle – ausgerechnet am Abend vor dem Pokalspiel. Erdal hatte sie echt nicht mehr alle. Und dann ging er den ganzen Tag auch nicht mehr an sein Handy.

Alle hatten dieselbe Nachricht bekommen, aber niemand wusste, was dahintersteckte. Am Abend, als sich die *Street Kings* vollkommen ratlos auf den Weg zum Culle machten, hatte es wenigstens aufgehört zu regnen. Sammy nahm seine dicke Jacke vom Haken, legte sich ein kleines Handtuch wie einen Schal um den Hals und packte seine Badehose in die Jackentasche. Man wusste ja nie, ob man die Sachen vielleicht doch brauchen würde.

Um kurz nach neun waren bis auf Erdal tatsächlich alle *Street Kings* an der Stelle des Zauns, an der man so leicht ins Bad klettern konnte. Sogar Dani war gekommen.

»Respekt«, sagte Sammy.

»Ehrensache«, entgegnete Dani und verbeugte sich.

Nun erschien auch Erdal. »Los, über den Zaun, alle Mann«, sagte er, »gehört zur Vorbereitung auf das Hertha-Spiel und den Käfig-Cup.«

»Was soll das, Erdal? Spinnst du jetzt komplett?« Sammy sprach aus, was alle anderen dachten.

»Teambuilding, schon mal davon gehört?«, fragte Erdal.

»Und deswegen sollen wir hier über den Zaun und bei der Kälte schwimmen? Toller Plan«, spottete Ibra.

»Nee, du springst heute vom Zehner. Und wir warten unten im Wasser, um dich rauszuziehen. Zusammen schaffen wir alles«, sagte Erdal.

Den *Street Kings* verschlug es die Sprache, was nun wirklich nicht oft vorkam. Ohne eine Antwort abzuwarten, kletterte Erdal über den Zaun. Ibra folgte ihm und dann alle anderen. Erdal zog sich am Sprungbecken sofort um und sprang ins Wasser. »Beeil dich, ist echt kalt. Wir können hier nicht ewig auf dich warten!«, rief er Ibra zu. Sammy, Dani und Sead holten nun ebenfalls ihre Badehosen raus und sprangen ins Wasser. »Wir lassen dich schon nicht absaufen!«, rief Sammy, »hoch mit dir.«

Ibra schlüpfte aus seinen Klamotten und rannte die Treppen zum Sprungturm rauf. Als er vom Zehner nach unten blickte, sah er die anderen, wie sie im Halbkreis im

Wasser darauf warteten, ihn wieder an Land zu ziehen. »Wenn ihr mich nicht rausholt, haben wir morgen einen Spieler weniger. Ist euch klar, oder?«, rief Ibra.

»Ist voll klar«, rief Erdal.

Und dann sprang Ibra. Innerlich zitternd, die Arme eng am Körper. Er tauchte mit den Füßen voran ins Wasser ein, die Kälte war ein Schock, aber auch der Moment, als er komplett im Wasser versank. Es wurde schwarz um ihn herum, aber noch bevor ihn die Angst überfiel, spürte er, wie mehrere Hände nach seinen Armen griffen und ihn zurück an die Wasseroberfläche zogen. Er schnappte nach Luft. Erdal, Sammy, Sead und Dani zogen ihn mit vereinten Kräften an den Beckenrand. Ein Glücksgefühl breitete sich in Ibra aus. Er hatte es wirklich getan – und die Jungs hatten ihm geholfen. Er spürte nicht einmal mehr die Kälte, als er die kleine Leiter am Beckenrand erreicht hatte.

»Raus jetzt, sonst holen wir uns alle noch den Tod!«, rief Sammy. Nachdem sich die Jungs eilig abgetrocknet hatten und wieder in ihre Klamotten gesprungen waren, klatschte Ibra alle anderen ab.

»Wie war's da oben?«, fragte Dani, während er sich die Haare trockenrubbelte.

»Genau in dem Moment, wenn man Angst hat zu springen, muss man springen«, sagte Ibra. »Das ist immer so, sonst kommt man nie weiter. Und morgen schlagen wir die Hertha. Jetzt stoppt uns keiner mehr.«

Am nächsten Morgen waren die *Street Kings* bester Laune, als sie sich um zehn Uhr an der S-Bahnstation Neukölln trafen, um gemeinsam zum Olympiastadion zu fahren.

Nur Dani kam alleine aus einer anderen Richtung. Sammy hatte neben seiner Sporttasche, die er über die Schulter geschwungen hatte, noch einen kleinen roten Rucksack dabei.

»Was haste denn da? Fährst du in Urlaub – oder gehst du nach dem Spiel noch mal ins Culle?«, fragte Erdal lachend.

»Für den Notfall. Bin jetzt auch Mannschaftsarzt«, sagte Sammy.

»Echt jetzt?«

»Da sind wirklich ein paar Sachen drin, falls sich einer verletzt. Ich war bei Erster Hilfe – vielleicht hilft's ja.«

Sammy, Erdal, Sead und Ibra stiegen in die Ringbahn und ließen die Stadt an sich vorbeiziehen. Die Jungs sprachen nicht viel, alle dachten an die Nacht im Culle und an das Pokalspiel gegen Hertha. An der Station Neu-Westend stiegen sie aus und folgten zu Fuß der von alten Villen gesäumten Olympischen Straße. Der Weg krümmte sich nach hundert Metern, und dann lag das riesige Olympiastadion vor ihnen wie ein riesiges Raumschiff. Das Gelände betraten sie durch einen kleinen Seiteneingang an der Hanns-Braun-Straße, wo zwei Männer in einem Häuschen den Zugang kontrollierten.

»Wo wollt ihr hin?«

»Neukölln 88. Wir spielen heute Pokal gegen die U14«, sagte Sammy.

Der Uniformierte schaute auf seinen Tagesplan. »Na, denn viel Glück. Ihr seid die Ersten von eurem Team«, sagte er und öffnete die Schranke.

Im Kabinentrakt warteten sie auf den Rest der Mannschaft. Und den unvermeidlichen Vollpfosten. Sammys

Augen wanderten neugierig durch den Vorraum des Hertha-Jugendtrakts. Es roch nach Massageöl. An der Wand hing ein Plakat, das die Spieler an ein Dutzend Regeln erinnerte, die hier wohl für alle aus dem Klub galten. »Wir begrüßen uns mit Namen.« »Wir geben Trainern und Betreuern die Hand.« »Wir respektieren den Gegner«.

Sammy las sich alle Regeln durch. Als er sah, wie die Hertha-Spieler dann alle im gleichen Trainingsanzug mit Klubemblem auf dem Gelände erschienen und dann gleich drei Betreuer die Mannschaft vor dem Anpfiff umsorgten, wurde ihm schlagartig wieder bewusst, warum Fußball in Neukölln mit dem Fußball eines Bundesligaklubs rein gar nichts zu tun hatte. In Neukölln gab es keine Regeln, an die sich alle halten mussten. Es gab neben dem Trainer auch keine Betreuer für die Mannschaft. Und auch die anderen Bedingungen waren alles andere als perfekt: der Platz, die Kabine, die Bälle, das Trainingsmaterial. Einfach alles. Aber vor allem hatten sie in Neukölln keinen Trainer wie Ahmet, der gerade das Jugendgebäude betrat und alle Jungs herzlich begrüßte.

Das gesamte Team von Neukölln 88 war diesmal pünktlich. Zum Spiel gegen Hertha wollte einfach niemand zu spät kommen. Und sogar der Vollpfosten war freundlich, so kannten die Jungs ihn gar nicht. In der Kabine gab er dann wie üblich eine Parole aus, die er für Taktik hielt. »Wir spielen mutig nach vorne, volles Risiko. Und hinten machen wir dicht, auch gegen die Hertha.« Aber selbst Jens schien aufgeregt zu sein, genau wie sie selbst. Nur Dani schien sich von dieser ganzen Nervosität nicht anstecken zu lassen. Er war so wie immer. Ihn schien weder die Umgebung zu beeindrucken, die so ganz nach Bundesliga aussah, noch der große Name des Gegners.

»Hallo, Ahmet, alles klar?«, rief Dani, als beide Mannschaften aus der Kabine traten und zum Warmmachen auf den Platz liefen. Er schüttelte ihm die Hand, was allerdings nur den Vollpfosten vollkommen irritierte, schließlich war er der Einzige bei Neukölln 88, der nicht wusste, dass Ahmet auch deren Trainer war.

»Viel Glück. Und ein gutes Spiel«, sagte Ahmet.

»Ja, gutes Spiel«, sagte Dani und lief auf den Rasen. Kurz vor dem Anpfiff bildete Neukölln auf dem Platz einen Kreis, und sie legten sich die Arme über die Schultern. »Vergesst, was Jens eben gesagt hat. Wir spielen unsere defensive Variante«, sagte Sammy. »So, wie sie Ahmet erklärt hat. Und keine unnötigen Fouls.«

Das Pokalduell fand auf einem Nebenplatz des Olympiastadions statt. Der Rasen, der jeden Tag sorgfältig gepflegt wurde, lag vollkommen ebenmäßig vor ihnen, wie ein grüner Teppich. Besser konnte ein Rasen auch in der Bundesliga nicht sein.

Die Hertha, der haushohe Favorit, dominierte die Partie von Beginn an. Der Tabellenführer aus der ersten Liga war ständig in Ballbesitz, und bei den Hertha-Spielern spürte man nicht den Hauch eines Zweifels, dass sie diese Mannschaft aus der dritten Liga vom Platz fegen würden. Die einzige Frage schien zu sein, ob es zweistellig werden würde.

Aber Neukölln spielte so gut und so klug wie nie zuvor. In der ersten Viertelstunde ließ die Mannschaft überhaupt keine Torchance der Hertha aus dem Spiel heraus zu. Außer drei Ecken sprang zunächst nichts Zählbares für die Hertha raus. Sammy und Dani attackierten im Mittelfeld die Hertha-Spieler ganz früh und störten immer wieder ihr gewohntes Aufbauspiel. Die Abstände zwischen den Mannschaftsteilen hielt Neukölln so eng, dass sich der Gegner immer wieder in ihrem engmaschigen Netz verfing. Und wenn einem Neuköllner Spieler trotzdem mal ein Abspiel- oder Stellungsfehler unterlief, war gleich ein anderer da, der ihn wettmachte. Niemand meckerte wie früher über einen Fehler des anderen, sondern alle liefen und kämpften dann noch ein bisschen mehr. Sie spürten mit jeder Minute, dass sie immer stärker wurden.

Die Hertha, so sehr an das Siegen gewöhnt, hatte das Spiel gegen den Drittligisten unterschätzt. Sie merkten nun, dass ihnen doch ein hartes Stück Arbeit bevorstand, um die Neuköllner zu besiegen. Sie hatten sich das viel leichter vorgestellt. Ihr Trainer allerdings verfolgte seelenruhig an der Seitenlinie die Partie, die ganz anders lief, als sich seine Spieler das gedacht hatten.

Die Hertha erhöhte nun den Druck. Die Spieler liefen mehr und spielten konzentrierter. Und nun kombinierte sich der Tabellenführer immer wieder durch, ohne dass Neukölln dies verhindern konnte. Dafür war die Hertha einfach zu gut. Und in den letzten zehn Minuten vor der Pause erspielte sich der Favorit dann eine Torchance nach der anderen. Aber Sead wuchs im Tor über sich hinaus. Den ersten, eigentlich unhaltbaren Schuss aus zehn Metern lenkte er mit einer Hand über die Latte ab. Und einen Kopfball nach einer Ecke aus zwei Metern wehrte er mit einer ebenso unglaublichen Reaktion mit dem Fuß ab. Und auch alle Flanken, die in den Strafraum segelten, fing er so sicher ab, als würde er nie einen Ball fallen lassen.

Eine Minute vor der Pause stand es immer noch 0:0. Neukölln kam überhaupt nicht mehr aus seiner Hälfte raus, alle Spieler verschanzten sich nur noch im eigenen Strafraum, trotzdem stand der beste Hertha-Stürmer nach einem schönen Doppelpass plötzlich ganz frei vor Sead. Aber als der Herthaner abziehen wollte, stürmte Sead schon aus seinem Tor heraus und mit einem mächtigen Satz schnappte er dem Schützen den Ball direkt vom Fuß. Gerettet. Dann pfiff der Schiedsrichter zur Halbzeit.

Der Pausenstand war eine echte Sensation. Dass ein Drittligist gegen Hertha dreißig Minuten lang ein Unentschieden halten würde, hätte niemand für möglich gehalten. In der Neuköllner Kabine ging es dennoch wild durcheinander.

»Wenn wir nur noch hinten drin stehen, fangen wir uns bald ein Tor«, sagte Sammy, nachdem er wieder zu Atem gekommen war.

»Stimmt, wir müssen auch mal einen Angriff fahren. Wir brauchen Entlastung«, pflichtete ihm Dani bei.

»Ach was«, widersprach Jens. »Meine Taktik geht doch voll auf. Alles bleibt so, wie es ist. Ihr seid heute übrigens auch gar nicht so schlecht.«

Wenn die Jungs von Neukölln nicht so völlig fertig gewesen wären, hätten sie sich über den Vollpfosten schlappgelacht, aber so grinsten sie einander nur erschöpft an. Als sie nach zehn Minuten wieder zurück auf den Platz gingen, bildeten sie abermals einen Kreis, und Sammy schwor die Mannschaft auf die zweite Halbzeit ein – und auf eine veränderte Taktik.

»Dani, du spielst jetzt ein bisschen offensiver, denn du bist der Schnellste. Wir müssen auch mal kontern, wir spielen jetzt lange Bälle auf dich. Das ist unsere einzige Chance, zu gewinnen«, sagte Sammy.

»Genau so müssen wir es machen«, stimmte Erdal zu – und alle anderen nickten zustimmend.

Die Hertha aber schnürte die Neuköllner sofort wieder ein. Sead musste in den ersten zehn Minuten nach der Halbzeit gleich zweimal spektakulär retten, und als er bei der nächsten Chance schon geschlagen war, rettete der Pfosten für ihn und Neukölln. Es war wie ein Wunder, dass es eine Viertelstunde vor Schluss immer noch 0:0 stand. Aber es war ein Wunder, das sich die Jungs redlich verdient hatten, sie liefen und kämpften wie nie zuvor, und sie spielten klug und machten fast keine Fehler. Und dann eroberte Sammy den Ball im Mittelfeld nach einem der seltenen Fehlpässe der Hertha. Er sah, wie sich Dani von den beiden Verteidigern löste und zu einem seiner unwiderstehlichen Sprints ansetzte. Sammy spielte aus dem Stand einen Pass über vierzig Meter genau in den Rücken der Hertha-Abwehr. Und Dani lief genau in diese Lücke hinein. Er kam einen Schritt vor dem Hertha-Verteidiger an den Ball, und er hatte ein solches Tempo drauf, dass ihm niemand mehr folgen konnte. Dani hatte nun nur noch den Hertha-Torwart vor sich. Sollte er den Ball jetzt über den Keeper heben? Oder direkt schießen? Dani lief noch ein paar Schritte, legte den Ball dann genau im richtigen Moment am Torwart vorbei und umkurvte ihn. Nun hatte er nur noch das leere Tor vor sich, und ein ungeheures Glücksgefühl stieg in ihm auf. Er lief noch ein paar Schritte und schob den Ball ins Netz – 1:0! Und nur noch dreizehn Minuten zu spielen. Die Jungs fielen sich nach dem Führungstreffer in die Arme. Aber Dani war schon wenige Sekunden nach seinem Supertor wieder ganz ruhig. »Jetzt nicht nachlassen. Weiter so, wir müssen genau so weitermachen.«

Hertha antwortete mit wütenden Angriffen. Aber Sead reagierte noch dreimal prächtig. Es waren Schüsse, die kaum zu halten waren, doch Sead erwischte trotzdem alle Bälle. Noch fünf Minuten.

»Weiter, weiter!«, brüllte Dani.

Erdal erkämpfte sich in der eigenen Hälfte den Ball. Nachdem er seinen Gegner ausgespielt hatte, legte er sich den Ball aber ein bisschen zu weit vor, und der Kapitän der Hertha rauschte heran. Er traf mit voller Wucht den Ball – und Erdals rechten Fuß. Erdal schrie vor Schmerzen. Die halbe Mannschaft umringte ihn besorgt.

»Es geht nicht mehr«, ächzte Erdal. Er konnte kaum mehr auftreten, so weh tat es.

»Warte«, sagte Sammy und holte aus seinem Rucksack am Spielfeldrand ein Spray. Damit vereiste er schnell und geschickt Erdals lädierten Fuß.

»Geht's?«

»Schon besser, ich versuch's. Die paar Minuten schaff ich vielleicht noch«, sagte Erdal mit schmerzverzerrtem Gesicht. Seine Auswechslung konnte sich die Mannschaft nicht leisten, das wusste Erdal ganz genau. Er war viel zu wichtig auf seiner Position im defensiven Mittelfeld, und es gab niemanden auf der Ersatzbank, der auch nur annähernd so gut war. Erdal wollte deswegen unbedingt durchhalten und ignorierte die Schmerzen, die trotz des Sprays in seinem Fuß hämmerten.

Doch beim nächsten Angriff der Hertha kam Erdal nicht mehr hinterher, sein Fuß machte nicht mit. Der Hertha-Stürmer drang in den Strafraum ein. Sead kam aus dem Tor gestürzt und schlug dem Stürmer den Ball perfekt vom Fuß. Der Angreifer stürzte über Sead – und dann ertönte ein Pfiff. Die Neuköllner schauten fassungslos auf den Schiedsrichter, der auf den Elfmeterpunkt zeigte, dann stürzten sie sich auf ihn.

»Kein Foul, kein Foul, das war kein Foul!«, brüllte Sead mit hochrotem Kopf.

»Du hast erst den Stürmer erwischt, dann den Ball«, sagte der Schiedsrichter. Sead wusste genau, dass es andersherum war, dass er erst den Ball gespielt hatte, dass alles ganz korrekt gewesen war. Er schäumte vor Zorn. Aber es kam noch schlimmer. »Elfmeter und Notbremse«, sagte der Schiedsrichter zu Sead – und zeigte ihm auch noch die Rote Karte.

Sead war außer Rand und Band – und auch alle anderen bestürmten den Schiedsrichter. Ibra wollte ihm an die Gurgel, aber Sammy und Dani hielten ihn gerade noch zurück, während Erdal und drei weitere Neuköllner Spieler ihren tobenden Torwart vom Platz führten. Hinter der Seitenlinie trat Sead vor Wut ein Loch in eine Werbebande. Er trat so fest zu, dass er danach hemmungslos heulte, vor Schmerz, aber vor allem vor Wut.

Jens wechselte Ersatztorwart Jamal ein, aber der hatte gegen den platzierten Elfmeter des Hertha-Torjägers keine Chance. 1:1. Die beiden letzten Minuten der regulären Spielzeit brachten die Neuköllner mit letzter Kraft über die Zeit. Sie hatten sich in die Verlängerung gerettet, aber ihren Mut hatten sie durch den Platzverweis verloren. In der kurzen Pause lagen sie entkräftet auf dem Rasen, aber weit bitterer als die körperliche Erschöpfung war die Wut, die in ihnen tobte. Die Jungs konnten sich einfach nicht mehr beruhigen, keiner, nicht einmal Dani, der sonst immer cool blieb. Sie waren so nahe dran gewesen an der Sensation, zwei Minuten hatten gefehlt, und jetzt, da sie mit brennenden Oberschenkeln am Boden lagen, wussten sie, dass sie mit zehn Mann in der Verlängerung überhaupt keine Chance mehr gegen die Hertha hatten.

Und so war es auch. In den zweimal fünf Minuten der zusätzlichen Spielzeit machte die Hertha mit den völlig kaputten und demoralisierten Neuköllnern, was sie wollte. Mit dem Tor zum 2:1 direkt nach Wiederanpfiff war auch der letzte Funke Widerstand des Außenseiters erloschen. Jamal machte seine Sache zwar gut, aber bei ihm gingen die unhaltbaren Bälle, anders als bei Sead, auch rein. Die Tore fielen wie am Fließband. Und die Hertha siegte 6:1.

In der Neuköllner Kabine herrschte nach dem Abpfiff eine furchtbare Stimmung. Die Wut und die Hilflosigkeit über die Fehlentscheidung des Schiedsrichters und die bittere Enttäuschung schufen einen Zustand der völligen Verzweiflung. Sead brüllte noch immer und warf seine Tasche und seine Fußballschuhe durch den Raum, während ihm die Tränen hinunterliefen. Sammy hatte seinen Kopf im Handtuch vergraben. Dani starrte mit ausdruckslosen Augen an die Wand. Selbst der Vollpfosten brachte kein Wort mehr hervor. Und Erdal weinte hemmungslos. Als Sead nach ein paar Minuten aufhörte zu schreien, herrschte plötzlich Totenstille in der Kabine, nur noch unterbrochen von Erdals Schluchzen. Ibra legte den Arm um seinen Freund und ließ ihn weinen.

Vor der Kabine wartete Ahmet. »Tut mir wahnsinnig leid für euch, ihr seid echt eine tolle Mannschaft. Fußball ist manchmal leider ungerecht«, sagte er.

»Kann man so sagen. Schlimmer geht's nicht«, erwiderte Dani tonlos.

»Stimmt, war echt schlimm. Das hattet ihr nicht verdient«, sagte Ahmet. »Aber auch wenn das jetzt kein großer Trost ist: Beim Käfig-Cup nächste Woche hat die Hertha auch ein Team dabei.«

»Echt jetzt?« Sammys Augen blitzten, seine alte Lebendigkeit kehrte wieder zurück, und auch Dani, Erdal, Sead und Ibra waren plötzlich ganz hellhörig.

»Ja, die besten sechs Kicker von Hertha sind im Käfig dabei. Das Team heißt *Berlin BIG*«, sagte Ahmet.

»Da gibt's Revanche, darauf können die sich verlassen, da schlagen wir zurück«, sagte Sammy.

»Da bin ich echt gespannt«, sagte Ahmet. »Wir sehen uns nächste Woche wieder beim Training.«

»Warten Sie!«, rief Dani ihm nach, als Ahmet zurück zur Hertha-Kabine ging.

»Was gibt's denn?«

»Ich möchte mit Ihnen reden. Am besten gleich, zusammen mit Sammy.«

»Okay, in einer Viertelstunde in der Klubkneipe.«

»Geht's noch, Alter?«, zischte Sammy. »Was willst du denn noch bequatschen?« Dann verstand er plötzlich. »Doch nicht das Ding mit Zahid? Bist du irre?« Er regte sich schon fast wieder so auf wie nach der Fehlentscheidung des Schiedsrichters. Aber auch wenn Sammy die

Sache mit den Drogen am liebsten für sich behalten wollte, war es irgendwie doch logisch, dass er Hilfe brauchte. Denn Zahid würde bestimmt echt Stress machen, wenn er das Zeug nicht verkaufte und ihm die Tütchen zurückgab. Und mit den al-Salikis sollte man sich nicht anlegen, das war auch so eine Regel im Viertel.

»Doch, wir müssen mit Ahmet reden. Mit wem denn sonst?«, erwiderte Dani. Er kramte hundertfünfzig Euro aus seiner Hosentasche und drückte Sammy das Geld in die Hand. »Hier schon mal der erste Teil. Die restlichen hundert kann ich nächste Woche abheben.«

»Danke«, sagte Sammy. Sein Widerstand erlahmte. »Na gut, versuchen wir es.«

Als Sammy und Dani das Lokal der Hertha-Jugendabteilung betraten, saß Ahmet schon an einem kleinen Tisch hinten in der Ecke, direkt unter einem alten Foto von Jérôme und Kevin-Prince Boateng, auf dem die beiden berühmten Brüder noch gemeinsam das Trikot von Hertha BSC trugen. Er winkte die Jungs zu sich.

»Wieder abgeregt? Der Schiri war echt ne Katastrophe.«

»Nicht wirklich«, sagte Dani.

»Frag einfach nicht«, grummelte Sammy.

Ahmet bestellte zwei große Apfelsaftschorlen für die Jungs und ein alkoholfreies Bier für sich.

»Also Jungs, was ist los?«, fragte Ahmet und wischte sich mit dem Handrücken den Schaum von den Lippen. Sammy wusste nicht, wo er anfangen sollte, tausend Gedanken gingen ihm durch den Kopf. Er schwieg eine Weile, um sich zu sammeln. »Big shit«, begann er schließlich. Und dann erzählte er Ahmet von den Drogen, die zu Hause unter seiner Matratze lagen. Von den Schulden, die er bei diesem Typen hatte, und dass Dani ihm zum Glück die zweihundertfünfzig Euro leihen würde, aber er keine Ahnung hatte, wie er ihm das Geld jemals zurückzahlen sollte. Und dass er zu Hause bestimmt auch bald wieder Geld brauchen würde, denn bei seiner Mutter wisse man nie, was als Nächstes komme, weil sie Alkoholikerin war. Und dass er Angst vor Zahid habe, wenn er ihm sagte, dass er aussteigen wollte.

»Zahid also. Der Zahid von den al-Salikis, nehme ich an«, sagte Ahmet. Sammy war so überrascht, dass es ihm die Sprache verschlug.

»Sie kennen Zahid?«, platzte Dani heraus.

»Kann man so sagen«, entgegnete Ahmet ganz ruhig.

»Und woher?«

»Neukölln, Kreuzberg, da kennt man sich eben«, sagte Ahmet ausweichend. »Wann bist du mit Zahid verabredet?«

»Übermorgen, am Friedhof in der Hermannstraße. Um halb sieben«, sagte Sammy.

»Ich werde da sein«, versprach Ahmet.

»Echt, Mann?« Sammy konnte es kaum glauben. Er strahlte vor Erleichterung, selbst die Enttäuschung über die bittere Niederlage war wie weggeblasen. Ahmet war echt der Hammer. Erst hatte er sie innerhalb von ein paar Wochen im Fußball viel besser gemacht, und jetzt wollte er ihm auch noch bei der Sache mit Zahid helfen! So viel hatte noch nie ein Erwachsener für ihn getan. Ahmet sah die Dankbarkeit, die aus Sammys Augen sprach, er musste gar nichts mehr sagen.

»Ich komme auch am Montag, bis dahin habe ich auch das restliche Geld«, sagte Dani.

»Ein Freund schadet nie im Leben«, sagte Ahmet und grinste. Dani und Sammy begriffen nicht recht, wie Ahmet das meinte, aber das sollten sie bald verstehen.

Die Sonne verschwand gerade hinter dem stillgelegten Flughafen Tempelhof und tauchte die Stadt in gelbliches Licht, als Sammy zwei Tage später um kurz nach sechs am Bahnhof Hermannstraße ankam. In diesem Jahr war es noch ungewöhnlich mild für einen Tag spät im September. Ahmet hatte trotzdem nicht auf seinen riesigen schwarzen Schal verzichtet, der ihm wild um den Hals flatterte, sodass Dani und Sammy ihn schon von Weitem erkannten. »Ich bleibe erst mal hinter euch«, sagte Ahmet.

Zahid hatte sich wie üblich schon mit zwei Teetassen am Kiosktresen postiert. Er wirkte überrascht, dass Sammy in Begleitung anmarschierte. »Hi, Kifak, heute mit Verstärkung? Hätte ich das gewusst, hätte ich mehr Tee besorgt«, sagte Zahid scheinbar freundlich, aber in einem Ton, der nichts Gutes erahnen ließ.

»Hallo, Zahid!«, rief Ahmet plötzlich von hinten und trat vor die beiden Jungs.

»Ahmet, du hier?«, entgegnete Zahid total erstaunt. Die Überraschung war gelungen, Zahids Miene hellte sich plötzlich auf.

»Schön, dich wiederzusehen, Zahid. Wie geht es dir und deiner Familie, vor allem deinem Bruder?«

»Oh, Ismail geht es gut, sehr gut. Mein Bruder fühlt sich krass wohl in Bursa. Und bei den al-Salikis ist doch immer alles in Ordnung, das weißt du doch.«

»Ich habe in *Fanatik* gelesen, dass er am Wochenende gut gespielt hat gegen Trabzonspor, hat sogar wieder ein

Tor gemacht. Wie immer mit links«, sagte Ahmet und lachte.

»Ja, sie haben 2:0 gewonnen. Der Trainer ist sehr zufrieden mit ihm. Und die Fans mögen ihn. Vielleicht schafft Bursa dieses Jahr sogar die Europa League. Wir sind sehr stolz auf Ismail«, sagte Zahid. Er strahlte über das ganze Gesicht. So hatte Sammy den Mann, vor dem er sich so sehr fürchtete, noch nie gesehen.

Ahmet sah die Verwunderung in den Blicken der Jungs. »Ich habe Ismail früher in der Jugend trainiert, daher kennen wir uns«, sagte er.

»Was heißt trainiert? Du hast Ismail entdeckt! Im Käfig – und dann hast du ihn zur Hertha geholt und dort trainiert. Und du hast immer an ihn geglaubt. Selbst als alle im Klub an ihm gezweifelt haben«, sagte Zahid.

»Bursapor hat Ismail dann vor drei Jahren verpflichtet. Er spielt jetzt in der ersten türkischen Liga, hat einen Stammplatz im Mittelfeld«, erläuterte Ahmet.

»Und das hat er alles dir zu verdanken. Die Familie vergisst dir das nie«, sagte Zahid und deutete mit dem Kopf eine Verbeugung an.

»Ehrensache«, antwortete Ahmet und verbeugte sich ebenfalls. »Ich möchte dich um einen Gefallen bitten. Sammy ist auch ein großes Talent, so wie dein Bruder. Er kann es auch schaffen. Ich kümmere mich jetzt um ihn, genau wie um seinen Kumpel Dani, der auch ein echt guter Kicker ist. Aber Sammy muss sich jetzt ganz auf den Fußball konzentrieren können, sonst schafft er es nicht. Du weißt, das ist hier ja schon schwer genug. Und ohne deine Hilfe geht es nicht.«

»Verstehe«, sagte Zahid. »Du hast noch eine Menge

gut bei der Familie, und auf die al-Salikis ist immer Verlass. Sammy kann sich ganz auf den Fußball konzentrieren, wir schaffen die Arbeit auch ohne ihn.«

»Danke, ich weiß die Hilfe der al-Salikis sehr zu schätzen«, sagte Ahmet und wandte sich Sammy zu, der mit offenem Mund die Verhandlung der beiden Männer über sein Schicksal verfolgt hatte. »Gib Zahid alles zurück, was ihm gehört, und auch das, was du ihm schuldest. Und bedanke dich für die Unterstützung, die er dir und deiner Familie gegeben hat.«

Sammy holte die unangetasteten Tütchen hervor und dazu die zweihundertfünfzig Euro, die er Zahid schuldete. Er schob die Drogen und das Geld über den Tresen, dann reichte er Zahid die Hand. »Danke, für alles«, sagte Sammy.

»Ehrensache«, sagte Zahid und schlug ein. »Und jetzt will ich sehen, dass du es auch wirklich in die Bundesliga schaffst. Wenn Ahmet das sagt, hast du wirklich eine Chance, viel Glück.«

»Ich werde mein Bestes geben«, sagte Sammy.

»Das musst du auch. Ich kann dir zwar helfen, aber DU musst alles geben, sonst wird es nichts – und das gilt nicht nur für den Fußball«, sagte Ahmet.

Als Sammy, Dani und Ahmet das Friedhofstor mit dem großen schwarzen Kreuz in der Spitze des gemauerten Bogens erreichten und der Lärm des Abendverkehrs der Hermannstraße sie wieder in Empfang nahm, drehte sich Sammy noch einmal nach Zahid um, der am Kiosk seinen Tee austrank. Er wusste, dass er den Friedhof nun nie mehr betreten musste. Er umarmte Ahmet wie einen Vater, und es schien, als wollte er ihn nie wieder loslassen.

# 12. Der Käfig-Cup

In der Nacht vor dem Käfig-Cup lag Dani schweißgebadet in seinem Bett. Er hatte vom Endspiel geträumt, ein einziger Albtraum.

Die letzten Sekunden waren gerade angebrochen, es stand 3:3. Sammy hatte ihn mit einem Querpass vor dem Tor genial freigespielt. Er stand ganz alleine vor dem Kasten, alle Gegner waren ausgespielt, auch der Torwart. Er musste den Ball nur noch über die Linie schieben. Dann sah er hinter dem Tor plötzlich seine Eltern. Er zuckte zusammen und traf den Ball nicht richtig. Der Schuss aufs leere Tor ging daneben. Fassungslos stand er auf dem Platz, wie angewurzelt, und im Gegenzug schossen die Gegner das 4:3. Abpfiff. Die *Street Kings* hatten das Finale verloren – und er war schuld. Und jetzt durfte er nie mehr Fußball spielen.

Der kalte Schweiß auf seiner Haut ließ Dani frösteln. Sein Körper war noch immer starr vor Schreck. Erst als ihm klar wurde, dass es nur ein Traum gewesen war, ging es langsam besser. Trotzdem war Dani noch lange so aufgewühlt, dass er nicht wieder einschlafen konnte. Er wälzte sich in den Laken, und am nächsten Tag stand ja tatsächlich so unglaublich viel auf dem Spiel. Er musste diesen Pokal unbedingt gewinnen. Nur dann hatte er eine Chance, überhaupt vom Profifußball träumen zu dürfen. Irgendwann schlief er erschöpft ein, doch als sein Wecker ein paar Stunden später klingelte, war Dani völlig gerädert.

Er machte sich früh auf den Weg. An diesem Tag waren alle schon zwanzig Minuten vor der Zeit am vereinbarten Treffpunkt am Olympiastadion. Niemand wollte auch nur eine Minute zu spät kommen, genau wie gegen Hertha.

»Wir müssen für das Turnier einen Kapitän benennen, alle Teams müssen das, stand so in der Ausschreibung«, sagte Ibra, der sie für das Turnier angemeldet hatte. Alle Augen richteten sich nun auf Sammy. Dass nur er für diese Aufgabe infrage kam, verstand sich irgendwie von selbst, auch wenn Sammy, seit Dani dabei war, nicht mehr unumstritten der beste Spieler im Team war. Aber Sammy war vom ersten Tag an im Käfig dabei, und ohne ihn hätte es die Mannschaft nie gegeben.

»Oder will es jemand anders machen?«, fragte Ibra in die Runde. Aber niemand meldete sich.

»Geht schon klar, ich mach's«, sagte Sammy.

»Glückwunsch, Käpt'n. Kannst auch gleich einen ausgeben. Hast ja schon wieder einen Extra-Rucksack dabei, sind da die Geschenke für uns drin?«, sagte Ibra.

»Nee, Zeug für den Notfall, hab ich jetzt immer mit«, sagte Sammy. »Und dann mache ich euch alle wieder fit – so wie bei der Nationalelf der Doc auch Schweini für den WM-Titel fit gemacht hat.«

»Lass mal stecken. Ich bin fit, topfit. Wo ist eigentlich der Spielplan?«, fragte Erdal.

»Hängt bei den Kabinen aus«, sagte Ibra. »Hab ich schon gecheckt.«

»Wer ist in unserer Gruppe, auch *Berlin BIG*?«, wollte Dani sofort wissen.

»Ne, Dicker. Wir spielen in Gruppe C, die *Bigs* in A. Gegen die *Bigs* kommen wir erst in der K. o.-Runde – oder im Finale. Da drüben hängt der Plan«, sagte Ibra und zeigte auf eine Traube von Kickern, die sich vor dem Spielplan an der Umkleidekabine drängelten.

Die *Street Kings* hatten es in der Vorrunde mit den *Spandau Skys*, den *Gangsta Five* aus Marzahn, den *Helden* aus Nord-Charlottenburg und den *Istanbul Stars* aus dem Wedding zu tun. Aber nur der Erste und Zweite kamen in die K. o.-Runde. Die Spiele dauerten zwei mal zehn Minuten, da durfte man sich keine Schwäche erlauben.

»Verdammt, die *Istanbul Stars* sind echt stark, wird schwer. Kennt jemand die *Gangsta Five*?«, sagte Erdal. Die anderen schüttelten ratlos die Köpfe. Sie kannten sonst alle ihre Gegner von Spielen in den Käfigen in Berlin, aber von den *Gangsta Five* hatte noch niemand gehört. Und das war gleich ihr erster Gegner.

Die Typen waren riesig, im Schnitt mindestens einen halben Kopf größer als die *Street Kings*. Und Dani konnte man mit seinen 1,83 Metern nun wirklich nicht als Zwerg bezeichnen. Die *Gangsta Five* aber sahen fast aus wie Erwachsene – und nicht wie Vierzehn- oder Fünfzehnjährige, wie es das Reglement für das Turnier vorschrieb. »Wenn die so spielen, wie sie aussehen, wird's lustig. Vor allem für dich«, sagte Sammy zu Sead, dem er ein paar Bälle aufs Tor schoss, um ihn warmzumachen.

»Mach du vorne die Tore, hinten hab ich schon alles im Griff.« Sead breitete die Arme aus, um seine Spannweite zu demonstrieren. Die *Gangsta Five* beeindruckte er damit überhaupt nicht. Sie würdigten die *Street Kings* keines Blickes. Die Jungs aus Marzahn verströmten schon vor dem Anpfiff ein solch einschüchterndes Selbstbewusstsein, als wären sie kein Käfigteam, sondern die leibhaftigen Weltmeister. Und so legten sie auch mit dem Anpfiff los.

Sammy fuhr im ersten Zweikampf am Gitter gleich seinen Ellbogen aus, weil er sich Respekt verschaffen wollte. Doch der Riese aus Marzahn, der den Ball am Fuß führte, zuckte nicht mal. Er schüttelte Sammy ab wie eine lästige Fliege, lief noch zwei Schritte weiter mit dem Ball und jagte ihn dann aus vollem Lauf auf das Tor. Sead bekam gerade noch die Hand dran und lenkte den Ball über die Latte.

Die *Street Kings* wussten nicht, wie ihnen geschah. Kaum hatten sie einmal den Ball erobert, krachte ihnen auch schon einer dieser Bullen in die Beine – und der Ball war wieder weg. Sie konnten sich kaum aus der eigenen Hälfte befreien, ihr Kombinationsspiel kam überhaupt nicht in Schwung, weil sie nur damit beschäftigt waren, sich den Angriffen der *Gangsta Five* zu erwehren. Aber zum Glück hatte Sead wieder einen großartigen Tag. Seine erste Rettungstat hatte ihm noch mehr Sicherheit gegeben. Er wehrte dann gleich noch mal einen krachenden Schuss aus fünf Metern mit dem Fuß ab, kratzte zwei Minuten später einen Kopfball aus dem Torwinkel und hielt überhaupt alles, was auf sein Tor kam. Aber in der letzten Minute vor der Halbzeit war auch Sead machtlos. Der Breiteste der Gangsta Five schob Erdal einfach beiseite und knallte den Ball aus zehn Metern Entfernung unhaltbar ins Netz – das war das völlig verdiente 0 : 1. Zur Pause konnten die *Street Kings* froh sein und sich allein bei Sead bedanken, dass sie nur mit einem Tor zurücklagen.

»Wie wär's, wenn ihr auch mal was macht?«, schlug Sead in der Pause vor. »Sonst knallen die uns richtig ab.«

»Ach ja. Und wie?«, entgegnete Erdal gereizt, der als kleinster Spieler auf dem Platz ständig von den Riesen überrollt wurde.

»Ich hätte da einen Vorschlag, falls ihr einen braucht.« Die *Street Kings* schauten verblüfft zum Gitter. Dort stand Ahmet in einem unfassbar giftgrünen Pullover und klappte gerade sein Notizbuch mit den Spielerbeobachtungen zu.

»Na, dann schieß los!«, sprudelte es aus Dani heraus.

»Ihr müsst umstellen, Dani und Erdal müssen die Positionen tauschen. Gegen die großen Kerle muss Dani jetzt hinten spielen und nicht in der Spitze. Und dafür geht Erdal nach vorne«, sagte Ahmet. Er nahm Erdal in den Arm und sprach eindringlich auf ihn ein. »Wenn du hinten spielst, hast du gegen diese Riesentypen keine Chance. Wenn du aber vorne schon in Ballbesitz bist und dann deine kurzen Haken schlägst, kommen die langen Kerle in Schwierigkeiten. Du musst den Spieß umdrehen, und das kannst du.«

»Aber wir kommen doch gar nicht ins Spiel«, wandte Erdal ein. »Wir haben null Chance gegen die.«

»Und das ist jetzt die zweite Sache: Ihr müsst das Spiel viel enger machen. Zieht euch weiter zurück, bis an den eigenen Schusskreis. Lasst den Gegner immer kommen, greift nicht vorher an. Und wenn sie dann am Schusskreis sind, geht ihr immer zu zweit auf den Gegner drauf, nicht allein. Ihr schafft das«, sagte Ahmet.

In der zweiten Halbzeit zogen sich die *Street Kings* sofort an den eigenen Schusskreis zurück und überließen den *Gangsta Five* freiwillig das Feld. Aber genau an der weißen Linie stürzten sich Sammy und Dani dann gemeinsam auf den ballführenden Gegner, der Dani zwar mit einem Check an sich abprallen ließ, aber nun war Sammy nah genug dran, um ihm den Ball abzunehmen. Es funktionierte! Erdal lief sich nun sofort in der gegnerischen Hälfte frei, und der Pass von Dani kam punktgenau. Mit einer schnellen Drehung ließ Erdal nun seinen Gegner ins Leere laufen, dann zog er ab – der Ball krachte gegen den Pfosten.

Das war zwar nicht der Ausgleich, aber ein erstes Lebenszeichen, das den *Street Kings* wieder Mut machte. Sie zogen sich gleich wieder zurück in die eigene Hälfte, und wie Ahmet es ihnen gesagt hatte, setzten sie ihren Gegner am Schusskreis immer wieder mit zwei Spielern unter Druck. Und wenn sie dann den Ball erobert hatten, konterten sie schnell und clever – und Erdal wuchs als einsame Spitze über sich hinaus. Die *Gangsta Five* bekamen den kleinen Dribbler, der nun einen Haken nach dem anderen schlug, einfach nicht mehr in den Griff. Aber auch Marzahn hatte einen Klasse-Torwart im Kasten, der zwei scharfe Schüsse von Erdal bravourös um den Pfosten lenkte. Es stand drei Minuten vor Schluss immer noch 0:1, den *Street Kings* lief die Zeit davon.

Es war klar, dass sie kaum eine Chance auf die ersten beiden Plätze in ihrer Gruppe hatten, wenn sie gleich das erste Spiel verlieren würden. Denn dann mussten sie die anderen drei Partien unbedingt gewinnen, und darauf konnte man sich bei den starken Gegnern einfach nicht verlassen.

»Alles nach vorne. Wir werfen jetzt alles nach vorne!«,

rief Ibra, der wegen des Rückstands immer ungeduldiger wurde.

»Nein«, sagte Sammy entschieden. »Wir spielen genau so weiter, kapiert?«

»Okay, Käpt'n«, sagte Ibra, während die *Gangsta Five* einen erneuten Angriff starteten. Diesmal waren es Ibra und Dani, die ihren Gegner am Schusskreis attackierten. Ibra verlor zwar den ersten Zweikampf, aber Dani war daraufhin zur Stelle und schlug den Ball weit nach vorne. Er wusste genau, wo Erdal stand. Und genau auf diesen Moment hatte Erdal gewartet. Er nahm den Ball in vollem Lauf mit der Brust an und tanzte seinen Gegner mit einem Doppelpass am Gitter aus. Er hatte nur noch einen Riesen vor sich, er täuschte ein Dribbling an, aber was folgte, war ein ansatzloser, trockener Schuss. Der Ball knallte genau in die rechte Ecke. 1:1.

»Super, noch zwei Minuten, ihr schafft das!«, rief Ahmet von draußen und klatschte Beifall. Die *Gangsta Five* antworteten auf den Ausgleich mit wütenden Attacken. Aber die *Street Kings* stemmten sich mit aller Kraft und Cleverness dagegen. Als die letzte Minute angebrochen war, erkämpfte sich der größte Spieler mit dem härtesten Schuss der *Gangsta Five* den Ball. Er spielte Dani aus und jagte den Ball wie ein Geschoss aufs Tor. Sead stand da wie angewurzelt. Er war chancenlos. Aber Ibra hatte die Gefahr instinktiv erkannt und warf sich einen Meter vor der Linie wie ein Torwart in den Schuss. Der Ball traf ihn mit einer solchen Wucht in den Magen, dass ihm die Luft wegblieb. Aber das war egal, er hatte den Schuss spektakulär abgewehrt. Und dann ertönte der erlösende Abpfiff. Die *Street Kings* stürzten sich auf Ibra, der keuchend am Boden lag.

»Hey, Panther, geiles Ding!«, brüllte Sammy, der jubelnd auf Ibras Rücken sprang.

»Meine Spezialität«, japste Ibra, »kann jetzt aber nicht sprechen, spüre echt Druck.« Schwer schnaufend befreite er sich von Sammy und den anderen *Street Kings*, die sich auf ihm stapelten.

In der zweiten Partie siegten die *Street Kings* gegen die *Spandau Skys* durch Tore von Sammy und Dani 2:0. Und dann hatten sie in der dritten Begegnung gegen die *Helden* aus Charlottenburg ganz leichtes Spiel. Schon zur Halbzeit führten sie verdient 3:0. Sammy, Dani und Erdal schossen die Tore, und nach der klaren Führung lief der Ball wie am Schnürchen. Die *Street Kings* hatten ihren Gegner total im Griff. Nach dem Wechsel machte Ibra auch gleich das 4:0 – und nur eine Minute später attackierte er sofort wieder seinen Gegner, um den nächsten Angriff einzuleiten. Der Verteidiger der *Helden* schoss dabei im höchsten Tempo auf ihn zu und rammte ihn wie beim Eishockey mit dem Körper brutal gegen die Metallstangen. Ibra durchfuhr ein stechender Schmerz: das Knie!

»Du Wichser!«, brüllte Ibra mit schmerzverzerrtem Gesicht.

Und dann ging alles ganz schnell. Ibra stieß seinen Gegner mit beiden Händen gegen die Brust, so heftig, dass er rücklings auf dem Boden landete. Aber Ibra hatte immer noch nicht genug. Er trat dem am Boden liegenden Spieler in die Beine. Auf dem Platz entstand sofort ein riesiger Tumult, die anderen Spieler der *Helden* stürzten sich auf Ibra, den die *Street Kings* nun verteidigten. Der Schiedsrichter hatte alle Hände voll zu tun, um die Streithähne auseinanderzubringen, und als er es nach zwei Minuten endlich geschafft hatte, zeigte er Ibra die Rote Karte.

»Was soll die Scheiße, Ibra? Hast du sie noch alle?«, fluchte Dani nach Ibras Ausraster. Ibra hielt sich das Knie, Tränen standen in seinen Augen.

»Ja, Scheiße«, murmelte er und humpelte vom Platz.

Die letzten Minuten mussten die *Street Kings* nun mit einem Spieler weniger auskommen. In Unterzahl war ihre Überlegenheit augenblicklich verschwunden, denn einen Platzverweis in einer Käfig-Partie mit fünf Spielern zu verkraften, war viel schwieriger als auf dem Großfeld mit elf Spielern.

Und so verkürzten die *Helden* nur eine Minute nach seinem Platzverweis schon auf 4:1. Und dann machten sie direkt im Anschluss auch noch das 4:2.

Während sein Knie immer weiter anschwoll, musste Ibra mit ansehen, in welche Schwierigkeiten er seine Mannschaft gebracht hatte, und das schmerzte ihn noch mehr. Als die *Helden* in der vorletzten Minute das 4:3 schossen, wuchsen seine Schmerzen ins Unermessliche. Ibra fühlte sich wie ein Arschloch. Wie ein richtiges Arschloch, das seine Kumpels um den Sieg brachte.

Aber die *Street Kings* kämpften unfassbar leidenschaftlich, sie grätschten und warfen sich in die Bälle, und wenn dann doch noch mal ein Schuss aufs Tor kam, war auf Sead Verlass, und so retteten sie mit vereinten Kräften den Sieg tatsächlich gerade noch über die Zeit.

Ibra riss beim Abpfiff jubelnd die Hände in die Höhe, aber gleichzeitig schämte er sich. »Tut mir leid«, sagte er, als die Jungs fix und fertig neben ihm ins Gras fielen.

»Das hilft jetzt auch nichts mehr«, sagte Dani finster. »Ist doch voll scheiße. Wegen dir wären wir beinahe rausgeflogen. So gewinnen wir nie den Käfig-Cup.«

»Ich weiß«, sagte Ibra so kleinlaut, wie ihn die *Street Kings* nicht kannten.

»Ist doch scheißegal jetzt. Jeder macht Fehler – und wir haben trotzdem gewonnen. Und das nächste Spiel gewinnen wir auch«, verteidigte Sammy den Übeltäter. Er hasste es, wenn es Zoff gab im Team. Bei den *Street Kings* ertrug er einfach keinen Ärger, denn davon hatte er zu Hause ohnehin schon genug, und die anderen auch. Das wusste er genau. Aber davon hatte Dani keine Ahnung.

»Ist nicht egal. Ich will dieses Turnier gewinnen. Und das schaffen wir nur, wenn wir alles geben. Und nicht durchdrehen bei einem Foul, dann können wir es gleich lassen«, widersprach Dani. Der Gedanke, dass er vielleicht gar nicht mehr Fußball spielen durfte, wenn er diesen verdammten Käfig-Cup nicht gewann, machte ihn fertig. Aber das behielt er für sich.

»Reg dich ab, Dani. Wir brauchen Ibra«, sagte Sammy ungewohnt diplomatisch. »Was macht dein Knie?«

»Scheiße«, sagte Ibra.

»Kannst du es noch bewegen?«

»Ein bisschen.«

»Da habe ich doch was«, sagte Sammy. Aus seinem Sanitätsrucksack kramte er wieder das Eisspray hervor und kühlte damit fachmännisch Ibras geschwollenes Knie. Dann machte er Ibra einen Kompressionsverband, wie es Herr Metzler ihm gezeigt hatte. »Du musst jetzt das Knie hochlegen. Mehr kann ich nicht machen«, sagte Sammy.

»Im nächsten Spiel bin ich wieder dabei, wird schon gehen. Ist ja noch ne Stunde. Ihr könnt euch auf mich verlassen.«

»Hoffentlich«, sagte Dani.

Das letzte Gruppenspiel gegen die *Istanbul Stars* mussten die *Street Kings* nun unbedingt gewinnen. Die *Gangsta Five* hatten mit zwei Siegen und zwei Unentschieden die K. o.-Runde schon sicher erreicht. Die *Istanbul Stars* hatten eine bessere Tordifferenz als die *Street Kings*, also genügte ihnen schon ein Unentschieden, um weiterzukommen. Für die *Street Kings* war es somit ein echtes Endspiel. Durch einen Sieg wären sie Gruppensieger – und bei einem Unentschieden oder einer Niederlage draußen.

Sammy versorgte Ibras Knie während der Wartezeit immer wieder mit eiskalten Kühlpackungen, die er ständig wechselte.

»Ich habe auch was für dich«, sagte Dani, der ein braunes Fläschchen aus seiner Tasche zog. Er öffnete den Plastikverschluss und ließ fünf Kügelchen in Ibras Hand gleiten.

»Jede Stunde fünf davon.«

»Was ist das denn für Zeug?«, fragte Ibra.

»Arnica, hat mir meine Mutter früher immer gegeben. Bei Prellungen, hilft echt.«

Sammy warf einen Blick auf den Beipackzettel. »War ja klar, voll homöopathisches Zeug. Echter Dahlem-Style.«

»Was schlägst du vor? Neukölln-Style? Mit Amputation?«

»Cool bleiben, Jungs«, sagte Ibra lachend. »Ich habe echt beides drauf: Dahlem-Style und Neukölln-Style. Auf ex.« Er warf seinen Kopf nach hinten, als kippte er ein

Bier runter. »Lecker«, stieß er hervor und wischte sich genüsslich den imaginären Bierschaum von den Lippen.

»Halt jetzt lieber dein Bein hoch und kühl das Knie. Wir brauchen dich noch«, sagte Sammy grinsend.

»Alles klar, Doc.«

Eine Stunde später tat das Knie zwar noch immer verdammt weh, aber nicht mehr ganz so schlimm. Wegen der Kühlung war es nicht weiter angeschwollen, und die Kügelchen hatten offenbar auch gewirkt.

»Alles okay. Die Öko-Eis-Behandlung war krass gut. Ich kann spielen«, sagte Ibra wenige Minuten vor dem Anpfiff gegen die *Istanbul Stars*. Dann ging er in den Käfig und spielte sich ein.

Die *Street Kings* legten mit dem Anpfiff los, wie sie es in dem Turnier noch nicht getan hatten. Dani und Sammy spielten zwei Doppelpässe nacheinander – und dann drosch Sammy den Ball aus zehn Metern sofort unhaltbar unter die Latte, 1:0 in der ersten Minute. Nach der Führung kombinierten die *Street Kings* so selbstbewusst und sicher wie der FC Bayern gegen einen seiner vielen hoffnungslos unterlegenen Gegner. Die *Istanbul Stars* waren in jedem Zweikampf einen Schritt zu spät, und eigene Angriffe bekamen sie überhaupt nicht zustande. Dani entwischte als Sturmspitze mit seinen Supersprints immer wieder den Verteidigern. In der vierten Minute zirkelte er den Ball nach einem Traumpass von Erdal gefühlvoll in die hintere Torecke – 2:0. Kurz vor der Pause war es dann Ibra, der nach einem Schuss von Sammy zur Stelle war. Er schob den Ball aus kurzer Entfernung über die Linie. 3:0. Die Schmerzen in seinem Knie schienen wie weggeblasen.

So stark wie die *Street Kings* in dieser ersten Halbzeit hatte beim Käfig-Cup noch keine andere Mannschaft gespielt – außer den *Berlin BIG*, die in ihrer Gruppe sogar alle Spiele ganz locker gewonnen hatten und schon souverän ins Viertelfinale eingezogen waren. Auch die *Street Kings* fühlten sich zur Pause wie der sichere Sieger, zu eindeutig beherrschten sie die Partie.

»Weiter so konzentriert«, sagte Dani in der Pause.

»Ist doch klar«, sagte Erdal. »Wir machen genauso weiter.«

Und das taten die *Street Kings* auch. In den ersten Minuten der zweiten Halbzeit kombinierten sie genauso traumhaft wie zuvor. Erdal hatte Pech, dass sein Schuss nach zwei Minuten nur gegen den Pfosten krachte, aber die *Street Kings* sorgten sich deswegen nicht weiter, dafür waren sie einfach zu überlegen. Sammy baute schon wieder den nächsten Angriff auf, indem er einen schönen Pass auf den freistehenden Ibra spielte, der sich den Ball aber ein klein wenig zu weit vorlegte. Sein Gegenspieler stand nun etwas günstiger zum Ball und holte zu einem gewaltigen Befreiungsschlag aus. Ibra glaubte, er wäre schneller. Er zog nicht zurück, er wollte den Ball unbedingt aufs Tor jagen. Und dann folgte ein gewaltiger, aber vollkommen fairer Pressschlag. Ibra aber kam den Bruchteil einer Sekunde zu spät, und dann erschütterte ein fürchterlicher Schrei Ibras den Käfig: das Knie!

»Verdammt!«, stieß Ibra keuchend hervor, krümmte sich zusammen und schlug die Hände vors Gesicht. Sammy und Dani versuchten ihm wieder auf die Beine zu helfen, aber das war unmöglich. Ibra konnte nicht einmal mehr auftreten.

»Es geht nix mehr, ich muss raus«, sagte er.

»Wie lange noch?«, fragte Ibra den Schiedsrichter, als er vom Platz getragen wurde.

»Sechs Minuten«, sagte der Unparteiische mit einem Blick auf seine Stoppuhr.

»Das schafft ihr auch ohne mich, Jungs«, sagte Ibra aufmunternd zu den *Street Kings*, obwohl er es war, der Aufmunterung gebraucht hätte.

Im Käfig konnten sechs Minuten eine Ewigkeit sein, zumindest dann, wenn man einen Spieler weniger auf dem Feld hatte und die andere Mannschaft richtig gut kicken konnte. Und das konnten die *Istanbul Stars*, denn sie waren eines der besten Käfig-Teams in Berlin, selbst wenn das bis zu diesem Moment nicht so ausgesehen hatte.

Als die Partie ein paar Sekunden später ohne Ibra wieder angepfiffen wurde, schien ein neues Spiel begonnen zu haben. Die *Street Kings* hatten den Schreck über den Verlust noch gar nicht richtig verdaut, da stand es nur noch 3 : 1. In Überzahl dominierten nun die *Istanbul Stars* eindeutig, und für die *Street Kings* ging es nur noch darum, den Vorsprung irgendwie über die Zeit zu retten.

Es waren noch fünf endlose Minuten. Nun spielten sich die *Istanbul Stars* so clever die Bälle zu wie zuvor die *Street Kings*, und dabei nutzten sie ihre Überzahl perfekt aus. Sammy, Dani und Erdal jagten jetzt nur noch dem Ball hinterher, meist vergeblich. Aber beim letzten entscheidenden Pass oder beim Torschuss der *Istanbul Stars* brachten sie noch irgendwie einen Fuß dazwischen. Und wenn der Ball doch einmal aufs Tor flog, war es immer wieder Sead, der mit Superreflexen den Anschlusstreffer verhinderte.

Noch drei Minuten.

»Weiter, weiter, wir packen es!«, brüllte Dani immer wieder über den Platz. Aber das Spiel mit einem Mann weniger kostete wahnsinnig viel Kraft, und die Überlegenheit der *Istanbul Stars* wurde mit jeder Minute erdrückender. Und dann kam es, wie es kommen musste. Dani war bei einem Zweikampf in der eigenen Hälfte ein paar Zentimeter zu spät dran, und auch Sammy konnte ihm im Duell mit dem Angreifer der *Istanbul Stars* nicht mehr rechtzeitig helfen. Der Stürmer nahm unbedrängt Maß – und dann schlug der Ball knallhart und unhaltbar unter der Latte ein. 3:2. Die *Street Kings* taumelten dem Aus entgegen.

Noch zwei Minuten. Dani wagte direkt nach dem Anstoß einen verzweifelten Angriff, und irgendwie schaffte er es tatsächlich, sich gegen zwei Gegner durchzusetzen. Er haute den Ball aufs Tor, und der flog wie ein Strich seinem Ziel entgegen. Aber der Ball krachte nur gegen die Unterkante der Latte. Das wäre die Entscheidung gewesen. Zwei Tore Rückstand hätten selbst die *Istanbul Stars* in zwei Minuten nicht mehr aufgeholt. Aber es fehlten ein paar Zentimeter zum Glück.

»Das darf doch nicht wahr sein!«, schrie Sammy – und an der Bande stöhnte Ibra auf, als hätte er gerade wieder einen furchtbaren Schlag auf sein Knie bekommen.

»Kämpft, kämpft, kämpft!«, brüllte er aber und klatschte aufmunternd in die Hände – während er sich gleichzeitig verfluchte, weil er nicht mehr mithelfen konnte.

Noch eine Minute. Und dann passierte es. Die *Istanbul Stars* hatten ihre Überzahl wieder zu einer tollen Kombination genutzt, und gegen den perfekten Schuss von der rechten Seite war Sead vollkommen machtlos. Er lag schon geschlagen am Boden, als der Ball an ihm vorbeiflog. Die *Istanbul Stars* rissen die Arme hoch, das musste der Ausgleich sein. Aber plötzlich tauchte wie aus dem Nichts das linke Bein von Erdal hoch oben über der Linie auf. Sein Bein schien auf wundersame Weise in die Höhe zu wachsen, und alle verfolgten gebannt, wie sich Erdals linker Fuß dem Ball immer weiter näherte. Spieler und Zuschauer hielten den Atem an. Es war totenstill. Die Zeit schien stillzustehen. Und dann drückte sich Erdal mit der letzten Kraft, die noch in seinem rechten Bein steckte, vom Boden ab, er schwebte in der Luft, und sein linker Fuß reichte nun fast bis zur Torlatte – und dann schlug er den Ball mit einem artistischen Fallrückzieher von der Linie.

Erdal landete krachend auf dem Asphalt, aber die Schmerzen spürte er nicht. Denn in dem Moment, als er so unsanft wieder auf die Erde zurückgekehrt war, pfiff der Schiedsrichter die Partie ab. Sead, Sammy und Dani begruben Erdal – den Retter, der vom Himmel fiel – unter sich, und auch Ibra humpelte vor Glück schreiend auf den Platz und umarmte jeden, den er zu fassen bekam.

Niemand konnte danach sagen, wie Erdal das eigentlich gemacht hatte, auch er selbst nicht. Aber eines war sicher: Er hatte den *Street Kings* den Sieg gerettet – und sie standen nun tatsächlich im Viertelfinale.

Den *Street Kings* blieben neunzig Minuten, um sich von diesem Kraftakt gegen die *Istanbul Stars* zu erholen. Dann warteten die *Croatian Tigers*. Aber schon ein paar Minuten nachdem sich die erste Begeisterung über den Sieg gelegt hatte, war klar, dass sie jetzt ein echtes Problem hatten. Und das kam nicht gerade unerwartet.

»Ich kann nicht mehr spielen, keine Chance. Mit dem Knie geht echt nix mehr«, sagte Ibra. Sammy nahm ihm den Verband ab, um es weiter zu kühlen. Das Knie war blutunterlaufen und schon auf die doppelte Größe angeschwollen, es schimmerte grün und blau. Sammy schüttelte den Kopf. Da war nichts mehr zu machen.

»Und jetzt? Zu viert haben wir null Chance«, sagte Erdal. Das Strahlen aus seinem Gesicht war längst verschwunden. »Was machen wir jetzt?« Er rieb sich den schmerzenden Rücken. »Und ein bisschen Eis könnte ich übrigens auch gebrauchen.«

»Wir rufen Ayse und Selin an«, sagte Dani plötzlich und holte sein Handy aus dem Rucksack, während Sammy Erdals Rücken mit einer kräftigen Ladung Eisspray traktierte.

»Die kommen doch nie, die sind total sauer«, sagte Sammy, nachdem er seine Arbeit als Sanitäter erledigt hatte. Er tat das mit einer solchen Selbstverständlichkeit, als wäre es schon seit Ewigkeiten sein Job.

»Werden wir ja sehen, zu viert gewinnen wir den Käfig-Cup jedenfalls nie. Oder hat jemand eine bessere Idee?«, erwiderte Dani.

Sammy nahm Blickkontakt mit Erdal und Ibra auf, den größten Gegnern der Zwillinge. Aber die beiden Verletzten schwiegen. »Geht also klar«, sagte er.

Sammys Einwand war natürlich absolut berechtigt, das musste sich Dani eingestehen. Auch er fragte sich, wie Ayse und Selin reagieren würden, wenn er ihnen jetzt eine Nachricht schickte. Vermutlich würden sie nicht mal antworten, so wütend, wie sie aus dem Käfig abgehauen waren. Aber er musste es wenigstens versuchen. Vielleicht klappt's ja, sagte er sich und tippte die Nachricht ein.

```
wir brauchen eure HILFE!!!
sind im viertelfinale!
spielen in 90 min
kommt schnell!
BITTE!!!!
war scheiße im käfig
SORRY!!!
alle wollen, dass ihr spielt.
KOMMT!!!
Dani ☺
```

Nachdem er die Nachricht gesendet hatte, schaute Dani eine halbe Stunde auf sein Handy, aber nichts geschah.

»Hab ich dir doch gesagt. Die kommen nie. Wir müssen das jetzt alleine durchziehen«, sagte Sammy.

»Sieht so aus«, räumte Dani müde ein, man sah ihm die Enttäuschung an. Dass sie mit vier Mann keine Chance hatten, das nächste Spiel zu gewinnen – ganz zu schweigen vom Käfig-Cup –, wussten sie alle. Aber wie sollte *er* dann seinen Eltern begreiflich machen, was für ein toller Fußballer er war? Und zu alledem verpasste er auch noch die Gelegenheit, Ayse wiederzusehen. Es hätte nicht schlimmer kommen können.

Diesmal hatte nicht wie üblich Erdal, sondern ausgerechnet Ibra genau das richtige Gespür dafür, in dem Moment, in dem die Stimmung auf dem Tiefpunkt war, wieder Leben in die Bude zu bringen. »Jungs, ich humpele uns zum Sieg. Laufen geht zwar nicht, aber ich kann mich doch einfach auf den Platz stellen. Dann sind wir schon viereinhalb«, sagte er sorglos.

»Stell dich doch zu mir auf die Linie«, schlug nun Sead vor. »Dann sind wir echt unschlagbar.«

»Ach was. Ich humple die *Tigers* einfach in Grund und Boden. Ihr werdet schon sehen«, widersprach Ibra und zog sein Bein so schwerfällig hinterher, als steckte es in Beton. »Geht doch super.« So beschissen die Lage auch war: Auf gute Laune war bei den *Street Kings* immer Verlass.

Gegen die *Croatian Tigers* waren die *Street Kings* hoffnungslos unterlegen. Ibra lief zwar aufs Feld, konnte sich aber kaum bewegen. Er postierte sich vor Erdal und Sammy, die beide in der Abwehr spielten, um zumindest einen Passweg des Gegners zuzustellen. Aber der völlig unbeweglich auf dem Platz herumstehende Ibra änderte natürlich rein gar nichts an der Überlegenheit der *Tigers*. Und so hatten es die *Street Kings* wieder mal Sead zu verdanken, dass sie auch nach fünf Minuten noch kein Gegentor hinnehmen mussten. Es war jedoch nur eine Frage der Zeit, wann sich auch ihr überragender Torwart der Übermacht geschlagen geben musste. Und kurz vor der Pause war es dann so weit. Nach einem Doppelpass der *Tigers* stand ihr bester Stürmer vollkommen frei und traf zur hochverdienten 1:0-Führung. Mit viel Glück und einem überragenden Sead retteten sich die *Street Kings* in die Pause.

»Wir machen hinten dicht – und wenn wir bis kurz vor

Schluss das 0:1 halten, werfen wir alles nach vorne«, schlug Erdal in der dreiminütigen Pause mit hochrotem Kopf vor. Er war in der ersten Halbzeit immer nur dem Ball und dem Gegner hinterhergejagt und vollkommen fertig – und die anderen Jungs waren genauso kaputt wie Erdal.

»Super Plan«, sagte Sammy keuchend. »Aber es gibt echt keinen anderen.«

»Vielleicht doch«, sagte eine muntere Stimme hinter der Bande. »Sieht aus, als ob ihr Hilfe gebrauchen könnt. Ihr steckt ziemlich in der Scheiße, Jungs.«

Die *Street Kings* konnten es kaum glauben.

»Selin, du hier?«, platzte es leicht verwirrt aus Sammy heraus.

»Siehst du doch. Und ich bin bereit. Ich brauche nur noch ein Trikot.«

»Super, du spielst jetzt Mittelfeld. Aber wo ist Ayse?«, fragte Dani, der Selin das Trikot mit der Nummer sieben zuwarf.

»Ayse kommt nicht. Die ist total sauer. Noch mehr als ich«, sagte Selin, während sie sich das Trikot überstreifte.

»Warum bist du dann überhaupt gekommen?«, wollte Sammy wissen, denn das war doch total unlogisch.

»Weil ich diesen verdammten Cup holen will – und weil Fußball echt geil ist. Das ist wichtiger, als mich über euch Idioten aufzuregen.« Selin stemmte die Hände in die Hüften, und es war klar, dass sie jetzt keinen Widerspruch mehr duldete. Und das wiederum fand Sammy ausgesprochen logisch.

»Gut, Dani spielt jetzt vorne, Erdal und ich bleiben hinten – und du dazwischen. Mit dir hauen wir die *Tigers* weg!«, sagte Sammy und ballte die Faust. Selin lächelte.

»Wer soll denn überhaupt raus für Selin, doch nicht etwa ich?«, fragte Ibra und schleppte sich grinsend vom Platz.

In der zweiten Halbzeit war die Begegnung sofort ausgeglichen. Nach zwei Minuten hatten sie ihre erste Torchance, aber den krachenden Schuss von Sammy konnte ein Abwehrspieler der *Tigers* gerade noch von der Linie kratzen. Eine Minute später setzte Dani dann einen Volleyschuss an die Latte. Die *Street Kings* waren wieder in der Partie. Aber auch die *Tigers* kamen weiter zu guten Gelegenheiten. Die Partie wogte hin und her, mit den besseren Chancen für die *Street Kings*, aber der Ausgleich wollte einfach nicht gelingen.

Es lief die letzte Minute. Sead kam aus dem Tor, um die letzte Chance auf den Ausgleich zu erzwingen. Er war nun der fünfte Feldspieler, und die *Street Kings* formierten sich wie ein Eishockeyteam in Überzahl zum Powerplay. Sie riskierten alles. Ihr Tor war leer, und sie durften sich keinen einzigen Fehlpass erlauben. Wenn sie den Ball jetzt verlieren würden, dann wäre es um sie geschehen.

Sie bauten vorsichtig ihren vielleicht letzten Angriff auf. Sead spielte den Ball zu Erdal, der dann zu Dani passte. Aus dem Augenwinkel sah er, wie sich Sammy freilief, und spielte ihm den Ball exakt in den Lauf. Sammy schien gar nicht lange zu fackeln, er setzte aus rund fünfzehn Metern zu einem mächtigen Schuss an. Aber dann zog er den Ball plötzlich mit der rechten Sohle unerwartet nach hinten, um ihn dann blitzschnell nach vorne zu legen, vorbei an seinem linken Bein: der Street-King! Die Jungs konnten nicht glauben, was sie sahen. Diesen wahnsinnig schwierigen Trick konnte Sammy doch nicht riskieren, doch nicht jetzt! Aber schon leitete Sammy einen für seinen Gegenspieler völlig verwirrenden Übersteiger ein, er stand dann plötzlich mit dem rechten Fuß auf dem Ball, den er sich schließlich virtuos auf den linken Fuß legte – und dann knallhart aufs Tor nagelte. Der Torwart flog in die bedrohte Ecke, er riss seinen rechten Arm nach oben – und erwischte den Ball gerade noch mit den Fingerspitzen. Der Schiedsrichter nahm schon die Pfeife in den Mund, um die Partie abzupfeifen. Aber der Ball war bei der Wahnsinns-Rettungstat seitlich nach vorne abgetropft, und es war Selin, die diese Chance gewittert hatte, noch bevor sie überhaupt existierte. Als der Ball schließlich den Boden berührte, stand sie plötzlich genau an der richtigen Stelle. Der Torwart warf sich dem Ball zwar nochmals entgegen, aber Selin war schneller, und unter dem heranfliegenden Keeper schob sie den Ball ins Netz. Der Ausgleich – in letzter Sekunde! Selin riss die Arme in den Himmel, und noch bevor die *Street Kings* sie jubelnd unter sich begruben, pfiff der Schiedsrichter das Spiel ab. Das bedeutete Siebenmeterschießen.

»Wahnsinn, absoluter Wahnsinn!«, brüllte Sammy. Die *Street Kings* wollten Selin gar nicht mehr loslassen, und nur Dani ertappte sich bei dem Gedanken, dass er sich wünschte, Ayse hätte das Tor in diesem sensationellen Spiel geschossen.

»So, Jungs. Jetzt macht die Sache im Siebenmeterschießen klar. Ich kann hier ja nicht alles allein machen«, sagte Selin cool, als sich die größte Begeisterung gelegt hatte. Drei Schützen musste jede Mannschaft stellen. Erdal, Sammy und Dani erklärten sich bereit und meldeten sich beim Schiedsrichter. Die *Tigers* gewannen die Wahl und durften anfangen, das war immer ein kleiner Vorteil. Aber die *Street Kings* hatten Sead, den besten Torwart des Turniers.

Als sich der erste Spieler der *Tigers* den Ball zurechtlegte, fixierte Sead den Schützen. Beim Anlauf täuschte er auf der Linie eine Bewegung in die rechte Ecke an – und der Schütze reagierte. Er schoss den Ball in die Mitte des Tores, aber genau darauf hatte Sead spekuliert. Er blieb doch stehen, riss die Fäuste nach oben und wehrte den Ball ab. Die *Street Kings*, die an der Mittellinie Arm in Arm in einer Reihe standen, ballten die Fäuste.

»Du machst ihn rein«, sagte Sead zu Erdal, der nun als erster Schütze für die *Street Kings* antrat. Er gab ihm einen Kuss auf die Stirn. Sead hatte mal im Internet gesehen, dass ein französischer Torwart das früher mit seinen Mannschaftskollegen gemacht hatte, und dann wurde die Mannschaft sogar Weltmeister. Erdal schaute ihn verblüfft an, aber dann lief er voll konzentriert an und versenkte den Ball ganz cool in der linken Ecke. 2:1.

Nun war Sead wieder gefordert. Diesmal spekulierte er auf die linke Ecke. Als der Ball den Fuß des Schützen verließ, war er schon auf dem Sprung – und er hatte wieder genau richtig gezockt. Der Ball war knallhart geschossen, aber er wehrte ihn trotzdem mit der flachen Hand ab.

»Jaaaaaa!«, brüllten Selin und die *Street Kings* an der Mittellinie. Sead jedoch zeigte keine Regung. Er verließ das Tor wie in Trance, noch immer total fokussiert. Nun lag es an Sammy. Wenn er traf, hatten sie das Halbfinale erreicht. Bevor er sich den Ball schnappte, küsste Sead auch ihn auf die Stirn. Sammy grinste – und verlud den Torwart mit einer Körpertäuschung. Der Torwart sprang nach rechts, der Ball flog nach links. Die *Street Kings* rissen schon die Arme hoch – aber dann sahen sie entgeistert, wie der Ball gegen den Pfosten prallte. Sammy fiel auf die Knie und vergrub das Gesicht in den Händen.

»Macht nichts«, tröstete Sead. »Ich gewinne jetzt das Spiel für uns – und du das nächste.« Er nahm Sammy in den Arm und begleitete ihn bis zur Mittellinie, wo Selin und die anderen ihn ebenfalls umarmten. Aber der Trost erreichte Sammy nicht, denn wenn sie wegen seines Fehlers im Käfig-Cup ausschieden, würde er sich das niemals verzeihen.

Der Kapitän der *Tigers* trat als dritter und letzter Schütze an. Er wirkte äußerst selbstsicher, und er vermied es geschickt, Sead in die Augen zu schauen. Er wollte sich nicht irritieren lassen, denn Seads Paraden hatten jedem Gegner gehörig Respekt eingeflößt. Auch Sead war das vollkommen klar.

»Angst?«, rief er dem Kapitän der *Tigers* zu, der den Ball auf dem Siebenmeterpunkt platzierte. Aber der Schütze reagierte nicht. »Verstehe ich«, fuhr Sead unbeirrt fort. »Vor mir hätte ich an deiner Stelle auch richtig Schiss.« Und dann breitete er seine Arme aus. Der Kapitän der *Tigers* lief an – und gegen diesen Schuss hatte Sead keine Chance. Er tauchte in die falsche Ecke ab. Der Ball, der unerreichbar war, flog gegen die Unterkante der Latte, sprang aber von dort auf die Linie und dann tatsächlich aus dem Tor heraus! Was für ein Glück – das war das Halbfinale! Sead lag strahlend am Boden und erwartete den Jubelsturm seiner Mitspieler, die sich wenige Sekunden später auf den großen Helden dieses Spiels stürzten: auf Sead, den Siebenmeter-Töter.

Die Pause bis zum Halbfinale verging wie im Flug. Und die letzte Hürde vor dem Finale nahmen die *Street Kings* gegen die *Wedding Warriors* leichter als erwartet. Dabei waren sie das einzige Team, das ohne Ersatzspieler auskommen musste. Aber das spielte in dieser Partie überhaupt keine Rolle. Schon nach zwei Minuten glückte Dani das 1:0, und kurz vor der Pause legte Sammy zum 2:0 nach. Selin hatte sich perfekt in die Mannschaft eingefügt – und Sammy und Dani liefen zur Hochform auf. Nach der Pause schoss Sammy auch noch das 3:0, und dieses Tor raubte den *Warriors* die letzte Widerstandskraft. Die *Street Kings* gerieten nicht mehr in Gefahr, nur in den letzten Minuten, als die Kräfte und die Konzentration angesichts des sicheren Siegs etwas nachließen, fingen sie sich noch ein Gegentor ein. Aber das machte überhaupt nichts. Die *Street Kings* zogen absolut souverän ins Endspiel ein.

Im anderen Halbfinale siegten die *Berlin BIG* allerdings noch klarer. Sie schossen die *Friedrichshain Fighters* mit 7:1 ab, und dabei ließen sie nie nach, im Gegenteil. Von Minute zu Minute hatten sie stärker gespielt, und das lag auch daran, dass *Berlin BIG* mit acht Spielern am Start waren und alle zwei Minuten auswechseln konnten. So kam immer ein frischer Spieler in die Partie, und das Spiel lief wie eine gut geölte Maschine.

Während des phänomenalen Siegs der *Berlin BIG*, der sie zum großen Favoriten für das Finale machte, hing Selin ständig an ihrem Handy und verschickte Nachrichten.

»An wen schreibst du denn die ganze Zeit?«, erkundigte sich Dani und schaute ihr neugierig über die Schulter.

»Geht dich nix an«, fauchte Selin und hielt ihre Hand über das Display.

Dani hoffte, dass die Nachrichten an Ayse gingen. Er wollte sie unbedingt wiedersehen, aber er sagte nichts. Selin schien seine Gedanken zu erraten.

»Wenn du glaubst, dass ich Ayse schreibe, täuschst du dich. Von Mädchen hast du doch sowieso keine Ahnung.«

»Schon gut«, sagte Dani und schluckte trocken. Er fühlte sich ertappt und wechselte sofort das Thema.

»Es wird hart gegen die *BIGs* im Endspiel.«

»Stimmt, die sind krass gut. Und die haben Ersatzspieler – die hättet ihr aber auch haben können. Aber daran zu denken war für euch wohl zu komplex«, spottete Selin.

»Ich weiß, war ein Fehler. Ich hätte mich für euch einsetzen müssen. Tut mir ehrlich leid«, sagte Dani. »Aber jetzt haben wir echt ein Problem.«

Selin schaute ihn erstaunt an. »Jungs geben Fehler zu? Es gibt ja doch noch Weltwunder«, sagte sie und tippte wieder irgendetwas in ihr Handy ein, während die *Berlin BIG* auf dem Platz ihren Sieg und den Einzug ins Finale feierten.

»Die fühlen sich doch schon als Gewinner«, sagte Selin und schaute abschätzig zu ihren künftigen Gegnern rüber. »Das sehe ich denen doch an. Die denken, dass ihnen ein Team mit einem Mädchen und ohne Ersatzspieler den Titel niemals wegnehmen kann. Ich kenne solche Typen, aber da täuschen sie sich.«

»Glaubst du im Ernst, dass wir die schlagen? Die *BIGs* haben jedes Spiel mit mindestens drei Toren Unterschied gewonnen, jedes. Und die spielen alle bei Hertha. Das sind die Besten.«

»Klar, in einem Spiel ist doch immer alles möglich«, sagte Selin mit ehrlicher Zuversicht. »Und wir haben jetzt auch einen Auswechselspieler.«

Dani schaute sie verdutzt an, dann lenkte sie seinen Blick mit einer Kopfbewegung auf die Friedrich-Friesen-Allee, die zum westlichen Eingang des Olympiastadions führte.

»Das ist nicht wahr, Ayse!«, rief Dani aus. Einige Sekunden stand er da wie gelähmt, und erst als die Zwillinge aufeinander zurannten und sich stürmisch umarmten, setzte sich auch Dani in Bewegung. Mittlerweile hatten auch die anderen *Street Kings* mitbekommen, dass überraschend Verstärkung eingetroffen war, alle umringten Ayse und Selin.

»Super, dass du da bist, echt super. Wir brauchen dich wirklich«, sagte Sammy.

Die Jungs wollten Ayse zur Begrüßung abklatschen, aber sie verschränkte ihre Arme vor dem Körper und sagte: »Passt schon.«

Die Freude der Jungs war nicht gespielt, schon gar nicht von Sammy und Dani, denn mit Ayse hatten sie endlich einen Auswechselspieler im Finale – und damit wenigstens eine etwas bessere Chance. Das sahen auch Ibra und Erdal ein, wenn auch widerwillig.

»Warum bist du jetzt doch hier?«, fragte Sammy ganz direkt. Er konnte sich einfach nicht erklären, warum Ayse tatsächlich gekommen war. Er selbst hätte das nie gemacht, wenn man ihn wie Ayse und Selin aus der Mannschaft gekickt hätte. Das war für ihn eine Frage der Ehre, und er wusste, dass Erdal, Ibra und Sead genauso dachten. Nur bei Dani, der Ayse die ganze Zeit stumm anstrahlte, als wären ihm Ronaldo und Ibrahimovic gleichzeitig erschienen, war er sich da nicht so sicher.

»Schwestern halten immer zusammen, auch wenn Jungs den größten Scheiß machen – wie ihr im Käfig«, sagte Ayse und schaute verächtlich in die Runde. Auf Erdal und Ibra blieb ihr Blick am längsten haften. »Ihr wart alle scheiße, einfach alle. Aber Selin ist mir wichtiger als alles andere. Und sie will das Ding hier gewinnen, also helfe ich ihr.«

»Verstehe«, sagte Sammy. Das verstand er wirklich nur zu gut. Denn für seine Brüder hätte auch er alles getan. »Genug gelabert, bereiten wir uns jetzt aufs Finale vor. Ich will das Ding nämlich gewinnen – und wenn's sein muss eben auch mit zwei Mädels und auf einem Bein«, sagte Ibra und humpelte zurück in Richtung des Käfigs.

»Du willst echt spielen?«, fragte Dani irritiert.

»Witz«, entgegnete Ibra, »kann immer noch nicht laufen. Scheiße, aber wahr. Und denkt im Finale dran: Einer für alle – alle für Ibra!« Alle lachten, nur Ayse und Selin schwiegen.

»Alle zwei Minuten wechseln wir«, schlug Sammy vor, »was meint ihr?«

»So machen wir's. Dann kann sich jeder mal erholen. Und das müssen wir gegen die *BIGs*«, pflichtete Dani bei.

»Soll ich erst mal draußen bleiben?«, fragte Sead und bot Erdal seine Torwart-Handschuhe an.

»Idiot«, gab Erdal zurück.

»Ne, Torwart«, entgegnete Sead.

Die Jungs lachten sich kaputt, und diesmal mussten auch Selin und Ayse grinsen.

»Ich bleibe erst mal draußen«, bot Selin an. »Und dann

komme ich rein für Ayse. Ist schon besser, wenn am Anfang nur eine von uns auf dem Platz steht – sonst geben die *BIGs* ja gleich auf.« Jetzt lachten nur die Zwillinge und klatschten sich ab.

»Dann gehe ich als Dritter raus, danach Sammy und Erdal als Letzter. Und Ibra stoppt immer die Zeit«, sagte Dani.

»Ohne mich geht's einfach nicht, schon klar. Und jetzt hauen wir die *BIGs* weg«, sagte Ibra.

»Kein schlechter Plan, und viel Glück fürs Finale.« Die lebhafte Stimme, die ihre Planungen unterbrach, kannten die *Street Kings* nur zu gut. Und den unfassbar knallgrünen Pullover, der sich ihnen unbemerkt genähert hatte, natürlich auch. »Das Finale wollte ich nicht verpassen. Ich kenne ja beide Mannschaften ganz gut. Bisher habt ihr euch ja gut geschlagen, ihr könnt das echt schaffen«, fuhr Ahmet in aufgeräumter Stimmung fort.

»Und wie?«, fragte Dani.

»*Berlin BIG* ist doch auch meine Mannschaft, da kann ich euch keine Tipps geben, das wäre nicht fair. Aber klar ist doch: Die *BIGs* haben alle drei Vorrundenspiele glatt gewonnen – 4:0, 5:1, 4:0. Im Viertelfinale haben sie dann die *Serbian Six* mit 3:0 und die *Friedrichshain Fighters* im Halbfinale 7:1 geschlagen. Aber diese beiden Teams waren eigentlich viel besser als das Ergebnis. Aber sie hatten Angst. So viel aber kann ich euch sagen: Wenn ihr auch Angst habt, dann habt ihr verloren«, sagte Ahmet. »Aber jetzt muss ich noch mal rüber zu den *BIGs*, um ihnen auch Glück zu wünschen.« Er verschwand so schnell, wie er gekommen war.

»Wir müssen die *BIGs* überraschen. Wir müssen sie sofort attackieren, das sind sie nicht gewohnt. Sie haben nur zwei Gegentore im ganzen Turnier bekommen. Wir müssen gleich zuschlagen, dann machen wir sie nervös. Das ist es, was Ahmet uns sagen wollte«, sagte Dani völlig mitgerissen von seiner neuen Erkenntnis.

»Volles Risiko!«, brüllte Sammy zustimmend.

»Volles Risiko!«, gaben Erdal und Sead im Chor zurück.

»Immer volles Risiko – los geht's!«, riefen die Zwillinge.

Das Endspiel fand nicht wie alle anderen Spiele zuvor auf dem Vorfeld statt, sondern mitten im Olympiastadion. Auf dem Rasen war dafür ein Extra-Käfig aufgebaut worden, umgeben von einer Stahlrohrtribüne, die voll besetzt war mit fast tausend Leuten. Auch alle Jugendteams von Hertha BSC waren da, weil sie sich nicht entgehen lassen wollten, wie die *BIGs*, die bei der Hertha jedes Jahr die Meisterschaft holten, nun auch diesen Cup gewinnen würden. Es war ein echtes Heimspiel für die *BIGs*, aber mitten auf der Tribüne zwischen all den Hertha-Trikots standen zwei Jungs und hielten ein riesiges Transparent hoch. STREET KINGS stand drauf – und Janis und Pascal reckten es stolz in die Höhe.

Als Sammy auf den Platz lief, entdeckte er seine Brüder sofort. Sie winkten ihm zu, und Sammy strahlte, als hätte er das Finale in diesem Moment schon gewonnen. Seine Mutter suchte er auf der Tribüne allerdings vergeblich.

Sammy gewann die Platzwahl. Er entschied sich für Anstoß. »Volles Risiko«, sagte er zu Dani und spielte ihm den Ball beim Anstoß zu. Und dann ging alles ganz schnell. Dani passte den Ball sofort wieder zurück auf Sammy und sprintete in die gegnerische Hälfte. Erdal und Selin stürmten hinterher. In Sekundenschnelle waren alle drei in den Schusskreis der *BIGs* eingedrungen, was noch keine andere Mannschaft gewagt hatte – und den Favoriten völlig überraschte. Sammy spielte einen hohen Ball nach vorn, und Erdal verlängerte ihn mit dem Kopf genau auf Dani, der den Ball aus sechs Metern Entfernung gar nicht mehr auf den Boden fallen ließ, sondern direkt volley aufs Tor hämmerte. Der Ball krachte unter die Latte ins Netz, 1:0! Nach sieben Sekunden! Die *BIGs* schauten sich ungläubig an, und die *Street Kings* lagen sich in den Armen.

»Weiter volles Risiko, nicht zurückziehen. Das müssen wir jetzt ausnutzen«, forderte Dani eindringlich, als sie jubelnd in ihre eigene Hälfte zurückliefen. Die *BIGs* schien der Rückstand aber überhaupt nicht zu verunsichern. Sie wirkten trotz des Gegentreffers vollkommen entschlossen. Aber kaum hatten sie den Anstoß ausgeführt, grätschte Dani dem ballführenden Spieler und Kapitän der *BIGs* entgegen. Er traf Ball und Gegner mit einer Wucht, mit der Dani noch nie in einen Zweikampf eingestiegen war. Es war ein knallharter, schmerzhafter, aber absolut fairer Zweikampf, bei dem Dani weder sich noch seinen Gegner schonte. Der Kapitän der *BIGs* lag ebenso wie Dani am Boden, aber er hatte sich den Ball erkämpft – und das war das Zeichen für Sammy und Selin für den nächsten Angriff.

Sie liefen sofort wieder nach vorne. Selin zog dabei einen Bewacher auf sich und verschaffte Dani so die Möglichkeit, den frei stehenden Sammy anzuspielen. Sie spielten Doppelpass, und dann hatte Dani den Platz, den er brauchte. Er zog den Ball nun mit der rechten Sohle blitzartig nach hinten, tippte ihn schnell und sanft nach vorne an, baute einen Übersteiger ein und machte dann all das, was er stundenlang zusammen mit Ben im Käfig an der Clayallee geübt hatte – und was nötig war, um den legendären Street-King perfekt draufzuhaben. Und jetzt zog Dani das Ding tatsächlich im Finale durch! Die *BIGs* waren wie paralysiert, als er den Ball mit dem rechten Fuß aufs Tor hämmerte – genau in den Winkel.

»Das glaub ich jetzt nicht!«, brüllte Sammy, als er Dani nach dem Supertor in die Arme fiel. »Du bist echt ein *Street King* – und jetzt holen wir uns das Ding.«

Es war gerade eine Minute gespielt, und die *Street Kings* lagen tatsächlich 2:0 vorn, unglaublich. Nun waren die *BIGs* angeknockt. Sie spürten, dass sie wirklich verlieren konnten.

Die Zuschauer, wenn sie nicht gerade von der Hertha kamen, tobten vor Begeisterung über den sensationellen Start des Außenseiters. Die *Street Kings* setzten auch nach ihrem zweiten Tor sofort nach, aber nun ließen sich die BIGs nicht mehr übertölpeln. Dafür war die Mannschaft einfach zu gut. Aber die *Street Kings* hatten überhaupt keine Angst mehr vor dem großen Favoriten, sie gingen weiterhin mutig in die Zweikämpfe und suchten jede Gelegenheit zum Angriff. So konnten die Bigs ihr gefürchtetes Offensivspiel nicht mehr aufziehen, denn sie hatten plötzlich Angst, wieder in einen tödlichen Konter zu laufen.

Nach zwei Minuten gab Ibra das Zeichen zur ersten Auswechslung. Ayse kam für Selin ins Spiel, es war ihr erster Einsatz und damit auch ein gewisses Risiko, aber Ayse nahm sofort den Rhythmus des Spiels auf. Zwei Minuten später konnte sich dann Dani auf der Bank ausruhen, danach Sammy und Erdal. Die *Street Kings* verteidigten tapfer und klug ihre Führung, und ein Auswechselspieler war Gold wert, wie jetzt jeder Einzelne von ihnen spürte, denn in den Pausen schöpften alle immer wieder neue Kraft. Nur deswegen konnten sie das hohe Tempo der *BIGs* mitgehen. Nur deswegen waren sie bei allen Abwehraktionen schnell genug an ihren Gegnern. Nur deswegen hatten sie genug Kraft für ihre Konter. Und nur deswegen konnten die *Street Kings* im Finale noch einmal über sich hinauswachsen.

Das Spiel war absolut ausgeglichen, mit Chancen für beide Mannschaften, und zur Pause führten sie immer noch 2:0. In der Halbzeit sprachen die *Street Kings* kaum ein Wort. Jeder war vollkommen konzentriert auf das Spiel und seine Aufgabe. Nur Ibra ging humpelnd von einem zum anderen, klopfte allen auf die Schulter, auch Ayse und Selin, und sagte zu allen: »Weiter so – und keine Angst. Dann können wir es wirklich schaffen.«

Nach der Pause hatte *Berlin BIG* Anstoß. Sie starteten auch mit einem Überraschungsangriff, aber die *Street Kings* waren aufmerksam und vereitelten den Plan. Der Druck wurde allmählich stärker. Sead musste zweimal nach Schüssen aus der Distanz sein ganzes Können zeigen. Als Dani zum zweiten Mal auf Ibras Zeichen hin rausging, hatten sie vier Minuten der zweiten Halbzeit überstanden und führten noch immer 2:0. Von der Ersatzbank aus sah er, wie sich *Berlin BIG* auf der rechten Seite genial durchspielte. Erst war Ayse ihrem Gegner nicht mehr rechtzeitig hinterhergekommen, und dann konnten Sammy und Ayse die Gefahr auch gemeinsam nicht bereinigen. Der Stürmer der BIGs stand plötzlich vollkommen frei vor Sead, aber der Angreifer traf den Ball nicht richtig. Aus dem Schuss wurde ein lächerliches Schüsschen, harmlos kullerte der Ball auf das Tor von Sead zu. Die *Street Kings* atmeten auf, das hätte der Anschlusstreffer sein müssen. Als Sead den Kullerball aufnehmen wollte, war er mit seinen Gedanken aber schon beim nächsten Konter, den er mit einem schnellen Abwurf einleiten wollte. Er schaute schon nach vorne, als er sich den Ball schnappen wollte – und griff daneben. Durch seine Arme und Beine rollte der Ball über die Linie ins Tor. 2:1. Sead fiel auf die Knie und schlug die Hände vors Gesicht. Einen schrecklicheren Fehler hatte er in seinem ganzen Torwartleben noch nie gemacht – und das im Endspiel des Käfig-Cups! Der Treffer traf ihn wie ein Schock. Erdal half Sead wieder auf, der am liebsten im Boden versunken wäre. Dann machten auch Selin und Ayse ihrem untröstlichen Torwart wieder Mut, und Sammy gab Sead einen Kuss auf die Stirn, genauso, wie es Sead zuvor beim Siebenmeterschießen gemacht hatte. Und hinter der Bande brüllte Ibra: »Einer für alle – alle für Sead! Weiter, Jungs!«

Aber nun waren die *Berlin BIGs* am Drücker. Das Tor setzte beim Favoriten neue Kräfte frei, und außerdem konnten sie immer wieder auswechseln und mehr frische Spieler auf den Platz bringen. Die Kräfte der *Street Kings* dagegen ließen nach. Dani und Sammy fehlte nun die Kraft, um die Konter genauso schnell zu spielen und die Zweikämpfe genauso kraftvoll zu führen wie in der ersten Halbzeit. Die *Berlin BIG* übernahmen das Kommando, der Ausgleich lag in der Luft. Aber Sead lief wieder zur Hochform auf, als hätte er den katastrophalen Fehler nie gemacht. Drei Minuten vor Schluss tauchte der Stürmer der *BIGs* frei vor ihm auf. Den platzierten Schuss fischte er irgendwie aus der rechten Ecke, konnte den Ball aber nicht festhalten. Der Angreifer setzte nach, und der Nachschuss aus zwei Metern Entfernung musste den Ausgleich bringen. Doch Sead riss auf dem Boden liegend sein linkes Bein blitzartig nach oben – und lenkte den Schuss spektakulär über die Latte. Die Zuschauer tobten vor Begeisterung.

Für die beiden letzten Minuten kam Sammy wieder in die Partie, Selin war nach einem großartigen Spiel am Ende ihrer Kräfte. Bei der Auswechslung gab sie ihm nun einen Kuss auf die Stirn und sagte: »Gib alles, dann schaffen wir es.« Sammy war wie elektrisiert. Es war, als habe sein Körper eine neue Kraftquelle angezapft, von der er gar nicht gewusst hatte, dass sie existierte.

In der letzten Minute wechselten die *Berlin BIG* den Torwart aus. Wie beim Eishockey brachten sie nun einen fünften Feldspieler auf den Platz. Sie riskierten alles. Dani, Sammy, Erdal und Ayse verschanzten sich vor dem eigenen Tor, Selin und Ibra zitterten auf der Ersatzbank. Diese letzte Minute mussten sie alle noch überstehen. Die *BIGs* erspielten sich durch eine schnelle Kombination eine gute Schussposition, und aus acht Metern flog der Ball aufs Tor. Aber Sammy warf sich dazwischen wie ein Torwart und wehrte den Schuss mit dem Körper ab, Erdal drosch den Ball aus der Gefahrenzone. Auf der Uhr hinter dem Tor lief die Zeit quälend langsam herunter, Sekunden vergingen wie Stunden. Noch siebzehn Sekunden, noch sechzehn, noch fünfzehn …

Aber die *BIGs* gaben nicht auf. Sie kämpften mit dem Mut der Verzweiflung, und ihr Kapitän trieb den Ball noch einmal in die Hälfte der *Street Kings*. Sammy schien den Zweikampf schon gewonnen zu haben, doch der Anführer der *Berlin BIGs* stieß ihm den Ellbogen so heftig zwischen die Rippen, dass Sammy die Luft wegblieb. Der Schiedsrichter sah das Foul nicht, und der Kapitän lief nun unbedrängt auf Sead zu. Dann zog er ab. Der Ball flog in die linke Ecke, alle Spieler auf dem Platz und die Zuschauer auf der Tribüne verfolgten wie in Zeitlupe diesen letzten Schuss. Alles schien stillzustehen. Und dann krachte der Ball gegen den Innenpfosten und rollte von dort auf der Linie entlang. Sead warf sich blitzschnell hinterher – und bekam den Ball gerade noch zu fassen, bevor er die Torlinie überquerte. Die *BIGs* verfolgten diese Rettungstat wie gelähmt.

Aber die Uhr tickte noch immer. Neun, acht, sieben …

Sead warf den Ball nun in weitem Bogen über alle Spieler der *BIGs* hinweg in die gegnerische Hälfte. Und diesmal klappte der schnelle Konter, denn auch Ayse hatte die Situation sofort erfasst und war nach dem Pfostenschuss instinktiv nach vorne gerannt. Sie stand nun genau dort, wo der Ball aus heiterem Himmel auf sie herabfiel. Sie nahm ihn im Flug an – und lief alleine mit dem Ball auf das verlassene Tor der *BIGs* zu, die ihr fassungslos hinterherstarrten. Die *Street Kings* schrien vor Begeisterung, als Ayse den Ball ins leere Tor schob. 3:1. Das war der Sieg! Auf der Ersatzbank fielen sich Ibra und Selin in die Arme, und dann ertönte auch schon der erlösende Abpfiff.

Die *Street Kings* stürmten Ayse entgegen und sie dem Team. Dani war der Erste, der Ayse in die Arme schloss. Ihn überfiel ein Glücksgefühl, wie er es noch nie erlebt hatte. Es war wie ein Rausch, wilde Freude vermischte sich mit einem tiefen, unendlich warmen, aber auch aufregenden und kribbelnden Gefühl. Dani wollte Ayse nicht mehr loslassen, dieses Gefühl war so einzigartig. Aber es dauerte nur ein paar Sekunden, da lagen schon alle anderen über ihm und Ayse. Der Jubelsturm riss sie auseinander, und alle schrien gemeinsam ihre Freude heraus.

Auch Ibra kam auf den Platz gehumpelt, glückselig lächelnd wie ein Kind. Am Spielfeldrand applaudierte Ahmet, während Janis und Pascal die Tribüne hinunterrannten und mit ihrem Transparent triumphierend durch den Käfig zogen. Als Sammy seine Brüder sah, befreite er sich aus dem jubelnden Knäuel und nahm Janis und Pascal in den Arm. Sie waren so unbändig stolz auf ihren Bruder, als hätte er gerade die Fußball-Weltmeisterschaft gewonnen. Ayse und Selin gingen Arm in Arm über den Platz und genossen den Applaus, während Erdal und Ibra lachend vor Sead auf die Knie sanken und seine Torwarthandschuhe küssten.

»Jetzt gehen wir rüber zu den *BIGs*!«, rief Dani plötzlich. Die Street Kings folgten ihm in die andere Hälfte, wo die BIGs noch immer geschlagen am Boden lagen. Sie konnten einfach nicht fassen, dass der letzte Schuss nicht reingegangen war, dass sie das Endspiel tatsächlich verloren hatten – gegen Spieler aus der dritten Liga und zwei Mädchen. Dabei spielten sie doch alle für die beste Mannschaft der Stadt.

Sammy gab dem Kapitän der BIGs die Hand. »Gratulation. Ihr wart gut«, sagte ihr Spielführer zerknirscht. »Aber im nächsten Jahr, bei der Deutschen Käfigmeisterschaft, schlagen wir euch. Darauf könnt ihr euch verlassen.«

»Abwarten«, erwiderte Sammy lässig. »Zweiter ist doch auch gut, ihr solltet euch dran gewöhnen.«

Die Ansage des Stadionsprechers, der beide Teams zur Siegerehrung bat, unterbrach den Disput der Rivalen. Hinter der Absperrung entdeckte Dani plötzlich seine Eltern. Seine Mutter strahlte ihn an, und Klaus reckte den Daumen in die Höhe, und das kam ihm vor wie der nächste große Sieg, der größte Sieg von allen. Und direkt neben ihnen stand Ben und jubelte.

Nachdem die BIGs ihre Silbermedaillen in Empfang genommen hatten, räumten sie mürrisch die Bühne.

»Wir haben es wirklich geschafft«, sagte Sammy und legte den Arm um die Schulter seines Freundes.

»Zusammen schaffen wir alles. Aber wir haben noch was zu erledigen«, sagte Dani und holte die *Street Kings* hinter der Bühne zusammen.

Ein paar Minuten später reckte Sammy dann als Kapitän unter dem tosenden Beifall der Zuschauer den silbernen Pokal in die Höhe. Er küsste die Trophäe und gab sie glückstrahlend weiter. Jeder Spieler der *Street Kings* kam einzeln auf die Bühne. Nach dem Kapitän humpelte zunächst Ibra nach oben, dann folgten Erdal und Sead. Als Dani schließlich den Pott in den Händen hielt, tanzten die *Street Kings* wild und ausgelassen auf der Bühne herum. Ayse und Selin schienen sie bei ihrer Siegesparty komplett vergessen zu haben. Die Zwillinge standen verloren am Treppenaufgang, und niemand forderte sie auf, nach oben zu kommen. In ihre Blicke mischten sich Wut, Enttäuschung und Tränen.

Aber dann wurde es auf der Bühne plötzlich ganz still, und alle *Street Kings* brüllten gemeinsam: »Kommt hoch! Ihr seid die Besten!« Die Jungs bildeten ein Spalier und begleiteten den Einzug der Zwillinge mit rhythmischem Klatschen – und alle Zuschauer jubelten ihnen frenetisch zu. Es war ein einziger Triumphzug für Ayse und Selin, in ihren Augen standen nun nur noch Tränen. Sammy überreichte den beiden den silbernen Pokal, und als Ayse und Selin die Trophäe gemeinsam in den Himmel stemmten, nahmen die *Street Kings* die Zwillinge in ihre Mitte und entrollten dazu das Transparent, das Sammys Brüder mit ins Olympiastadion gebracht hatten. Aber die *Street Kings* hatten es kurz vor der Siegerehrung noch ein bisschen verändert. Und als Ayse und Selin nun Arm in Arm mit den Jungs auf der Bühne den Triumph genossen und sahen, was da in knallroter Schrift über ihren Köpfen stand, war das noch viel schöner als alle ihre Siege auf dem Fußballplatz: STREET KINGS & QUEENS!

»Das ist eure Aufgabe: Findet heraus, ob es das Ungeheuer wirklich gibt!«

Richard Dübell
LAST SECRETS - DAS RÄTSEL VON LOCH NESS
Band 1
208 Seiten
mit zahlreichen Abbildungen
ISBN 978-3-8339-3925-9

Eigentlich sind Franziska und Fynn ganz normale 12-jährige Zwillinge. Doch sie haben ein Geheimnis, das sie nur mit ihren Freunden Lena und Cornelius teilen: Sie sind Nachfahren von Eugène Vidocq, dem ersten Detektiv der Welt! Nachts schleicht sein ruheloser Geist sich in ihre Träume und bittet sie um Hilfe: Die Kinder sollen die letzten großen Rätsel der Welt lösen! Ihre erste Aufgabe führt sie nach Schottland zum sagenumwobenen Loch Ness …